ハヤカワ文庫 NF

〈NF526〉

あなたの人生の意味

〔上〕

デイヴィッド・ブルックス

夏目 大訳

早川書房

8221

THE ROAD TO CHARACTER
by
David Brooks

Translated by
Dai Natsume
Published 2018 in Japan by
HAYAKAWA PUBLISHING, INC.
This book is published in Japan by
arrangement with
RANDOM HOUSE
a division of PENGUIN RANDOM HOUSE LLC
through THE ENGLISH AGENCY (JAPAN) LTD.

私の両親、
ロイスとマイケル・ブルックスに

目次

＊訳注は〔　〕で示した。

下巻目次

あなたの人生の意味

〔上〕

はじめに　アダムⅡ《ツー》

　私は最近よく考えることがある。人間の美徳には大きく分けて二つの種類があるのではないかということだ。一つは履歴書向きの美徳、もう一つは追悼文向きの美徳。前者は文字どおり、履歴書に列挙すると見栄えのするような美徳だ。就職戦線において自分を有利にしてくれ、他人から見てわかりやすい成功へと導いてくれるような能力。追悼文向きの美徳はもっと奥が深い。あなたの葬式の時、集まった人たちの思い出話の中で語られる美徳だ。それは、あなたという人間の核として存在しているものに違いない。親切、勇敢、正直、誠実……何と言われるだろうか。生前、人とどういう関係を築いていたかによっても変わってくるだろう。

　どちらが大事かと改めて問われれば、追悼文向けの美徳が、履歴書向けの美徳より大事だと答える人は多いはずだ。しかし、正直に言えば、私自身の短くない人生を振り返ると、履歴書向けの美徳について考えていた時間の方が長かったと思う。現在の教育制度も、間違いなくそちらを重要視したものになっている。種々のメディアに飛び交う言葉を見ていても、やはり同じだ。雑誌や、ノンフィクションのベストセラーなどで生き方について説かれることがあるが、追悼文向けの美徳について触れていることはまずない。大半の人は、明らかに、自分の根本的な人格を磨くことよりも、職業的な成功を目指す生き方を選んでいる。

私が二種類の美徳について考える上で助けになったのは、ジョセフ・ソロヴェイチックというラビ〔ユダヤ教の指導者〕が一九六五年に書いた『孤独な信仰の人（*Lonely Man of Faith*）』という本だ。ソロヴェイチックによれば、創世記の天地創造の物語には二つの側面があり、それ故に、私たち人間の本性にも二つの対立する側面があるという。それぞれを彼は、「アダムⅠ《ワン》」、「アダムⅡ《ツー》」と名づけた。

ソロヴェイチックの分類をもう少し現代的にすれば、アダムⅠは、私たちの中のキャリア志向で、野心的な面ということになる。アダムⅠは外向きの、履歴書向きのアダムだ。アダムⅠは何かを創り、築き上げること、生み出すこと、新たな何かを発見することを望む。そして高い地位と勝利を求める。

アダムⅡは内向きのアダムだ。アダムⅡは心の内に何らかの道徳的資質を持とうとする。内なる自分を晴れやかで曇りのないものにしたい、穏やかだが強固な善悪の観念を持ちたいと望む。善き行ないをするだけでなく、善き存在であることも求める。アダムⅡは他人に深い愛を注ぐこと、他人への奉仕のために自己を犠牲にすることを欲《ほっ》する。普遍的な真理に忠実に従って生きたいと望み、創造と自分自身の可能性を尊重する揺るぎない魂を内に持ちたいと望む。

アダムIは世界を征服したがるが、アダムIIは世界に奉仕する使命を果たそうとする。アダムIは創造力に富み、目に見える成果をあげる。そして、その成果を享受する。アダムIIは時に、何らかの崇高な目的のために世俗的な成功や社会的な地位を放棄する。アダムIは物事の仕組みを知りたがるが、アダムIIは物事の存在理由を知りたがる。そもそもなぜ、何のために私たちは存在するのかを知りたがるのだ。アダムIは常に前進しようとするが、アダムIIは自分の原点へと帰りたがる。そして家族で食事をする時の温かさを求める。アダムIが人生でひたすらに成功を目指すのに対し、アダムIIは人生を一つの道徳劇ととらえる。アダムIIが大切にするのは、慈悲《じひ》、愛、そして贖罪《しょくざい》だ。

ソロヴェイチックによれば、私たちは皆、互いに矛盾する二人のアダムの間で揺れ動きながら生きているという。外に向かう誇り高きアダムIと、内に向かう謙虚なアダムIIだ。この二人は決して完全に並び立つことはない。私たちは永遠に二人の自分の対立から抜け出せないのだ。生まれながらに、二つのペルソナを演じるよう運命づけられており、両極端の性質がせめぎ合う中、何とか生き抜いていく術を身につけなくてはならない。

また、この対立が厄介なのは、アダムIとアダムIIがまるで違う論理で生きているからだと私は思う。アダムIは、何かを創ろう、築き上げよう、新しい何かを発見しようというアダムだ。その論理は、ともかく実利を優先した、単純でわかりやすいものだ。経済の論理と言ってもいい。原因とその結果の関係はよく見える。努力をすると、その分だけ大きな成果が得られることが多い。訓練を重ねれば、その分だけ向上する。追求するのはあくまで自己の利益だ。自分の有用性を高めて、周囲からの評価を高め、それによって利益を得ようとする。

アダムIIの論理はアダムIの反対だ。それは道徳の論理であり、経済の論理ではない。何かを得ようとすれば、まず何かを与えなくてはいけない。内面の強さを手に入れるために、自分の外にある何かをあきらめなくてはならない。本当に欲しいと願うものを手にするため、自分の欲望に打ち克たねばならない。成功が大きな失敗につながり得る。この場合の「失敗」とは、「慢心」のことだ。反対に、失敗が大きな成功につながることもある。この場合の「成功」とは、謙虚になり、重要な何かを学ぶということだ。自分を満足させるためには、自分を忘れる必要がある。自分を見つけるためには、自分を見失う必要がある。

アダムIの成功、つまり職業的な成功のためには、自分の強みを育てるのがよい。アダムIIの成功、つまり道徳的な成功のためには、自分の弱みと対峙《たいじ》することが不可欠だ。

狡猾《こうかつ》な動物

私たちは今、アダムIつまり外側のアダムばかりが優先され、アダムIIが忘れられがちな社会に生きている。現代社会では、職業的な成功について考えることは奨励されても、内面の充実を図ることは置き去りにされがちだ。ほとんどの人がそうだと思う。成功を収め、称賛を得るための競争はあまりに熾烈《しれつ》なため、私たちはそれで消耗し尽くされてしまう。消費者市場が、功利主義的な計算を基に生きるように私たちを仕向けている。目先の欲望を満たすことにのみ関心が向き、日々の行動を決するのに実は大きな役割を果たしている道徳に目が向けられることは少ない。人と人との会話も効率優先の浅いものばかりになり、その声が大きすぎるために、心の奥から発せられる小さな声は聞こえにくい。現代の社会では、自分の存在を他人に知らせる方法、他人に高く評価される方法、また成功のために必要な技術を身につける方法は教えてもらえる。だが、謙虚であれ、人を思いやれ、ごまかさずに自分と正面から向き合え、などと言われることは少ない。真の人格者になるために必要なことは奨励されないのだ。

アダムIのみ、という人間がいたとしたら、間違いなく狡猾《こうかつ》になるはずである。ずる賢く立ち回って、常に自分を守り、自分だけが得をしようとする。生きることをゲームにしてしまい、そのゲームがどのようなものになろうとも、うまく適応して勝とうとする。アダムIだけの場合、職業的な技能を磨くことには熱心に時間をかけて取り組むだろう。しかし、人生の意味、自分は何のために生きているか、ということはまともには考えないに違いない。だから、せっかく技能を磨いても、それを何に使うべきなのかがわからない。いわゆる「キャリア・パス」が何種類か選べても、どれが最高最良なのか、判断することはできないだろう。年齢が上がっても、自分自身の心の奥底をよく覗《のぞ》いたこともなく、自分の心を思いどおりに制御する術《すべ》も知らない。おそらく、忙しいだろう。しかし、漠然とした不安を感じている。人生の究極の目的を果たしていないのではないか、このままでは人生に意味などないのではないか。自分でも意識してはいないが、退屈を感じながら生きている。真の愛情も知らず、道徳的な目標もない。それこそが、人生を意味あるものにするのに。このためになら揺らぐことなくすべてを捧げられるという判断ができない。判断に必要な基準が自分の中にないからだ。内側に確固たるもの、絶対的なものが育っておらず、人から非難され、攻撃された時に、耐えることが難しくなる。どこかで、自分は他人から認められること、褒《ほ》められることばかりをしてきたのだと気づく。それが自分にとって正しいことかどうかを考えもせずに。愚かにも、他人を、その人の持つ価値ではなく、能力で見てしまっている。自分の人格をどのようにして高めていくかという計画もない。それがないと、内面の人生はもちろん、外から見た人生もいずれ、崩壊しかねない。

この本は、アダムⅡに関する本である。自分の人格を磨き、実際に素晴らしい人格を持つにいたった人たちを実例として取りあげている。その中には何世紀も昔に生きた人もいる。皆、明らかに現代の私たちとは違う物の見方、考え方をしている。そして、現代の私たちとは違い、心の中に鉄のように硬い芯《しん》を作っていた。また、ただよく頭が働くというだけではない、真の賢明さを身につけていた。正直に言おう。私はこの本を、自分の心を救うために書いた。

元来の私は非常に現代的な人間である。現代の人間らしく内側よりも外側のよく見えるものに目が向く。私は今、評論家、コラムニストなどと呼ばれる仕事をしている。これはいわば、「自分」を売って金を稼ぐような商売だ。ともかく自分の意見、自分はどう思うかを発言する。実際の自分より自信ありげに見せなくてはならない。実際の私より賢そうに見せる。実際より優れていて信頼できる人間と思われる必要がある。ただそのおかげで、表面だけは良さそうだが、いかにも中身がない、という生き方をしないよう、普通の人より努力せざるを得なかった。そして、自分が人間の内面にあまりに無関心だったことに気づくようになった。現代の人間のほとんどが同じだということにも気づいた。私には道徳的にこういう人間になりたいという明確な目標はなかった。善人でありたいと漠然とは感じていたし、何かの大義のために身を捧げたいという願望もどこかにはあったが、具体的に何をどうすればいいのかはわからなかった。はっきりと道徳を語れるような語彙《ごい》が私にはなかったのだ。どうすれば内面を豊かにして生きられるのかわからなかったし、人格はどう作られるのか、人間の深みはどうすれば得られるのか、まるで知らないに等しかった。

自分のアダムIIの面に常に厳しい目を向けていなければ、私たちは簡単に自己満足に陥り、道徳的に難《なん》のある人間になってしまう。私はそのことに気づいた。自分で自分を評価すると、どうしても、徐々に甘く、寛大になってしまいがちである。何か欲望に駆られると、すぐにそれに従ってしまう。明らかに誰かを傷つけるということがない限り、何をしようが自分を許すのだ。周囲の人たちに好かれているようであれば、それで十分、自分は良い人間なのだと考える。そういうことが長く続くと、本来、望んでいたほどには素晴らしい人間になれず、それよりも低いところに落ちてしまう。困ったことに、望ましい自分と実際の自分との差は、縮まることはなく時間がたつほど開いていく。アダムⅠの声ばかり大きくて、アダムⅡの声はかき消されているような状態だ。アダムⅠの人生設計は明確でわかりやすい。一方、アダムⅡの人生設計は曖昧でわかりにくい。アダムⅠは常に目を見開いて警戒しているが、アダムⅡは、半分眠っているような状態のことが多い。

こんな本を書いている私だが、私自身、どうすればアダムⅡを成長させて人格者になれるのかがわかっているわけではない。ただ、少なくとも、そこへ至る道のりがどういうものなのか、先人がどう歩んだのかを知りたいとは思っている。

本書の構成

本書の構成はとても単純だ。最初の章では、かつて私たちの社会で主流を占めていた道徳観がどのようなものだったかということを書く。かつて私たちの文化では、特に知性ある人々の間では、「人間とは所詮《しょせん》、曲がった材木のようなもの」という考え方が普通だった。人間は生まれたままでは欠陥のある存在だということである。欠陥があり、限界のある存在なのだから、それを自覚して謙虚でなくてはならないと考えられた。また、同時に、私たちには、自分の弱さに立ち向かう力があるとされた。弱さに立ち向かい、罪と闘う、その過程で人格は磨かれる。罪、弱さとの闘いに勝てば、私たちは道徳の面で非常に優れた人間になれるのだ。人間は、単なる幸せ以上の高みを目指して生きることができる。毎日の生活の中であらゆる機会をとらえて自分の美徳を育て、社会に貢献する力を身につけることができる。

また、本書では実在した人物を例に、それぞれが人生の中で実際にどのようにして人格を磨いていったのかを詳しく書く。つまり、いわゆる「伝記」に近い本になるということだ。道徳、倫理について書く本であると同時に、伝記本のような特徴も持っている。伝記作家プルタルコスの生きた古代ローマ時代から、道徳を語る人は、誰か道徳的に生きた人の例をあげて語るというのが普通だ。ひたすら説教をし、抽象的な規範を示すだけの文章を読んでも、豊かなアダムIIを育てることなど、とてもできないだろう。実例こそが最高の教師である。人が道徳的に成長するには、何か心が温められるような体験が必要となる。たとえば、尊敬、敬愛している人とじかに接し、言葉を交わすなどすれば、間違いなく心は温められることになるだろう。その後は、意識的ではなくても、その人をまねようとするはずである。自分のそれまでの生き方を曲げてでも、尊敬できる人に自分を似せようとするのだ。

私は以前、教室で道徳を教えることの難しさについてのエッセイを書いたことがある。学校での道徳教育に成果があがらないことへの不満を書いたのだ。すると私のもとへ、デイヴ・ジョリーという獣医からメールが届いた。メールの中でデイヴは次のような率直なものの言い方をしていた。

教室で、教師が一方的に話をし、生徒は聞いた話をただ機械的にノートに取るだけ、そんなやり方ではとても心の教育はできません。まず、生徒が自分の頭で考えることをしないからです。善き心、賢き心は、実際に人生を生き、その中で勤勉な努力をすることによってしか身につきません。自分の心の奥底を見つめる、心に傷を負って生涯をかけてそれを癒やす、そんな体験が心を良いものにするのです。教室で教え込むことなどできないし、ましてやメールやツイートなどでは、ほとんど何の役にも立たないでしょう。道徳は自分の心の中で発見するしかないのです。そのためには、探す準備を整えなくてはいけません。準備が整う前に見つかることはないのです。

道徳を教えようとしても、成果があがらず、いらだちを感じることもあるでしょう。でも賢明な人の仕事は、そんないらだちを隠し、自ら手本となるような人生を送ることではないでしょうか。他人に気を配り、他人を理解しようと努める。良い人間になれるよう勤勉に努力する。その姿を見せるのです。たとえ賢い人であっても、言葉で教えられることは本当に少ないでしょう。人生の全体が、その細部にいたるまでが手本となります。

忘れないでください。メッセージは人そのものです。生涯をかけた努力がそのままメッセージになります。そして、その努力もきっと、他の賢い先人によって突き動かされたもののはずです。長い時がたつにつれ、その姿は見えなくなるでしょうが、先人が存在したことには変わりがありません。人生は私たちが思うよりもずっと大きく、広がりのあるものです。広大な道徳の世界では、因果関係が複雑に絡み合っています。簡単にどれが原因でどれが結果かは見分けられません。その複雑な構造のおかげで、私たちは、暗く混乱した状況に置かれ、苦しんでいても、より良い行動を取ることができ、より良い人間になることができます。

この「人生を手本とする」というのが、まさに本書の目的となる。二章から最後の一〇章までの各章では、実に様々な人たちを手本として取りあげることになる。白人もいれば黒人もいるし、男性も女性もいる。宗教に関係の深い人もいれば、そうではない人もいる。文学者も、文章とは無縁の人もいる。どの人も完璧ではないし、完璧に近いわけでもない。ただ、皆に共通しているのは、彼ら、彼女らの生き方が、今となっては極めて稀《まれ》なものであるということだ。皆、自分自身の欠点を知り、自らの抱える罪との内なる闘いを繰り広げていた。また、現代とは違った種類の自尊心を持って生きていた。何より重要なことは、彼ら、彼女らについて私たちが思いをはせる時、まず考えるのが「その人が何を成したか」ではない、ということである。もちろん、業績も素晴らしい人たちだが、後世の私たちにとって大事なのは、その人のしたことより、その人がどういう人だったかだ。私としては、素晴らしいお手本の存在を知ることで、読者の「良い人間になりたい」「この人のように生きたい」という気持ちに火がつくことを期待している。これまでの生き方を変えることは誰でも恐ろしく、勇気のいることだが、そうする人がいると嬉《うれ》しい。

最終章では、全体のまとめをする。なぜ、現代人は、道徳的に良くなるということを重要視しなくなったのかに触れ、人間を、矯正すべき「曲がった材木」ととらえる考え方の利点もあげる。あまり時間がなくて、早くこの本の要点が知りたい人は、いきなり最終章を読んでもいいだろう。

現代であっても、時々は驚くほど内面の優れた人に出会うことはある。当然のことながら、彼らは支離滅裂な場当たり的な人生を送ってはいない。考え方、行動に一貫性があるのだ。別の言い方をすれば、「内面の統合ができている」ということになる。そういう人はいつも落ち着いていて、感情の起伏は大きくなく、浮き足立つようなこともない。嵐の中でも、針路を外れることなく進んでいける。逆境にあっても負けたりはしない。心の状態が常に一定していて変わらないので、信頼ができる。この美徳は、まだ若い人にはあまり見られない。やはり、年月を経て、ある程度、喜びも悲しみも体験し、人間として熟した頃に身につく美徳だろう。

ただし、たとえそういう人が身近にいても、気づかないことは多い。きっと優しく明るい人だろうが、あまりに控えめなために、そんな立派な人間だとは思わないで見過ごしてしまうのだ。彼らの持つ美徳はどれも目立たない。いずれも素晴らしい美徳だが、世界に向かって自分の存在を主張するような美徳ではなく、むしろその逆だ。謙虚さ、自制心、克己心、寡黙さ、他人に対する尊敬、どれをとっても、その性質上、存在を主張することはない。

道徳的に優れた人間には、そういう人間だけの喜びがあり、その喜びは周囲に放散される。他人が刺々《とげとげ》しい態度で接してきた時でも、柔らかく応えることができる。不当な扱いを受けても、大げさに騒ぎ立てることはしない。たとえ侮辱されても、堂々としている。挑発を受けた時でも、自分を抑え、怒るようなことはない。彼らはただ黙々と自分のすべきことをする。たとえ自らを犠牲にして他者に奉仕する時でも、それを誇示するようなことはない。ただ日々の食糧を調達するような淡々とした態度でそれをする。自分の仕事がどれだけ人の印象に残るかということには関心がない。自分自身のことは一切考えていない。自分の周囲にいる人々、多くの欠陥を抱えた人々の役に立てればそれを喜びにできる。今、自分が何をすべきかを考え、気づいたことはすぐに実行する。

彼らと話をしていると、自分がいつもよりも面白い人間、賢い人間になったような気がする。彼らは社会階層などを飛び越え、誰とでも同じように接することができる。意識しなくてもそれができるのだ。知り合ってしばらくすると、その人が一度も自慢などしたことがなく、独善的な態度も、強情に何かを言い張る態度も見せたことがないと気づく。自分にはこんな優れたところがある、自分はこれほどすごいことを成し遂げたと自らの口で言うこともない。

精神が安定しているからといって、葛藤がないわけではない。葛藤は絶えずあるが、少しでも成熟に向かおうと闘っているところが違う。彼らはいわば、人生における最も根本的な問題を解決すべく歩んでいる。その問いとは、善と悪を隔てる境界線とは何かということである。ソ連の作家アレクサンドル・ソルジェニーツィンは言っている。「善悪は、国境線で分かれるわけではないし、階級で分かれるわけでもない。また、二つの対立する政党があっても、一方が善で一方が悪というわけではない。善悪の境界線はすべての人の心のどこかに

ある」〔『収容所群島』〕

内なる人格を磨くべく長年、闘い続けた人は、いずれ深みのある心を持つことができる。はじめのうちは、表面的な成功を望む気持ちも強いかもしれないが、次第に内なる闘いの方が重要になる。アダムⅠがアダムⅡに屈服する時が来る。本書を読む人たちにも是非そうなってもらいたい。

第一章　大きな時代の変化

私の地元の公共ラジオ局は、日曜の夜に、昔の番組の再放送をする。何年か前、帰宅途中の車の中で偶然、「コマンド・パフォーマンス」という番組の再放送を聴いた。元は第二次世界大戦に従軍した兵士に向けて流されていたバラエティショーである。私が聴いたのは、一九四五年八月一五日、対日戦勝の翌日に放送された回だった。

フランク・シナトラ、マレーネ・ディートリッヒ、ケーリー・グラント、ベティ・デイヴィスなど、当時を代表するセレブも多数出演していたが、その番組が何より印象的なのは、出演者の豪華さより、彼らの誰もがとても控えめで謙虚だということだ。アメリカを含む連合国は、ちょうどその日、歴史上でも最も気高いとされる軍事的勝利を収めたばかりだった。だが、ことさらに胸を張ったり、大げさに喜びを表現したりする言葉は聞かれない。戦いに勝利したからといって、誰もそれを記念して凱旋門《がいせんもん》を建てようなどとは考えないのだ。

「ようやくこれで戦争も終わったようですが」ホスト役のビング・クロスビーがそう言って

口火を切る。「だからといって、我々には特に何か言うことはないと思いませんか。すべてを放り出してお祝いするという気分でもないし、普段の休日と何ら違いはないと思いますね。できるのは、ともかく戦争が終わったことを神に感謝するということくらいでしょう」メゾソプラノ歌手のリーゼ・スティーヴンスは、厳粛な調子で「アヴェ・マリア」を歌い、ビング・クロスビーも歌で作られた雰囲気を壊すことなく、「今日、私たちが皆、心の底から『謙虚であらねば』と思っているのは間違いのないところです」と話した。

番組の中では同様の発言が色々な人によって何度も繰り返された。俳優のバージェス・メレディスは、第二次世界大戦の従軍記者アーニー・パイルの書いた文章の一節を朗読した。パイルは終戦の数カ月前に戦死したが、すでに連合国の勝利を予期し、その勝利の意味について次のように書いていた。「我々が勝利できたのはもちろん、我が軍の兵士たちが勇敢に戦ったためであるが、その他にも多くの理由がある。ロシア、イギリス、中国の貢献も大きかったし、時が味方したおかげもある。そして、我々が豊富な天然資源を持っていたことも大きい。我々の勝利は最初から決まっていたことではなく、我々が他の人々より優れていたから勝てたわけでもない。勝利を誇るよりも感謝することの方が重要だ」

この番組の内容は、当時の国全体の雰囲気を反映したものだった。もちろん、勝利に喜び、乱痴気騒《らんちき》ぎをした者がいたのも事実だ。サンフランシスコでは、水兵がケーブルカーを占拠する、酒屋で略奪をするということも起きた。ニューヨークのガーメント地区では、積もった紙吹雪が一〇センチメートルの高さにまでなった(1)。だが、決して国をあげての大騒ぎというわけではなかった。厳粛な態度でいる人は多かったし、本当にこれで良かったのかと懐疑的になっている人も多かった。

それは戦争という出来事の規模があまりに大きすぎたからでもあるし、多くの人の血が流されたのを知っているからでもあった。個人の小ささ、力のなさを思い知らされ、打ちのめされている人も少なくなかった。太平洋地域における戦争が、原子爆弾という手段を用いることで終わった、という要因も大きく関係している。人類がどれほど恐ろしい武器を手にしてしまったのか、世界中の人たちが知った。もはや自分たちを瞬時に滅ぼしてしまうほどの武器を持つにいたったのだ。作家、ジャーナリストのジェームズ・エイジーは、終戦の週の《タイム》誌の論説で「勝利は喜び、感謝の念と同時に、悲しみと懐疑を我々にもたらした」と書いている。

控えめで謙虚だったのは、ラジオ番組「コマンド・パフォーマンス」に限ったことではなかったのだ。また、歴史的な勝利に際して、そういう態度を国民が取ったのは、その時に限ったことではない。自分たちがいかに偉大であるかを誇らしげに語るということはあまりなかった。車のバンパーに勝利を祝うステッカーを貼る、などまず考えられないことだった。戦いに勝った時、第一に考えるのは、自分たちが他者に比べ道徳的に優位だから勝ったわけではない、ということだ。勝ったことで、優越感を持ち、尊大になるということを厳に戒める気持ちが強かった。人間とは元来、自己愛の強いもので、油断するとそれに流されるが、努力してそれに抵抗しなくてはいけないと皆が考えていた。

番組が終わる前に私は家に着いてしまったが、家の前に車を停めて、そのままラジオを聴き続けていた。番組が終わって家に入り、テレビをつけると、フットボールの試合が中継されていた。クォーターバックがワイドレシーバーに短いパスを投げる。ワイドレシーバーは直後にタックルを受け、行く手を阻まれてしまった。ディフェンス側の選手は、目覚ましい活躍をした時に特に最近の選手がよくすることをした。いかにも得意顔で「勝利のダンス」を踊ったのだ。テレビカメラも長い間、そのダンスをとらえていた。

それを見て私は、ついさっき聴いたラジオ番組での出演者の態度を思い出していた。第二次世界大戦にアメリカが勝利したことよりも、今、フットボールの試合で少し活躍したことの方がよほど嬉しそうで誇らしげに見える。

この対比を目にしたのをきっかけに、私は次々に色々なことを連想した。この違いは、この何十年かに起きた文化の変化を象徴しているのではないかと思った。かつての「他人が私より優れているわけではないが、私も他人より優れているわけではない」という謙虚な文化は、今では「私の力を見ろ、私は特別なんだ」と誰もが主張する自己宣伝の文化へと変貌したのだ。私が体験した二つの出来事は、それ自体に大した意味はないが、人々の生き方が過去と現在で根本的に変わっているのだとしたら、その意味は大きい。

「コマンド・パフォーマンス」の再放送を聴いた後、私は終戦直後の時代、またその時代の著名人たちに興味を持ち、詳しく調べるようになった。それでまずわかったのは、二〇世紀半ばの時代は決して良い時代とは言えない、ということである。「あの時代に帰りたい」と望むのは、無知ゆえのこととしか思えない。人種差別、女性差別、ユダヤ人差別は今とは比べ物にならないくらい激しい。あの時代に仮に戻ったとしても、現代の大半の人はそれを幸せとは思わないだろう。今よりもはるかに退屈なことは間違いない。食べ物の種類も少なく、美味しいものも少ない。生き方の選択肢も今よりはるかに少ない。今より「冷たい」文化である。特に父親の子供に対する愛情表現が乏しい。また、夫が自分の妻の人間性を深く理解するということも珍しかった。人生を送るのなら、総じて今の時代の方が良いというのは確かである。

ただ、過去にはあったはずの美徳の一部が、現在の人間から失われてしまっているのも一方で事実だ。以前は何世紀にもわたって当たり前に存在したものがめったに見られなくなった。たとえば、かつては自らの欲望を否定的に見る人が多かった。自らの長所ではなく欠点に目を向け、それを克服すべく努力する人が多かった。生まれつきの欠点を直す努力、また弱みを強みに変える努力をするのが普通だった。そういう時代には、自分の考えたこと、感じたこと、成し遂げたことを瞬時に全世界と共有しようなどと考える人は少なかっただろう。

大衆文化は、「コマンド・パフォーマンス」の時代には、今よりも控えめなものだった。メッセージの書かれたTシャツを着る人はいなかったし、タイプライターには、「！」記号のキーはなかった。各種難病の患者に対する支援の感情を表現するリボンなどもなかった。車のナンバープレートに派手な装飾を施す人もいなかったし、バンパーにステッカーを貼って、自らの思想、信条を道行く人に知らしめるということもなかった。車のリアウィンドウに貼ったステッカーで旅行した場所や卒業した大学を知らせることもない。自己宣伝や自画自賛を強く戒める雰囲気が社会にあった。自分を実際以上に大きく見せようとするなど、もってのほかとされていたのだ。

グレゴリー・ペックやゲイリー・クーパーなどの有名俳優の態度、ドラマ「ドラグネット正義一直線」などの登場人物を見ても、その時代の社会規範がよくわかる。フランクリン・ルーズベルト大統領の側近だったハリー・ホプキンズは第二次世界大戦で息子を一人失った。それを受け、軍の幹部たちは、ホプキンズの他の息子たちを危険な任務から外そうとしたが、ホプキンズ自身が当時の人らしい控えめな表現でそれを拒否した。息子の一人が「太平洋で少々の不運に見舞われた程度」のことで、他の息子たちが危険を免れるなどということがあってはならない、というのだ。(2)

ドワイト・アイゼンハワー政権の閣僚を務めた二三人のうち、後に回想録を出版したのは農務長官一人だけで、しかも内容はごく控えめで穏やかなものだった。ところが、これがレーガン政権になると、三〇人の閣僚経験者のうち一二人が回想録を出版するまでになった。しかもそのほとんどが、自己宣伝色の強いものである。(3)

ジョージ・ブッシュ・シニアは謙虚を美徳とする時代に育っただけあり、その時代の教育が染みついていたようだ。大統領に立候補した際にも、自らのことを語るのを極端に嫌がった。スピーチライターが演説原稿を書いた時、〝I《アイ》〟（私）という言葉を文中で使っただけで、ただちにそれを削除したほどだ。半ば無意識でそうしていたようである。「大統領に立候補するからには、自分のことを語らないわけにはいきません」とスタッフが強く進言しなくてはならないほどだった。スタッフに促され、ブッシュは無理に自分のことを語ったが、その翌日に母親から電話があり「ジョージ、自分のことをぺらぺら話すものじゃないとあれほど言ったでしょう」と叱られた。ブッシュは再び、態度を元に戻した。演説で〝I〟を使うのをやめ、自己宣伝もしなくなった。

大きい私

「コマンド・パフォーマンス」の再放送を聴いて以降、私は何年にもわたって文化の変遷を裏づけるデータを大量に収集した。その結果、謙虚を良しとする文化から、自己顕示を良しとする文化への変遷は実際に起きたらしいとわかった。それは「小さい私」の文化から、「大きい私」の文化への変遷と言ってもいいだろう。文化は、自分をできるだけ小さく見せ、自分を脇に置くようなものから、自分をできるだけ大きく見せ、自分を宇宙の中心に置くようなものへと移り変わっていったのだ。

データを見つけることは難しくなかった。たとえば、一九四八年から一九五四年の間、合計で一万人以上の若者を対象に実施されたあるアンケートのデータがある。そのアンケートでは「自分のことを重要な人物と思うか？」という質問がなされた。「そう思う」と答えた若者はわずか一二パーセントにとどまっている。ところが、一九八九年に同様のアンケートを実施したところ、自分のことを重要な人物だと思う若者は、男性で八〇パーセント、女性で七七パーセントにまで増えていたのである。

また心理学の分野では「自己愛テスト」と呼ばれる実験も多く行なわれている。この種の実験では、被験者にある文章を読ませ、その内容が自分に当てはまるかを答えてもらう。たとえば、「私は人々の注目の的《まと》になりたい」「私は自分のことを特別な人間だと思っている」「自分が特別であることを、機会があるごとに他人に知ってもらおうとする」「私は自分のことを誰かに伝記を書かれるべき人物だと思っている」といった文章を読ませて、同意するか否かを問うのである。同意した設問が多いほどテストのスコアは高くなる。スコアの平均値は、最近の二〇年だけで三〇パーセントも上昇した。しかも、わずか二〇年前の平均スコアを上回る若者は、現在、全体の九三パーセントに達している。(4)特に同意する若者が増えたのは、「私は自分のことを特別な人間だと思う」「私は自分の身体を見るのが好きだ」という文章である。

自尊心が高まっているのはこれで明らかだが、同時に名声欲の高まりも著しい。過去にも名声を得たいと思う人はいたのだろうが、人生における名声の優先順位は決して高くなかった。一九七六年には、人生の目標になり得ることを一六項目あげ、それに優先順位をつけてもらう、という調査が実施されたが、「名声を得ること」は一六項目中一五位という結果だった。ところが、二〇〇七年の調査では、五一パーセントの若者が、「名声を得ること」を人生の最大の目標の一つとしたのだ。(5) 中学校の女子生徒を対象に行なわれたある調査では「今、誰と一番夕食を共にしたいか」という問いに対し、最も多かった答えが「ジェニファー・ロペス」だった。二位は「イエス・キリスト」、三位が「パリス・ヒルトン」という結果になった。また、同じ女子生徒たちに、職業のリストを提示し、「どれに就きたいか」を尋ねると、有名人（ジャスティン・ビーバーなど）のマネージャーを選んだ子が、ハーバード大学の学長を選んだ子の二倍に達した（もちろん、ハーバードの学長がジャスティン・ビーバーのマネージャーになりたい可能性もあるわけだが、それは別の話として）。

そうした調査結果以外にも、大衆文化全体を見ていて、同様の変化を感じることは多い。今は、「あなたは特別な人間だ」「自分自身を信じよ」「自分自身に正直になれ」というメッセージが頻繁に発せられている。たとえば、ピクサーやディズニーの映画は、絶えず子供たちに「あなたはそのままで素晴らしい」と語りかけている。大学の卒業式のスピーチでも、「自分の情熱に従え」「自分の限界を自分で決めるな」「自分の道は自分で決めよ」という同じメッセージが繰り返し発せられる。「あなたは偉大な人間なのだから、偉大なことを成し遂げる責任がある」「自分自身を信じよ」というのが、現代の福音のようになっている。

コメディアンで女優のエレン・デジェネレスは二〇〇九年、ある大学の卒業式でのスピーチでこのように語っている。「私が皆さんに言いたいのは、自分自身に忠実であれ、ということです。そうすれば、万事うまくいくはずです」有名な料理人であるマリオ・バターリも、卒業式のスピーチで「あなたがどうなるかは、常に自分自身に忠実であるかどうかで決まります」と言った。作家のアナ・クィンドレンは、多くの聴衆に向かって、勇気を持てと言い、「自らの人間性、知性に自信を持ち、自分自身の意思を尊重すべきです。そう、臆病な世界から出る不明瞭なメッセージは無視し、自分自身の魂から出ている明瞭な声に耳を傾けなさい」と語りかけた。

エリザベス・ギルバートは、大ベストセラー『食べて、祈って、恋をして（*Eat, Pray, Love*）』（那波かおり訳、武田ランダムハウスジャパン、二〇一〇年）の中で（私はこの本を最後まで読んだ、おそらく唯一の男性だ）、こう書いている。「神は、私自身の内面からの声にその姿を宿す……神はそれぞれの人の中に住んでおり、あなたが、ただあなたのままでいれば、神はそこに現れる」(6)

子供の育て方にも同じような変化は見られる。たとえば、ガールスカウトの手引書には、かつてなら、自己犠牲の尊さ、謙虚であることの大切さなどが書かれていた。他人に対し「私のことを考えて」と望みすぎることが、何よりも幸福の障害になると書かれていたはずだ。

ところが、社会学者のジェームズ・デイヴィソン・ハンターによれば、一九八〇年頃には、それがすでに大きく変化していたという。同様の手引書に、「自分自身のことをよく考えなさい」という記述が見られるようになる。「どうすれば自分の声にもっと耳を傾けられるでしょうか」「あなたは今、何を感じていますか」といった記述が増えるのだ。何より自分自身のことを深く理解することが大切、と書かれるようになる。「世界を見て、物を考える時には、自分をその中心におきなさい。そして、自分の考え、感情を大事にして行動しなさい」と教える。(7)

聖職者の語る言葉にも同じような変化が起きた。全米最大級の教会であるレイクウッド教会（テキサス州ヒューストン）の指導者ジョエル・オースティン牧師も著書『あなたの出番です！──全米最大の教会、牧師が語る成功の秘訣（*Become a Better You*）』（藤林イザヤ訳、PHP研究所、二〇〇九年）の中で次のようなことを書いている。「神はあなたを平凡な、取るに足らない人間として創ってはいません。誰もが皆、優れた人間になれるよう創られています。時代に何か足跡を残せるよう創られているはずなのです……自分は選ばれた人間なのだと信じることから始めましょう。他から際立ち、勝利を収めることが自分の運命なのだと信じましょう(8)」

謙虚な態度

私はこの本を書くために何年にもわたり調査を続けたが、その後に再び、原点である「コマンド・パフォーマンス」へと立ち返った。番組を通じて触れた彼らの人間性が忘れられなかったのだ。

番組中の出演者の謙虚な態度は実に美しく、心地の良いものだった。反対に「自分が、自分が」と前に出てくる人の言葉は耳障りだし、そういう人にはどこか不安定さ、脆《もろ》さを感じる。人間は謙虚になると、自分がいかに優れているかを証明する必要から解放される。自尊心が強いと、常に飢えに苦しむことになり、また狭いところに閉じ込められて窮屈な思いをすることになる。自分を認めて欲しいという渇望に苦しむのだ。また、常に他人と競争し、他人との違いを際立たせなくてはならないので、行動に自由度が少ない。謙虚になると、他人を称賛したくなるし、また他人と協調する気になる。他人への感謝の気持ちも生まれる。どれもが心地の良い感情である。カンタベリー大主教だったマイケル・ラムゼイは「感謝という土壌には、自尊心《プライド》という作物は育ちにくい」と言っている(9)。

謙虚な態度は、私たちの知性にとっても重要なものである。心理学者のダニエル・カーネマンも言っているとおり、人間は自分の無知についてはどこまでも無知である(10)。謙虚になれば、自分には知らないことがたくさんあることを常に意識するし、自分の考えが歪んでいるかもしれない、誤っているかもしれない、と常に疑うことになる。

この姿勢が人間に知恵をもたらす。モンテーニュも「人間は他人の知識を借りて博識になることはできるが、他人の知恵を借りても賢明にはなれない」と言っている。なぜなら知恵というのは、情報の集まりではないからだ。自分が何を知らないかをよく知り、自分の無知、限界、不確実さにうまく対処できる人を、賢い人と呼ぶ。

人間には必ず偏見があり、自分を過信しやすいという性質もある。だが、賢い人は、少なくともある程度、それを克服することができる。謙虚で賢明な人は、自分のことを遠くから俯瞰で眺めることができる。若い時期は誰でも自分のことばかりを仔細に観察してしまいがちだが、賢い人は次第に、その周囲の世界の全体像を見るようになっていく。全体像の中に自分を置き、その長所、短所を知る。また、自分が世界とどう関係しているか、また自分がいかに世界に依存しているかも認識するようになる。長い歴史の中での自分の役割も考え始める。

謙虚さは、もちろん、道徳的な意味でも重要だ。どの時代にも、その時代に好まれる自己修養の方法というのがある。自分の人間性をいかに磨くべきか、また、どうすれば人間性が深まったことになるのか、ということについての考えは時代によって異なっている。「コマンド・パフォーマンス」の出演者たちは、慢心、過剰な自信を持つこと、自画自賛をすることを何よりも嫌い、そこから自分を遠ざけることが人間性を磨くことだとみなしていたようだ。

現在では、人生を旅のように考える人が多い。外の世界における旅だ。旅程が進むにつれ、人は成功に近づいていく、そう考えられている。人は誰もが目標を持って人生を生き、何かを成し遂げる。そうすべきだと多くの人が考えている。その何か、とは外の世界に対する何らかのはたらきかけである。世界にはたらきかけ、影響を与える。それができた時に目標が達成されたとみなす。たとえば、具体的には、事業を成功させる、社会を変革する、といったことを指す。

真に謙虚な人たちも人生を旅にたとえることはある。だが、彼らの旅は、外の世界ではなく、内面の世界での旅だ。謙虚な人たちは、人生において、外の世界ではなく、自分自身に立ち向かう。彼らは自分自身を分裂した存在だと考える。生まれつき素晴らしいものを与えられてもいるが、同時に大きな欠点も抱えているとみなすのだ。それぞれの人が才能を持っていると同時に、弱点も持っている。また、人間は誘惑に負けやすく、欠点、弱点を克服しようと闘う人は数少ない。ただ自然に任せていると、次第に欠点に負けて人間は駄目になっていくと信じられた。それでは、外見的には成功しているようでも、深いところでは失敗した人生ということになる。

謙虚な人たちにとっても、外見的な成功は重要で、それにも確かに価値はある。ただ、欠点を克服するための内面での闘いの方が、人生においてより重要である。それが人生の中心と言ってもいい。有名な神学者、ハリー・エマソン・フォスディックも一九四三年の著書『人間完成への道（*On Being a Real Person*）』の中で「生きるに値する人生はまず、自己との対決から始まる」と書いている[11]。

自分自身の中で最も良いと思われる部分を大きく育て、最も悪いと思われる部分に打ち克つ。それが謙虚な人たちにとっての生きる意味であり、そのために大変な努力をする。ともかく最初に、自分には生まれつき大きな欠陥があるのだとはっきり認識する、すべてはそこから始まる。人間は、放っておくとつい自己中心的になり、そのせいで問題を引き起こすことになる。作家のデイヴィッド・フォスター・ウォレスは、二〇〇五年にケニヨン・カレッジの卒業式でした有名なスピーチの中でそのことを見事に表現している。

自分の直接の経験だけに頼る限り、私は自分が絶対に世界の中心であるとしか思えません。自分にとって自分ほど確かな存在はありません。これほど生き生きと感じられる存在は他にないのですから、自分は世界の中心で最も重要な人間であると深く信じるに至るでしょう。私たちは、自分のこうした生来の自己中心性を普段、省みることはほとんどありません。それを直視することはあまりに不快だからです。誰でもその点では同じでしょう。生まれながらの性質は皆、自己中心的です。私たちの回路にそれは最初から組み込まれています。考えてみてください。自分が世界の中心ではないと主観的に強く実感できた瞬間が一度でもありましたか。世界は常に、あなたの前、あなたの後ろ、あなたの左右にあります。あるいはあなたの見ているテレビやモニターの中にあります。他人の考えや感情も何らかのかたちで伝わってはきますが、自分の考えや感情ほど強くは認識されないし、さほど切実でもなければ、現実感もありません。

こうした自己中心性は色々な不幸をもたらすことになる。自分が世界の中心に見えれば、当然、自分の利益が何よりも重要に見えるだろう。他人は、利益を得るための単なる手段に見えてしまう。また、この世界観は自尊心《プライド》を生む。自分を他の誰よりも優れた存在とみなすことにつながる。自分に何か欠点があっても、それを無視する。あるいは正当化する。そして、自分の長所ばかりがよく見える。生きていく中で私たちは絶えず自分を他人と比較しているが、たいていの場合は自分の方が少し良く見える。自分は人より道徳的な人間で、人より判断力に優れ、人より趣味も良いと感じてしまうのだ。しかも、他人にもそれを認めさせたいと強く願う。自分は何かを成し遂げたと信じ、また一定の地位にいると信じていて、それを無視する者、自分を侮辱してくる者がいれば敏感に察知する。

人間には愛情があり、その愛情にも様々な種類がある。困るのは、私たちが「重要度の高い愛」よりも、「重要度の低い」愛の方に振り回されがちだということだ。私たちは様々なものを愛し、欲する。友情、家族、名声、郷土、金銭、いずれも愛情、欲望の対象である。すべての愛情、欲望は私たちの中で平等ではなく、重要なものとそうでないものがある。それは誰もが認めるだろう。自分の子供や親に対する愛情は重要である。それはお金に対する愛情より大事なはずだ。真実に対する愛は重要だ。それは名声に対する愛よりも大切なはずだ。現代は価値観が相対化、多様化している時代だが、それでもこの道徳観はきっと今でも多くの人が共有しているはずである。

ところが私たちは、この秩序をよく乱す。たとえば、あなたは、自分のことを親身になって考えてくれる人よりも、自分を褒めそやしてくれる人のことをつい大事にしてしまう。名声への愛を、友情への愛よりも大事にしてしまうということだ。他人と会う時にも、話を聞かず、つい自分ばかりが話をしてしまう。学ぶことや友情を深めることよりも、「話したい」という自分の熱情の方を優先させるのである。そういうことはいくらでもある。

真に謙虚な人は道徳に関して現実主義者である。自分というものの現実の姿をよく知っている。自分は「曲がった材木」で作った家のようなものだと知っている。イマヌエル・カントの「人間性という曲がった材木から、真っ直ぐなものがつくられたためしはない」という警句のとおりだ。人間が所詮、曲がった材木だと思っている人は、自分自身にどういう欠点があるかも明確に認識している。そして、欠点や弱さを克服すべく絶えず闘い続けなければ、まともな人間にはなれないとわかっている。トーマス・マートンも言っているとおりだ。

「魂とは、常に対戦相手がいてはじめて価値を持つ運動選手のようなものだ。相手に挑戦し、勝とうとするからこそ、自分を伸ばし、持てる力を最大限に発揮することができる」[12]

謙虚な人たちの日記を読むと、その人の内面で確かに闘いが繰り広げられているのだとわかる。謙虚な人が何より嬉しそうなのは、自らの身勝手さや、冷酷さに打ち克てた日だ。反対に、他人の力になれたはずなのに、自分が怠惰なために、あるいは疲れていたためにできなかった、という日には意気消沈する。自分に話を聞いて欲しがっている人がいたのに、耳を傾けようとしなかった、という日にも元気がなくなる。彼らは自分の人生をいわば「道徳的な冒険の物語」のようなものととらえている。イギリスのジャーナリスト、ヘンリー・フェアリーはこのようなことを言っている。「放っておけば罪を犯してしまうのが人間の性質だとよく認識していれば、またその性質を完全になくすことができないと知っていれば、少なくとも私たちの人生から、『すべきこと』は決してなくならない。そして、すべきことに取り組んでいれば、それが無意味なこと、ばかげたことでないといつか必ずわかるだろう」

私の友人に、毎日、床に就くと必ずその日の自分の失敗を振り返るという人がいる。彼は自分が頑固であることが最大の欠点、最大の罪だと思っており、他の多くの罪はほとんどがそこから派生していると考えている。彼は忙しい人で、多くの人が彼の時間を奪い合っている。時折、彼の前で自分の弱さをさらけ出し、助言を求めようとする人もいるのだが、十分な対応ができないこともある。話をじっくり聴くことよりも、相手に良い印象を与えることの方に注意が向いてしまう場合もある。相手が自分に何を言っているかより、自分が相手にどう思われているかを気にしてしまう場合があるのだ。だから、本当に自分が思っていることは言わずに、心にもないこと、耳に心地よいことばかりを言ってしまう。

毎晩、彼は自分の失敗のカタログを作る。具体的にどういう失敗をしたのか、またそこに、自分の最大の欠点である頑固さはどう関係しているのかをよく考える。そして、明日をより良い日にするために戦略を立てる。翌日、彼は他人に対し、前日までとは違う接し方をしようと努力する。他人に相対するたび、必ず一呼吸置いて考えるのだ。相手のために親身になることより、自分の評判の方を気にしていないか、ということにも注意する。本来、重要度の低いはずのことを優先していないかと自問するのである。私たちには、自分を日々、道徳的に高めていく責務がある。彼は実際に、毎日わずかずつでも前に進もうと闘っているわけだ。

このように生きている人たちは、人間は生まれたままで、何もしなくても素晴らしい存在だなどとは考えていない。人間は自分の人間性を自ら努力して作り上げ、磨いていかねばならないと考える。明確に意識して努力を重ねない限り、良い人間にはなれないと自覚しているのだ。また、たとえ表面的に成功しているように見えても、内面の道徳的な向上がなければ、その成功が長続きしないことも知っている。内面が道徳的に充実していないと、いずれ不祥事や、誰かの裏切りによって転落してしまう。「アダムⅠ」は、結局は「アダムⅡ」に依存している。

私はここで「闘い」という言葉を使ったが、内面の弱さとの闘いは、戦争やボクシングの試合のような闘いとは違う。両者を混同するのは誤りだ。内面の闘いは腕力を必要とするものではないし、暴力や攻撃を伴うものでもない。内面の闘いにおいては、もちろん、大変な困難に直面することもある。悪に誘惑されても、ぐらつくことなく真っ直ぐに立っていなくてはならない。欲望に負けないよう、自らを強く律しなくてはならない。だが、辛いことや苦しいことばかりではない。内面は、愛や喜びによっても磨かれるからだ。その鍛錬はむしろ快いものだろう。良い人たちと深い友情で結ばれれば、その人たちの良い性質を自然に真似するものだし、良いところを積極的に取り入れようとするのが人間だ。誰かを深く愛すれば、少しでもその人のためになり、その人に喜んでもらいたいと願う。偉大な芸術に触れれば、感情の幅は広がるだろう。大義のために身を捧げれば、欲求をより次元の高いものにすることができ、自分の内にあるエネルギーをうまく制御して、有効に活かすこともできるだろう。

もう一つ重要なのは、自分の弱さとの闘いが決して孤独なものではないということだ。自分一人だけの力で己に克てる人は誰もいない。一人の意志、理性、慈悲心、人格はそう強いものではない。どれほどの人格者であっても、利己心、自尊心、欲望、自己欺瞞《ぎまん》などに一人でいつも勝ち続けることは不可能だろう。誰もが自分の外からの手助けを必要とする。助けてくれるのは、家族かもしれないし、友人かもしれない。先祖や伝統の存在が助けになる人もいる。何らかの規則や制度も役立つことがあるだろう。どこかに模範になる人がいるというのも大切だ。そして、信仰を持つ人にとっては、もちろん神が助けになる。何か間違っていればそれを指摘してくれる人、今どうするのが正しいのか助言してくれる人も必要だ。苦しい時に支えになり、励ましてくれる人、曇った目を覚まさせてくれる人、ひらめきを与えてくれる人、目標達成に協力してくれる人がいて欲しい。

その点では、人生というのは意外に平等、公平である。ウォール街で働いている人だろうと、貧しい人に医薬品を寄付している慈善団体のメンバーだろうと同じだからだ。収入が極端に多い人も、極端に少ない人も変わらない。どの世界にも英雄もいれば、どうしようもない愚か者もいる。重要なのは、その人に自分自身との道徳的な闘いに挑む気持ちがあるかということだ。ただ闘うだけでは十分ではない。自ら進んで楽しく闘いに取り組まなくてはならない。ヘンリー・フェアリーはこう書いている。「自分が罪を犯す存在であり、一人ひとりが自らの弱さとの闘いのただ中にいると認識すれば、あとはもはや戦士たちのように闘いに挑むしかない。勇敢に、勝ちたいという熱意を持って闘うのだ。そして時には勝利に浮かれ騒ぐこともあろう」[13]。アダムⅠは他人との闘いに勝利しなければ成功できない。だが、アダムⅡは、自分の中にある弱さにさえ勝利すれば、成功できるのである。

谷底からの帰還

この本では何人もの人物を取りあげる。その人生は実に様々だ。だが、全員に共通しているのは、皆が、自分との闘いに正面から取り組む人生を送ったということだ。一度、下へと降りて、そこから高みへと上っていったという点でも共通している。まず、謙虚の谷へと下り、その後、長い努力を経て高い人間性を持つにいたった。

人格者へと向かう道の途中で、彼らは多くの心の葛藤を経験し、苦難にくじけそうになって、再び立ち直るということを繰り返す。困難な状況を経験することで、洞察力が急激に高まり、今まで知らなかった自分の姿を突然、見出すということもある。自分は自分を律することができていると錯覚し、自己欺瞞に陥っていたが、ある日、それが一気に崩れたということもあった。高みへと上りたいと望むのなら、自己認識に関して謙虚になる必要がある。アリスは、不思議の国へと入っていくために自分の身を小さくしなくてはならなかった。また、キェルケゴールは「最愛の人を救うには、地下世界へと降りて行かなくてはならない」と言っている。

すべてはそこから始まる。謙虚の谷底まで降りると、人は自らを黙らせるようになる。自分を黙らせない限り、世界を正しく見ることはできないのだ。自分を黙らせない限り、他人は理解できないし、他人のありようをそのまま受け入れることはできない。

自分を黙らせると、新たに空間が生まれ、そこに優しさや思いやりの心が入り込んでくる。自分が実は思いがけない人たちに助けられているのだと気づくこともある。以前であればとてもあり得なかったほど深く他人を理解し、そして他人を思いやるようにもなる。自分にはもったいないほど多くの、深い愛情を他人から受け取っていることにも気づく。自分の手をしっかりと握っていてくれるから、不安に思う必要はないことに気づくこともある。

謙虚の谷底まで降りた人は間もなく、自分が実は高い場所にいることに気づく。大きな喜びを感じられる場所だ。そこでは同時に世界に対する責任も感じる。前にも増して仕事に打ち込もうと思えるし、新たな友人を作り、新たな愛情を育てようという気持ちにもなる。苦しい体験がきっかけだったとしても、そこから謙虚になったことで、自分があっという間にとてつもなく遠い場所まで来たことに驚く。ふと振り返り、自分が旅してきた道のりの長さに呆然《ぼうぜん》とするのだ。谷から出る時、その人は回復しているのではない。違う人間に生まれ変わっている。自分がこの世界で何を為すべきなのかを知った人間、自らの使命を知った人間になっている。それからの長い人生は、使命のために生きる。人生の目的を達することに身を捧げる。

この一連の動きは、個々の段階で人の心に何か爪痕を残す。謙虚の谷底まで降り、再び上がってきた、という体験をすると、人間の内面の芯の部分が大きく作り変えられる。心はそれ以前よりも強固で重みを持ったものになる。人格が磨かれた人は全員が物静かというわけではなく、よく話をする人もいるが、共通しているのは、必ず自分を大切にする気持ちを持っているということだ。自分を大切にする気持ちは、いわゆる「うぬぼれ」や過剰な自信とは違う。知能指数など数字で測れる知的能力の高い人や、身体能力の高い人が必ず自分を大切にできるかと言えばそうではない。たとえば、一流の大学に入れる人、スポーツの競技会で優秀な成績を収める人が、必ず自分を大切にできるとは限らないのだ。それとこれとは無関係である。何かで他人より優れているから良いというものではない。大事なのは、今の自分が過去の自分より良くなっていると思えるかどうかである。また、自分を向上させようと試行錯誤した時間や、誘惑に見事に打ち克った経験も貴重な財産になる。自分のことを道徳的に信頼できると思えるか否かが大切だ。他者ではなく、自分に対して勝利を収めなくてはならない。自分の内面からの誘惑にも耐え抜き、自分の弱点とも逃げずに闘う。そうすれば、何か良くないことが起きても動じず、「もっと悪くなってもまだ大丈夫」と思えるような余裕を持てる。

中には、何かをきっかけに突如、急激な変化を経験する人もいる。誰の人生にも苦しい時というのはあるだろう。その時に自分を大きく変えられるかどうかで、後の人生が良いものになるかどうか決まることもある。だが、変化というのはそういう劇的なものだけではない。日々の小さな変化もある。日々、自分の中に新たな欠点を見つけ出す、他人と心を通わせる、欠点を直すための努力を積み重ねていく。すべてが組み合わさってこそ、人格は作られるのだろう。

「コマンド・パフォーマンス」の出演者たちの態度は、単に人目があるから無理にそうしているというものではなかったと思う。その時代について調べるほど、当時の社会が今とはまるで違っていたのだとわかるからだ。調査を進めるうちに、人間というものに対する私の見方は大きく変わった。人生において何が大切か、より良く深く生きるとはどういうことか。そういうことに関する考え方もまったく変わってしまった。過去の時代に「コマンド・パフォーマンス」の出演者のような態度で生きていた人がどのくらいいたのかはわからない。だが、そういう人たちが実際にいたことは間違いない。私は彼らに畏敬の念を抱いた。

私たちが過去には伝統的に持っていたはずの道徳観をなくしてしまったのは、決して必然ではなく単なる偶然にすぎないのだと思う。この何十年かの間に私たちは、かつては持っていた言語を失い、かつてはごく普通だった生き方も失った。だからといって私たちがとても悪い人間になったわけではないが、私たちの道徳が不明瞭なものになったのは間違いない。今の人間が過去に比べて極端にわがままになったわけでも、強欲になったわけでもないと思うが、一定の規範が失われたことで、自分の人格をどう形成すればいいのかはわかりにくくなったと思う。人間性を「曲がった材木」とみなしていた時代には、多くの人の心の根底に「罪」があった。誰もが罪の意識を持ち、その罪を償わねばならないと感じていた。そういう感じ方、考え方が世代から世代へと受け継がれていたのだ。追悼文に書かれる美徳をどう身につければいいかは明確で、「アダムⅡ」を育てることの大切さも当たり前のように知っていた。ところが、いつしか「アダムⅠ」の成功ばかりに目を向ける人が増え、道徳的に何を正しいとするのかの基準は失われ、現代社会はある種うわべだけをとりつくろうものになってしまった。

現代社会の大きな間違いは、「アダムⅠ」さえ成功すれば、人間は心から満足できると多くの人が信じていることだ。実際にはそんなことはない。アダムⅠの欲望は無限である。何かを手に入れてもすぐに物足りなくなり、絶えず「もっと欲しい」と思い続ける。アダムⅡを成長させない限り、本当の満足を得ることはできない。アダムⅠは単純にいつも幸福を追い求める。しかし、アダムⅡは幸福だけでは不十分だと知っている。究極の喜びとは、心の喜びだ。次章以降は、実際に心の喜びを得て、本当の満足に達することができた人たちの例を紹介していく。私たちは過去に戻れるわけではないし、戻りたいと望むのも間違いだ。だが、過去の人について知ることで、かつてはあった道徳的伝統を再発見することができる。かつて道徳を表現するのに使われていた言葉を学び直し、今の生活に取り入れることもできるだろう。

アダムⅡを育てるためのマニュアルなどはない。こうすれば必ず正しく育つという確かな方法はない。だが、実際にアダムⅡを大きく育てた人について深く知ることはできる。その人がどのような知恵を以て人生を生き抜いたかを知れば、きっと大きな助けになるだろう。読者が、本書から一つでも多くのことを学んでくれることを望んでいる。もしかすると、私がまったく重要だとは思わなかった記述が、読者には重要と感じられるかもしれない。読者も私も、以降の九つの章を通して、これまでとは少し違った、少し良い人間に生まれ変わることができればと思っている。

第二章　天　職

フランシス・パーキンズ

ニューヨーク、ロワーマンハッタンのワシントン・スクエア公園周辺。そこには、ニューヨーク大学の校舎が点在し、現在は高級なアパートや、高所得者向けの店舗が立ち並んでいる。しかし、一九一一年当時、裕福な人たちが住んでいたのは公園の北側だけで、東側や南側にあったのは工場群だった。そこには、若い労働者たちが集まっていた。大半がユダヤ人、イタリア人などの移民である。公園の北側に住んでいた人の一人が、ゴードン・ノーリーの妻マーガレット・ノーリーだ。彼女は、アメリカ独立宣言に署名した人たちのうちの二人を祖先に持つ由緒正しい家柄の出身であり、まさに上流階級に属する貴婦人だと言えた。

その年の三月二五日、何人かの友人たちとともにお茶を飲もうとしていた彼女は、家の外がどうも騒がしいのに気づいた。彼女の客人の中には、フランシス・パーキンズがいた。メイン州の中産階級の旧家に生まれた彼女はその時、三〇歳。やはり祖先を独立革命当時まで遡《さかのぼ》ることができる家柄である。パーキンズはマウント・ホリヨーク大学出身。ニューヨークの消費者連盟で働き、問題となっていた児童就労をなくすべく陳情活動をしていた。パーキンズは彼女の育ちの良さにふさわしい話し方をした。マルクス兄弟の古い映画に出てくるマーガレット・デュモン、あるいはテレビドラマ「もうれつギリガン君」に出てくる金持ちのサーストン・ハウェル三世夫人のような話し方だ。〝a〟の音を長く平坦に伸ばし、〝r〟を発音せず、口を丸くして母音を発音する。たとえば、〝tomato〟が〝tomaahhhto（トゥマーーートゥ）〟のようになる。

執事が部屋に駆け込んで来て、公園のそばに火の手が上がったことを知らせた。婦人たちは外へと飛び出した。パーキンズはスカートを持ち上げて、火事の現場へと全速力で走った。彼女たちが遭遇したのは、いわゆる「トライアングル・シャツウェスト工場火災」だ。アメリカの歴史の中でも特に有名な火災の一つである。パーキンズは、ビルの八、九、一〇階が炎で明るくなっているのを見た。開いた窓のそばには、何十人という労働者が集まっていた。ビルの下の歩道には、野次馬が大勢いて、皆、恐怖におののいていた。パーキンズはその中に加わった。

やがて、窓から何やら大きな塊が続けて落ちて来るのが見えた。工場主が良い生地を火災から守ろうとして、外に出しているのだと皆は思った。だが、しばらく見ているうちに、落ちているのは生地などではなく、人間なのだとわかった。火から逃れようとして窓から飛び出した人たちが、結局は地面に激突して次々に死んでいたのだ。パーキンズは後にこう回想している。「私たちが現場に着くとすぐに、人が窓から飛び降り始めました。飛び降りるまでは、窓の下枠にしっかりとつかまって、落ちないようにしていたのに。背後には人が押し寄せ、火も煙も次第に近づいて来ていました[1]……」

「窓のそばに人が集まり過ぎたので、ついに飛び降りるようになりました。飛び降りた人はすべて歩道に激突しました。全員が死にました。飛び降りた全員が、一人残らず死んだのです。それは何とも恐ろしい光景でした[2]」

消防士たちが下でネットを広げて受け止めようとしたが、あまりに高いところから落ちてくるために、ネットは大きくたわみ、消防士たちは持ちこたえられずに手を離してしまう。あるいは、たとえ持ちこたえられたとしても、ネットが破けてしまう。一人、ハンドバッグの中身を野次馬に向かって気前よくぶちまけてから飛び降りた女性もいた。

パーキンズをはじめ何人かが「飛び降りないで！　助けが来るから」と叫んだが、本当は誰も助けになど行っていなかった。炎は後ろから迫り、ビルに残る人たちを焼き始めていた。飛び降りた人は四七人にもなった。飛び降りる前に演説をした若い女性も一人いた。大きな身ぶりで熱っぽく何かを語っていたが、誰も彼女が何を言っているのか聞き取れなかった。

彼女が窓枠によじ登る際には、そばにいた若い男性が優しく手を貸した。彼は手を伸ばして彼女をビルの外へと放り出した。彼がバレエダンサーのように突き放し、そして下へと落とす。彼は同じことを二度、三度と繰り返した。続いて四人目が窓枠の上に立つ。彼女は彼を抱きしめ、二人は長い間キスを交わす。だが彼はやはり彼女も同じように窓の外へと放り出し、その後に自分自身も外へ飛び出た。落ちていく時には、彼のズボンが持ち上がり、履いていたしゃれた茶色い靴が見えた。ある新聞記者はこう書いている。「私は覆い隠されてしまう前に彼の顔を見た。それは真の男の顔だった。彼は自分にできる最善を尽くしたのである」(3)

火事が起きたのはその日の午後四時四〇分頃だった。八階で誰かが、仕立ての過程で出た木綿生地の屑《くず》の山にタバコかマッチを放り投げたのが原因だった。生地はあっという間に炎に包まれた。

工場長のサミュエル・バーンスタインは、火事の報せを受けると、そばにあったバケツに水をくんで何度か火にかけたが、ほとんど効き目はなかった。木綿屑は可燃性が非常に高い。紙よりもさらに燃えやすく、爆発的に燃える。そして、八階だけで約一トンもの量の木綿屑が積み上げてあったのだ(4)。

バーンスタインはなおもバケツで水をかけ続けたが、もはや何の意味もなかった。火は、木製の作業机の上に吊り下げられた薄い型紙にまで広がった。バーンスタインは、階段から消防ホースを持って来るよう工員たちに命じ、栓を開けたが、水はまったく出ない。この火事について後に調べたデイヴィッド・ヴォン・ドレエリは「バーンスタインは最初の三分間に致命的な判断ミスをした」と言う。彼はその間に五〇〇人近い工員たちを避難させることもできたはずだ。なのに、ただ火を消そうと無駄な抵抗をするだけに終わってしまった。最初から工員たちを避難させることに時間を使っていれば、一人の死亡者も出なかった可能性が高い(5)。

ようやく火から目を離したバーンスタインは、自分の目に入った光景に驚いた。八階の女性たちの多くが更衣室に行き、コートなど自分の持ち物を取り出そうとしていたからだ。すぐにパンチアウトできるよう、自分のタイムカードを探している者もいた。

一〇階にいた二人の工場主にも少し遅れて火事の発生が知らされた。その時には八階全体にまで火が広がり、九、一〇階にも急速に広がり始めていた。工場主の一人、アイザック・ハリスは何人かの工員を集めて話をし、火事の中を下へ降りることは自殺行為だろうと判断した。「みんな、上へ行くんだ！　屋上だ、屋上へ行け！」彼は工員の女性たちに大声で怒鳴った。もう一人の工場主、マックス・ブランクは恐怖のあまり、何も考えられなくなっていた。彼はただ、末娘を一方の腕に、もう一方に上の娘を抱え、何もできず、凍りついたように立ち尽くしていた。[6] 注文台帳を手に避難しようとしていた事務員は、結局、台帳を投げ捨て、代わりに自分のボスの命を救うことにした。

八階の工員たちはほとんどビルから脱出できたが、九階の工員たちは、火の手が自分たちに迫って来るまで火事のことを知らなかった。火事を知った時には、恐怖に駆られた魚の群れのように、出口を求めて右往左往するしかなかった。ビルにはエレベーターが二台あったが、速度は遅く、すでに大勢が乗っていて重量制限をオーバーしているような状態だ。スプリンクラーはない。非常階段はあったが、壊れかかっていたために、閉鎖となっていた。工場では普段、退出者を厳重に監視していた。盗難を防ぐためである。監視に都合が良いよう、出口は一つに限定されていて、しかも狭くなっていた。扉のいくつかには常に鍵がかけられていた。火と煙、恐怖が迫って来る中、工員たちは、限られた情報を基に自分たちの生命を左右する判断をしなくてはならなかった。

仲の良かったアイダ・ネルソン、ケイティ・ワイナー、ファニー・ランズナーの三人は、更衣室にいた時、最初に「火事だ！」という叫び声を聞いた。ネルソンは即座に階段に向かって走って行った。ワイナーはエレベーターへと走ったが、すでに下の階へと降りてしまっており、まったく上がっては来なかった。仕方なく、彼女はエレベーターシャフトの何もない空間へと足を踏み入れ、エレベーターかごの屋根に落ちた。ランズナーはどちらの手段も採らず、結局、逃げることはできなかった[7]。

メアリー・ブチェッリは、自分が逃げた時の様子を後に話している。とにかく必死で、なりふり構わず自分が誰よりも先に外に出ようとしたという。「大勢の人を押しのけたし、蹴飛ばしたことも何度かありました。逆に私が押しのけられ、蹴飛ばされることもあったんです。行く手を阻む人すべてと戦いました。自分が助かることしか考えていませんでした……ああいう場に身を置いたことのある人、同じような大きな混乱を経験した人ならわかってくれると思います……何も見えないんです。いえ、あまりにもたくさんのものが見えすぎて、いったい何が何なのか、見分けがつかなくなってしまうんです。大混乱で、絶えず戦っていなくてはならず、もう目の前に何があるのかさっぱりわからない状態になります[8]」

ジョゼフ・ブレンマンは、工場にいた数少ない男性の一人だった。エレベーターに向かおうとした彼の前には大勢の女性がいたが、皆、彼に比べれば小さく、力も弱かった。なので彼は、さほど苦労することなく、彼女たちを押しのけてエレベーターまでたどり着くことができ、助かった。

消防隊は早くから現場に来ていたが、はしごは八階までは届かない。ホースの水もほとんど届かなかった。ビルの外壁を、雨が降った時のように少しぬらしただけだ。

恥

トライアングル・シャツウェスト工場火災の与えた恐怖は、街にとってトラウマとなった。人々は工場主たちに対して怒っただけでなく、自分たち自身にも責任があるのではと感じていた。一九〇九年には、ロシア系移民の若い女性、ローズ・シュナイダーマンが、トライアングル・シャツウェスト工場をはじめいくつかの工場で働く女性たちを率いてストライキを起こしている。シュナイダーマンのこの時の訴えが聞き入れられていれば、工場火災がこれほどの大惨事になることはなかっただろう。ストライキのピケ隊は会社の雇った守衛たちによって妨害された。街の人たちは無関心だった。それは一部の貧しい人たちの問題で、自分たちには関係がないと思っていたからだ。火災の後、多くの人が激しく怒っていたのは、皆、自分たちの過去の態度に罪の意識を感じていたからだろう。あまりに自己中心的で、貧しい工場労働者の生活にはほとんど関心を示さなかった自分自身のことも責めていたのだ。すぐそばにいたにもかかわらず、労働者がどのような環境に置かれ、苦しんでいるか、考えてみようともしなかったことを悔いていた。フランシス・パーキンズはこう話していた。「現場周辺の人たちの動揺はそれは大変なものでした。とても言葉では表現できないくらい。自分たちは皆、何かとても間違ったことをしたのだと感じていました。決してしてはいけない過ちを犯したのです。本当に申し訳なく思いました。誰もが自分を責めていました。自分が悪い、自分が悪いのだと」[9]

火災を記念した大規模な行進や集会が開催され、そこには市の中でも主導的な役割を果たす人たちが多く参加した。パーキンズが集会で消費者連盟の代表として壇上に立った時、ローズ・シュナイダーマンはこう発言し、集まった人々を驚かせた。「私がここに来たのは皆さんに愛想よく話をするためではありません。そんなことをすれば、火事で身を焼かれた気の毒な人たちを裏切ることになります。私たちは前から皆さんに訴えていました。善良な市民であるはずの皆さんに。しかし、誰も私たちの言うことに耳を貸そうとはしなかったのです！

過去にはひどい拷問が行なわれていました。親指締め機のついた拷問台をはじめ、鉄の爪のついた恐ろしい拷問器具の数々。そして、今の時代もかたちを変えて拷問は続けられているのです。現代の拷問、それは貧困です。強力で高速な機械装置が現代の拷問具と言ってもいいでしょう。労働者たちは、常にその機械のすぐそばで働いています。火災が起きても避難が困難な建物は、現代の拷問台だと言えます。ひとたび火の手が上がれば、もはや助かる術はないからです……。

市民の皆さん、私たちはそのことを前から訴えていました！　今も同じことを訴えたい。あなた方は今回のことで一ドルか二ドルか、わずかばかりのお金を寄付したかもしれない。それで悲しみに暮れる被害者たちの家族は多少、慰められるかもしれない。しかし、それで、彼ら、彼女らの置かれている耐えがたい境遇が改善されるわけではないのです。労働者たちは度々、街で声をあげて訴えている。他に方法を知らないからです。でも、どれほど強く訴えても、法律が強い力で私たちを押しつぶしてしまうのです……大勢集まっていただきましたが、私はあなたたちを仲間だと思って話すことはできない。すでにあまりに多くの血が流されているために、とてもそんなことはできないのです！(10)」

火災とその余波は、フランシス・パーキンズのその後に大きな影響を与えることになった。火災の前も労働者の権利のために陳情活動をしていたし、貧しい人たちのために動いてはいたが、中産階級出身の人間としての価値観はそのまま保った上での穏やかな活動であり、伝統的な労働観、結婚観なども変わることなく持っていた。ところが、火災の後、活動は彼女の生きる上での使命へと変わった。道徳心、義憤が彼女の進む道を大きく変えたのである。彼女は自身の願望や自我を脇に置くようになり、それに代わって「大義」というものを人生の中心に据えた。育ちの良さから来る慎重さ、上品さはすっかりなくなった。貧困層を救済する対策の遅さに彼女は我慢ができなくなったのだ。人々の臆病さに腹を立てた。争いを避け、自分は安全な場所にいてそれまでどおりの生活を続けようとする人たちに憤った。パーキンズはかたくなになっていた。そして荒々しく混沌《こんとん》とした政治の世界に身を投じた。道徳的に見て正しいか疑わしい行動もいとわない。トライアングル・シャツウェスト工場火災のような惨事、ビルから次々に人が飛び降りるような悲惨な出来事の再発を防ぐためであれば、どんなことであれするようになったのである。望む結果が得られるのであれば、腐敗した当局者と妥協もしたし、彼らとともに動くこともした。彼女は残りの人生を大義のために捧げたのだ。

天命

大学などの卒業式ではよく講演が行なわれる。近年、そうした講演では「自分の感覚を信じよう」、「自分が何をしたいのかを自分の心に聞いてみよう」、「自分の人生の目的は自分で見つけよう」といったことが語られるのが常だ。どう生きるかはそれぞれの人が自分で決める。つまり、大切な答えは必ず自分の心の中にあるということだ。まだ若く、大人になったばかりの時期に腰を据えてじっくり時間をかけてよく考えてみる。自分はいったい何者なのか。自分にとって本当に重要なことは何か。反対にさほど重要でないことは何か。どういうことなら情熱を注げるか。人生の目的を考える、というのは、この場合、「自分は人生で何を得たいと思うか」を考えることに等しい。行動をするのは、周囲の人を喜ばせるためでも、他人に褒められるためでもない。自分にとって大事と思えるものを手に入れるためだ。

このように考える人にとって、人生は事業のようなものになる。事業計画を立てるかのように、人生の計画を立てることになるだろう。計画を立てる際には、まず自分に今、どのような資産があるかを考える必要がある。これはつまり、自分にどのような才能、資質が与えられていて、何にどのくらいの情熱を注げるかを考えるということだ。資産を把握したら、次は到達目標を設定する。進捗を知るために、現状の自分を評価する基準を定める必要もあるだろう。さらに、目標にいかにして到達するか、戦略を立てなくてはならない。戦略を立てるには、必然的に、自分を目標に近づけてくれるものと、そうでないものとを切り分けることになる。急を要するように見えても、実際には時間の無駄でしかない、ということもある。できるだけそんな無駄を省くようにする。達成可能な現実的な目標を人生の早い段階で定め、立てた戦略を忠実に、また状況に応じて柔軟に修正を加えて実行すれば、確かにある程度、充実した人生にはなるかもしれない。少なくとも、常に目標に向かっているのだという満足感を得られるかもしれない。自分ですべてを決定したのであれば、結果がどうなっても納得できるという人も多い。よく引用されるウィリアム・アーネスト・ヘンリーの詩「インビクタス〔征服されざる者〕」にも、そんな一節がある。「私の運命を定める者は私だけだ／私は私の魂の船長だ」

個人の自主性、独立性が重んじられる現代のような時代には、このような生き方を当然と考える人が多いだろう。自分に始まり自分に終わるという生き方。自己の探求に始まり、自己実現に終わる生き方。その人の個人的な選択、決断の連続によって人生が形作られていく。だが、フランシス・パーキンズの生き方はそれとは違っていた。彼女は生きる目的を自分の中から見つけ出したわけではない。彼女の時代には、それは特に珍しい生き方ではなかった。彼女のような生き方では、「自分は人生で何を得たいと思うか」などと自分に問いかけることはない。投げかける問いは「人生は私から何を得たいのか」に変わる。「私のいるこの世界は、私に何をして欲しいのか」と問うのである。

彼女の生き方では、人は自分の人生を自分で作らない。人生に命じられるのだ。大切な答えは自分の内にではなく、外にある。すべては自立した自己からではなく、自己が偶然属している具体的な状況から始まる。世界は自分よりもずっと前から存在しており、自分のいなくなったずっと後まで存在している、という認識から始まる人生観である。私たちはほんのつかの間、生きるだけだ。しかも、生きている間には、運命、歴史、偶然、進化、そして神によって多くを決定されてしまう。私たちはどこに生まれるかも自分で決められず、自分の意思とは無関係に直面させられた問題に立ち向かうことになる。私たちの欲しがるものでさえ、実は自分で決めたわけではない。すべての人がいくつかのことを解き明かさなくてはならない。自分の属する世界には何が欠けているのか。何があれば完全になるのか。修復のために何が必要で、何をしなくてはならないか。自分の周囲に、誰かによってなされるのを待っている仕事はないか。作家のフレデリック・ビークナーも言っているとおり、「世界の切実な必要と、自分自身の能力、心の底からの喜びとが交わるところ」を探すのだ。

それは「天命」と言ってもいいだろう。ヴィクトール・フランクルは、一九四六年の有名な著書『夜と霧』（[新版] 池田香代子訳、みすず書房、二〇〇二年）の中で、そうした天命について書いている。ユダヤ人であるフランクルは、ウィーンで精神科医をしていたが、一九四二年に他の多くのユダヤ人とともにナチスに捕らえられ、まずはゲットーに、その後に強制収容所へと送られた。そしていくつかの強制収容所を転々とする。彼の妻、母親、兄は収容所で亡くなった。収容所でのフランクルは、ほとんどの時間を鉄道線路の敷設作業をして過ごした。それは彼が自分自身で計画した人生ではなかった。その仕事に情熱があったわけでも、夢があったわけでもない。もし彼が自分の意思に従って人生を歩んでいたのなら、決してするはずのなかった仕事だ。ところがフランクルの人生には、そういう出来事が割り当てられてしまった。自分がどのような人間になるかは、置かれた状況に対し、心の中でどのような決断を下すかによって大きく変わる。彼はそのことをよくわかっていた。
「大事なのは、私たちが人生に何を求めるかではない。人生が私たちに何を求めるかだ」フランクルはそう書いている。「私たちは、人生の意味とは何か、と問うことをやめるべきだ。反対に、人生の方が日々、絶えず私たちに問いかけているのだ[11]」フランクルはまた、運命は彼に道徳的な任務、知的な任務を与えたのだと言っている。彼は運命が自分に与えた仕事をした。

その任務とはより良く苦しむことだった。また、その苦しみの大きさに値する人間になる必要があった。苦しみがどれほどのものになるのか、彼に決めることはできなかった。ガス室で命を落とす可能性もあったし、他の理由で死んで道端に捨てられる可能性もあった。自分がどういう目に遭うのかは選べなかったが、自分の心が苦境にどう反応するかは自分で決めることができた。ナチスは捕まえたユダヤ人を侮辱し、人間性を奪おうとした。ユダヤ人の囚人の中には、ナチスの狙いどおりに人間性を失っていった人も多かったし、現実から目を背け、幸せだった過去に引きこもってしまった人もいた。だが、一方で、あくまで侮辱と闘い、自らの尊厳を守り抜いた人もいる。「人は、そのようなひどい体験にも打ち克つことができる。人生を内なる勝利へと導くことができるのだ」とフランクルは言っている。侮辱と闘うには、自らの尊厳を絶えず保ち続ける必要がある。ほんの些細《ささい》な行為にもその人の尊厳は表れる。何をしても、自分の置かれた状況は表面的には変わらないかもしれない。最終的な運命は結局、同じかもしれない。しかし、自分の心という構造物を支える柱や梁《はり》を強くすることはできる。フランクルは、彼自身が「内なる砦《とりで》」と呼んだものを鍛えることができた。辛い状況でも心の平静を保つことができるようになった。何があっても、自分の尊厳を守り抜く力を身につけたのだ。

「苦しみは私たちにとって、背を向けることのできない課題となった」フランクルはそう書いた(12)。彼は自分に与えられた課題を知り、それによって自分の人生の意味、究極の目的を理解した。戦争がそれを理解する機会を彼に与えてくれたと考えたのである。起こっている出来事の意味を理解してからは、生き延びることがそれまでよりも楽になった。ニーチェは「なぜ自分は生きるのか、その理由を持っている者は、どのようないかにも耐えることができる」(『偶像の黄昏』)と言っているが、まさにそのとおりだったわけだ。

フランクルの課題は、自分の置かれた状況に対応することだけではなかった。それを知恵に変え、世界に伝えることも彼の課題となった。フランクルには大きな知的機会が与えられたことになる。これ以上はあり得ないというほどに恐ろしい状況に置かれた時に、人間はどうなるのかを学ぶための機会だ。彼は自分が学んだことを他の囚人たちと共有することができる。そして、もし生き延びることができれば、残りの人生をかけて全世界の人と共有することもできるのだ。

まだ頭が十分に働いている状態であれば、彼は他の囚人たちと話をし、自らの考えを伝えることができた。自分が人生から与えられた課題には真剣に取り組むべきだということ、内なる砦を強化すべきだということを、彼は仲間たちに伝えた。彼は皆に、うつむくのではなく、上を向けと言った。そのためには、愛する者の姿を頭上に思い浮かべ、そちらに目を向けるとよい、ということも教えた。愛する者は妻かもしれないし、子供、親、友人かもしれない。その愛は保ち続け、他の人たちとも共有し、さらに強めていくべきだ。ナチスは愛を破壊しようと目論《もくろ》んでいるが、それに負けてはいけない。愛する者はすでに別の収容所に送られて離れ離れかもしれないし、もう亡くなっているかもしれないが、たとえそうでも愛を保つのだ。たとえ埃まみれ、泥だらけの劣悪な環境にいても、周囲で次々に人が死んでいても、人は上を向くことができる。「狭い収容所の部屋の中にいても、私は神に話しかけていた。神は、私がたとえどこにいても、場所を超越して応えてくれた」フランクルはそう書いている。場所にも状況にも関係なく、大切な人への愛情に満たされていれば、人間は大きな喜びを感じることができるという。「天使は計り知れない栄光に果てしなく思いを巡らせる」という言葉の意味も完全に理解できるという。

苦しい状況にいる人は自ら命を絶つこともある。フランクルはそのことについても語っている。人生は私たちに何かを求めることをやめてはいない。未来が私たちに何かを求めていたかもしれないのに、自殺をすれば、それを無にするということだ。消灯後の暗闇の中で、フランクルは仲間の捕虜たちに話した。いつでも誰かが私たちを見守っているのだと。それはたとえば妻や友人、生きている人の場合もあれば、すでに死んだ人の場合もある。または神、という場合もある。誰にでも、見守っていてくれたとしたらがっかりさせたくない人というのはいるはずだ。[13] 人生の意味とは、提示された問いへの正しい答えを見つけることにある、とフランクルは考えた。答えを見つけるのがそれぞれの人にとっての責任であるという。問いは次々に一人ひとりの人の前に提示され、それに答えを出すという仕事を皆、常に抱えることになる。[14]

もちろん、フランクルのように極端で恐ろしい境遇に置かれる人は稀だ。だが、持って生まれた能力、才能、そして性格が皆、同じでないというのは事実だ。努力によって身につけられる能力もあるにはあるが、それでも他人になることは誰にもできない。置かれる環境も一人ひとり必ず違っている。そのため、必然的に求められる行動も違ってくる。貧しい人もいればそうでない人もいて、大きな苦しみを味わう人もそうでない人もいる。行動に家族や友人が必要な人もいれば、そうでない人もいるし、他人と関わり他人の協力を得て問題に対処できる人もいればそうでない人もいる。問題に直面し、その解決を迫られるというのは、生まれ持った能力を存分に活かす機会を与えられているのだとも言える。

自分の天職、天命を見つけ出すには、眼と耳を研ぎ澄ませていなくてはならない。知ろうと待ち構えていなければ、自分の置かれた状況が自分に何を要求しているのかを正しく知ることはできない。ユダヤ教のミシュナ〔ユダヤ教の聖典タルムードを構成する要素の一つ〕に「その仕事を完了することはあなたの義務ではないが、仕事が開始されるのを止める自由はあなたにはない」とあるが、まさにそういうことだ。

天職

フランクルにもパーキンズにも「天職」があった。天職は、私たちが普段、「職業」と思っているものとは違うこともあり得る。普通にいう職業とは収入を得る手段であり、いわゆる「良い」職業にいったん就くと、より良い職業に就く機会が増えることになり、収入も次第に増え、社会的な地位も上がっていく。多くの人は、少しでも金銭的利益が大きく、自分の心も満足できるような職業を探す。いったんいずれかの職業に就いても、思うような利益や満足感が得られず、自分に合わないと思えば、また新たな職業を探すことになるだろう。

だが、人間は自分の天職を選ぶことはできない。天職とは、まさに天から求められる職だからだ。自分から選ぶのではなく、求められて取り組むものだ。天職に出会った人は、それに取り組む以外、選択肢はないと感じる。他の道を歩んでしまったら、人生などなかったかのように感じられるのだ。

天職は義憤をきっかけに見つかることもある。フランシス・パーキンズはトライアングル・シャツウェスト工場火災を目撃し、憤りを覚えた。これほどの惨事にいたるまで何も手を打とうとしない社会のモラルのなさに憤ったのである。自分が何か行動を起こすことで天職に出会う人もいる。ある時、ギターを手に取り、その瞬間、自分はギタリストなのだと知る、そんな人もいるだろう。他に何をしてもいい人間がたまたまギターを弾いているのではなく、ギタリストになるべくして生まれた人間だと気づく。聖書や文学作品の一節に呼ばれる人もいる。アルベルト・シュヴァイツァーは、一八九六年夏のある朝、聖書の「自分の命を救おうとする者はそれを失い、私のために自分の命を失う者は、それを救うだろう」という一節に出会う。その瞬間、彼は呼ばれているとわかった。自分は成功していた音楽教師、オルガン奏者としての職を擲《なげう》って医療の道に進む、ジャングルの医者になると悟ったのである。

天職を持つ人は、費用対効果分析の結果、その仕事に取り組むわけではない。公民権運動や難病の治療に身を捧げるのも、人道組織の運営や、大作小説の執筆に全力を傾けるのも、それで得をするからではない。実利よりもはるかに深く、崇高な理由で仕事に取り組む。損得で仕事をした場合、行く手に困難が立ちはだかれば、その仕事をやめてしまうはずだ。ところが、天職に取り組む人は困難があるほど、その仕事に強く執着する。シュヴァイツァーはこんなことを書いている。「何か善をなそうと考えるのであれば、他人に勧められるままに、次々に仕事を変えるようなことがあってはならない。目の前に良さそうな仕事があっても、自分のすべきことを受け入れ、黙ってそれを続けるべきだ。障害があった時には、それに打ち克つため、より強い力が湧くはずである」[15]

この「天職」という考え方は、現代の社会に広く行き渡っている考え方とは相いれない。そのことは言っておくべきだろう。天職は、個人の願望、必要を満たすものではない。現代のエコノミストたちが考えるような職業とは違う。天職は、幸福を追求する仕事ではないのだ。もし「幸福」という言葉が、「争いや苦しみを避け、快適に気分良く暮らすこと」という意味なのであれば、天職はまったくそれを目指すものではない。天職は、まず人がいて、その人のために仕事がある、という関係にはならない。まず仕事があり、取り組む人は、その仕事が目的を達成するための道具となる。取り組む人が仕事に自分を合わせることになる。たとえば、作家のアレクサンドル・ソルジェニーツィンにとっては、ソ連の圧政と闘うということが天職となり、自ら目的達成のための道具となった。ソルジェニーツィン自身はこう表現している。「私が何を考えようと、何をしようと、それは私自身のためではない。そう思うと私は幸せだったし、安心した。私は汚れた権力を打ち倒すために研ぎ澄まされる一本の剣にすぎないのだ。権力を切り裂き、ばらばらにすることさえできれば、それが無上の喜びとなる一本の剣だ。私は神に懇願する。どうか私を手から離さないで欲しいと。権力を攻撃する限り、私は決して折れることはないのだから！」

こんなふうに書いていると、天職を得ている人は総じて気難しいのではと思うかもしれないが、決してそんなことはない。まず言えるのは、天職を得ている人は、自分の仕事に喜びを感じられるということだ。いつも必ず、というわけではないだろうが、多くの場合、喜びを感じているはずだ。ドロシー・L・セイヤーズは、今日では推理作家としてよく知られているが、同時代には教師、神学者としても尊敬される人物だった。彼女は、コミュニティに奉仕することと、仕事に奉仕することとの違いを明確に区別していた。コミュニティに奉仕することが最大の目的になっている人は、仕事をする時に何かを「曲げる」ことになると彼女は言う。仕事が小説を書くことであれ、パンを焼くことであれ、その仕事が本来求めているのとは少し違うことをしてしまうというのだ。コミュニティに奉仕しようとすれば、目の前の仕事だけに一心に打ち込むわけにはいかないからだ。しかし、仕事に奉仕する人は違う。彼らは目の前の仕事をできる限り完璧にこなそうとする。自分としてもその方が大きな満足感を得られるし、結果的にはコミュニティにより大きく貢献できることが多い。そうしようと意識していた場合よりも良い貢献ができるのである。天職を得ている人もこれとほぼ同じだ。その人が取り組んでいるのはダンスかもしれないし、組織の運営かもしれないが、ともかくそれが天職であれば、完璧を目指して最大限の努力をすることになる。彼らは完璧を渇望し、そのことに心を奪われているのだ。渇望と実際の行動に調和がとれていると、そこに価値を見出し、喜びを感じることができる。自分のしていることが正しいと確信できれば、たとえ毎日が困難の連続だったとしても、苦しさはかなり和らげられる。

トライアングル・シャツウェスト工場火災はフランシス・パーキンズの人生の目的を決定づけた唯一の出来事ではなかったが、目的の決定に大きく影響した出来事の一つであったことは間違いない。彼女の前には恐怖があった。そして、現場で見ていたその他の人たちと同じように、激しい怒りを覚え、何とかしなくてはという強い思いを心の中に抱えていた。大勢の人が亡くなったことも問題だが、もっと問題だったのは、救えるはずの命を救えなかったことだ。これは社会全体に共通する問題を象徴する出来事だった。人として当然の扱いを受けていない人たちがいたこと、人としての尊厳を無視されている人たちがいたことがよくわかった。不当な扱いを受けていたがために、命を落としてしまった。そういう現実を知り、義憤を感じたことで、パーキンズは自分の天職を見つけたのだ。

しつけ

フランシス・パーキンズは、一八八〇年四月一〇日、ボストンのビーコンヒルに生まれた。彼女の先祖は一七世紀半ば、大量にアメリカに移住してきたプロテスタントの集団の中にいて、はじめはマサチューセッツ州、その後はメイン州に定住した。先祖の一人、ジェームズ・オーティスは扇動家で、独立戦争の英雄となっている。また、オリヴァー・オーティス・ハワードは、南北戦争で北軍の将軍となり、その後、ハワード大学の設立を推進した人物だ。ハワード大学は黒人向けの大学としてワシントンDCに設立され、長い歴史を誇る。ハワードは、フランシスが一五歳の時、彼女の家を訪ねている。その時、戦争で右腕を失っていたハワードのために、フランシスは代筆者を務めている。[16]

パーキンズ家の人たちは一世紀以上にわたり、ほとんどがメイン州ポートランド東部、ダマリスコッタ川のそばに暮らし、農場主、あるいはレンガ職人として生計を立てていた。フランシスの母親は、大家族ビーン家の人だった。ビーン家のしつけはアメリカの古い家庭としては典型的なものだ。質素、勤勉、そしてとにかく正直を良しとするしつけである。フランシスの父親、フレッド・パーキンズは、夜にはよくギリシャの詩を読み、友人たちとギリシャの戯曲を朗読することもあった。フランシスが七歳か八歳の頃には、彼女にギリシャ語の文法を教え始めた。フランシスの母親、スーザン・ビーン・パーキンズは生真面目だったが、芸術を解する人でもあり、また非常に自己主張の強い人でもあった。スーザンは娘が一〇歳の時、帽子屋に連れて行った。当時、流行していたのは幅が狭く高さがあり、羽飾りやリボンのついた帽子だ。ところが、スーザンがフランシスの頭にかぶせたのは、簡素で高さもない三角帽子だった。彼女の育児がどのようなものだったかは、その帽子をかぶせた後の言葉からよくわかる。現代の普通の育児とは大きく違うことは確かだ。現代の多くの親は、子供を褒める。子供にどんな良いところがあるかを本人に言って聞かせるのだ。しかし、当時の親は子供に、本人の欠点や弱点を言って聞かせた。正直に包み隠すことなく、欠点を口に出して伝えるので、現代の感覚からするとあまりに残酷とも思える。母親は帽子屋でフランシスにこう言った。

「ああ、あなたの帽子はこれね。こういうのをかぶるべきよ。あなたは平らで幅の広い顔をしているから。頬骨のところが出ていて、幅が広くなっている。こめかみから上は狭いの。

それに頬から下は顎にかけて急に狭くなっている。だから、頬骨の間の幅に合わせて帽子を選ばないとね。頭にしては大きい帽子。絶対に、頬骨のところより幅の狭い帽子を選んではだめよ。間が抜けて見えるからね[17]」

最近では、ニューイングランドの伝統的なヤンキー文化は、グローバル化の影響を受けてかなり薄められたが、まだ当時ははっきりしていて強力だった。典型的なヤンキーの特徴は、控えめであること、自立心が強く、平等主義者であること、そして強い精神力を持っていることなどがあげられる。時にその強靭《きょうじん》さのせいで、外からは冷淡にも見えることがある。だが、内面は愛情と優しさにあふれており、それが行動の強い動機になる。ニューイングランド人は自らが罪深い存在であることを常に強く意識していた。神を深く崇拝し、自分を戒め、罰することで、神への愛情を表現しようとした。勤勉でよく働き、めったに愚痴を言うことはなかった。

成長して少し大人になったある晩、フランシスが真新しいパーティドレスを着て階下に降りて来たことがあった。父親は彼女を見て、「その格好なら淑女に見える」と言って褒めた。だが、彼女は後でこんなふうに反省している。「もし、私がドレスを着たことで少しきれいに見えたのだとしたら――多分そんなことはあり得ないが――父は私に絶対そうだとは言わないだろう。それは罪深いことだからだ[18]」

ヤンキーは自ら「社会的には保守で、政治的にはリベラル」と言った。私生活では伝統に従い、厳格に自らを律していた。その一方で、地域社会の慈悲を信じ、困窮した人には政府からの救済があるべきとも考えた。彼らは、個人はすべて集団に対する責任を負うと考えていた。集団の秩序を維持する責任を一人ひとりが負うというわけだ。一八世紀半ばの時点でさえ、ニューイングランド植民地では、州税や地方税が高くなっており、ペンシルヴァニアやヴァージニアの約二倍もの水準だった。また、ニューイングランド人は教育に非常に高い価値を置いていた。過去三五〇年の間、アメリカの中でも最高とされる学校の多くがニューイングランドのものだったという事実からもそれがわかるだろう。現在でも、ニューイングランドの教育水準はアメリカの中で最高の部類に属する。(19)

フランシス・パーキンズは、高い教育を受けたが、成績は両親の目から見ると決して良くはなかった。生まれつき口が達者で、高校時代などは、その饒舌《じょうぜつ》さのおかげで得をしていたようなところがあったようだ。そして、マウント・ホリヨーク大学に入学し、一九〇二年度生となった。当時の大学全般に言えることだが、この大学の規則、規範も、現在の大学におけるそれとは大きく異なっていた。今日では学生は、大学の寮に入ったとしても自主性に任されて監視されるということはほとんどない。学生には、自分で自分に合うと思う私生活を送る自由が与えられている。だが、当時の学生は、行動に厳しい制限が課せられていた。今の私たちから見れば、ばかばかしいと思えるような制限だ。目上の人間を敬い、従順で謙虚であるということが重要視されたので、必然的に自由は制限され、細かい規則に従って行動することが求められたのだ。パーキンズが入学した頃のマウント・ホリヨーク大学には、たとえばこんな規則があった。「一年生は、二年生がいる場所では、敬意を表するため、沈黙していなくてはならない」、「一年生は、キャンパス内で二年生に会った時には丁重に頭を下げなくてはならない」、「一年生は、その年度の中間試験が終了するまで、ロングスカートをはいてはならないし、髪を高く結い上げてもいけない」[20]。パーキンズは規則をよく守り、上級生からのいじめにもよく耐えて、クラスの中でも花形的な存在になる。そして、最上級生の時にはクラス委員長に選出された。

現在であれば教師は、学生の知的な面での長所を探し、それを伸ばそうとする。だが、一世紀前は違った。教師たちは学生の道徳面での欠点を探し、そこを矯正しようとした。たとえば、ラテン語の教師、エスター・ヴァン・ディーマンは、パーキンズには怠惰で自分に甘いところがあると考えた。そこで、彼女を勤勉な人間にすべく、先生はラテン語文法を利用することにした。軍事教練の教官が訓練のための強行軍をさせることがあるが、それと同様のことをラテン語文法でしたのである。何時間も連続して動詞の時制変化の暗記をさせるなどした。あまりにも退屈でストレスもたまり、パーキンズはついには泣き出してしまったが、後になって強制的に訓練させられたことを感謝し、こう言っている。「私はあの時はじめて自分の性格、人格というものを明確に意識するようになったのだと思う」[21]

パーキンズは歴史や文学には関心があり、熱心に勉強したが、苦しんだのが化学だった。にもかかわらず、化学教師のネリー・ゴールドスウェイトは、化学を専攻するよう彼女をしつこく説得した。もし、最も苦手な科目を専攻し、試練を乗り越えて見事に卒業を果たすことができたなら、彼女はその先の人生でどれほど辛い目に遭っても耐えられるに違いない、と考えたのだ。ゴールドスウェイトはしかも、化学の講座のうちでも最も難関なものを取るよう彼女に言った。それは、相当努力しても、平凡な成績しか残せないということを意味する。しかし、パーキンズは勧めに従い、あえて困難に挑戦した。ゴールドスウェイトは、彼女の研究指導教員になった。後年、彼女は母校の季刊誌の取材に応え、後輩の学生に向けてこう語っている。「学部生の頃の私は、苦手だった化学の勉強にとにかく神経を集中させた。本来苦手なことなので、短気を起こしそうになる自分を必死になだめなくては集中などできない。これによって私の精神は鍛えられ、磨きをかけられた。その後、何に取り組む時にもそれが役立ったと思う[22]」

　当時のマウント・ホリヨーク大学は、パーキンズに限らず、在学した学生のすべてに何か、永遠に消えない爪痕を残すような学校だったと言える。現代の大学とは違い、「アダムI」の世界における自分たちの役割にはあまり目を向けていなかったと考えられる。学生たちに物の考え方を教え、常識や思い込みを疑うことを教えてはいたが、ただそれだけではない。大学の果たした役割は幅広く、一言で表現するのは難しいが、あえて簡単に言えば「ティーンエージャーが大人になるための手助けをした」ということになるだろう。中でも特に重要だったのが、自制心、克己心を植えつけたということだ。自分が愛するべきものを自分で見つけ出す力も身につけさせた。人間は善悪の糸からできた蜘蛛《くも》の巣に絡め取られているような存在だということを教え、人生とは、その蜘蛛の巣で大きな力に翻弄《ほんろう》され、もがくことだと教えた。道徳心を持ち、保ち続けるのには強い情熱が必要だと教え込んだのだ。学生に対しては、何人もの人が同じことを語りかける。平凡で単調な人生で良ければ、それで自分は満足だというのなら、道徳的であろうとして闘い、もがき苦しむ必要はないかもしれない。だが、より良く生きたいと望むのであれば、そうはいかない。より良く生きようとすれば、人生の多くの時間は闘いになるし、拷問にかけられているような苦しみを味わうことになる。常に道徳的であるためには大変な勇気が必要になる。行く手を阻む者、あざ笑う者も大勢いるに違いない。だが、それでも、最後は単に快楽のみを追い求めた人間よりも、はるかに幸福になれるはずだ。

道徳のために闘う英雄は、自らの名誉のことだけを考える人間とは違う。彼らの行動は自己の否定から始まる。彼らは自分の利益や名誉を否定し、辛く苦しい天職を受け入れ、与えられた仕事を全うする。彼らの行動は単に慈悲心からのものでもないし、自己満足のためのものでもない。他人のために自分を犠牲にしたという善行に酔っているわけではないのだ。それでは、英雄的な行動は長続きしない。良いことをしているという意識があってはいけない。自分は天から贈り物をもらっていて、それをもらったお返しをするために動いている、という意識でなければならない。

当時の大学では、長く英雄的な行動を持続させるための具体的な機会を学生たちに与えていた。マウント・ホリヨーク大学では、何十年にもわたり、女子学生をイラン北西部や、南アフリカのナタール、インド西部のマハラシュトラなどに派遣し続けた。数百名の女子学生が伝道、布教活動のために送り込まれた。「他の誰もしたがらないことをし、他の誰も行きたがらないところへ行きなさい」大学の創始者、メアリー・ライアンは学生たちにそう訴えかけた。

　一九〇一年には、大学に新たな学長がやって来た。メアリー・ウーリーである。ブラウン大学を卒業した最初の女性のうちの一人で、聖書学の研究者だった。彼女は、ファッション雑誌《ハーパーズ・バザー》に、「女子に大学教育を施す価値」と題した文章を寄せている。それを読むと、いかに道徳を重要視していたかがわかる。それが、彼女の目指す大学教育の大きな特徴となっていた。「人格を磨くこと、それが教育の主たる目的である」ウーリーはそう言明し、さらに「真に重要なのは『平衡』である」と言った。「平衡」という言葉だけを見れば、「釣り合いが取れていること」というほどの意味に取れるかもしれない。だが、その当時の、この言葉には、単なる安定や釣り合いではない、もっと深い意味があった。「平衡を欠いていると、自分の身を守る上でもそこが弱点になるし、善意があり、崇高な目標もあり、優れた能力を持った人であっても結局、失敗してしまうことが多い」ウーリーはそう言っている。(23)

　マウント・ホリヨーク大学の教育で中心を成していたのは神学と古典学だった。つまりエルサレムとアテネだ。キリスト教からは倫理、他人への思いやり、慈悲の心を学ぶ。そして、古代ギリシャ、ローマからは、英雄的振る舞いについて学ぶ。たとえ、とてつもない苦境に直面しても、ひるむことなく、勇気を持って立ち向かえる人間になるための学びだ。《ハーパーズ・バザー》に書いた文章の中で、ウーリーは、ストア派哲学者のエピクテトスの言葉を引用した。「大いなる真理、永久不滅の法の下で生きていれば、そして、永遠に変わることのない理想に導かれて生きていれば、たとえ世界中の人々に背を向けられても耐えぬくことができる。また世界中の人々に褒めそやされても、堕落せずにいられる」という言葉だ。パーキンズとウーリーは、ウーリーが亡くなるまで生涯友人だった。

パーキンズが大学に進んだのは、社会福音運動が大きな影響力を持っていた時代である。社会の都市化、工業化が進むとともに、宗教は個人主義的なものになっていた。信仰を持っていてもその内容は一人ずつ違うという状況になりつつあったのだ。ウォルター・ラウシェンブッシュをはじめとする社会福音運動の主導者たちは、特に上流階級の通う教会で広く見られたそういう動きに異を唱えた。ラウシェンブッシュが主張したのは、「宗教とは単に個人が心の中に抱える罪を贖《あがな》うためのものではない」ということだ。その他に個人を超えた罪というのがある。集団の罪だ。ある組織、あるいは社会が全体として罪を犯すこともある。その罪によって、集団に属する人たちが抑圧され、苦しむということもあるだろう。社会福音運動の指導者たちは人々に、自分に試練を与え、自分を純化することが重要だと訴えた。社会改革のために働くことでそれができるという。真にキリスト教的な生活とは、一人で祈りを捧げ、ざんげをすることではないのだ。自分の身を犠牲にして、改革に貢献しなくてはならない。貧しい人たちと力を合わせ、地上の神の王国を再建するという大きな運動に日々、少しずつでも貢献する。

クラス委員長となったパーキンズは、「汝ら、動かされるなかれ」をクラスの標語とした。

これは、新約聖書に収められた書簡「コリント信徒への手紙一」の一節〔一五章五八節〕からの引用で、一日の終わりの祈禱《きとう》会で彼女は、クラスメートにその一節の全体を読んで聞かせた。「我が愛する兄弟たちよ、汝ら、動かされるなかれ。動かされないようにしっかりと立ち、主の業《わざ》に励め。主に結ばれているならば自分たちの苦労が決して無駄にはならないことを、汝らは知っている」

パーキンズは、当時としてはごく普通のことだが、女性であるというだけで、また身体が大きくないということだけで、自らを実際よりも低く評価していた。マウント・ホリヨーク大学は、彼女をはじめとする女性たちを、「あなたたちにも英雄的な行動を取ることはできる」と鼓舞し、説得した。ただし、その説得の仕方は、今日の私たちの目から見ると回りくどいと思える。大学の側では何もパーキンズに直接、「あなたは素晴らしい人で、能力も優れているから英雄的な行動を取ることは十分にできる」と告げたわけではない。大学はまず、彼女に、生来の欠点を直視させた。いったん、自分がだめな人間であると自覚させたのだ。その上で、自分を磨き、向上させるように仕向けた。そして、向上した自分の力で外の世界にはたらきかけるよう仕向けた。大学に入った時のパーキンズは、小さくてかわいらしい、優しくておしゃべりな女の子だった。だが、卒業までに彼女は強く情熱的な人へと変わった。彼女自身が育った狭いブルジョアの世界には明らかに合わない人間になり、またその世界の人間であれば普通、しないであろう仕事に熱意を持つようになった。大学を卒業したばかりの娘に会ったパーキンズの母親は、幻滅したというようにこう語っている。「かつて『ファニー』と呼んでいた私の娘はどこにもいなかった。何が起きたのか私には理解ができない。彼女は私にとってもはやまったくの他人だった[24]」

優しく強い

パーキンズは、自分が何らかのかたちで英雄的な人生を送りたいのだということはわかっていたが、卒業後は自らの役割がなかなか見つからずに苦労した。たとえば、ソーシャルワーカーになるには、彼女はまだあまりに世間知らずだった。また誰も彼女をソーシャルワーカーとして雇おうとはしなかった。仕方なく、イリノイ州レイクフォレストの上流階級向け女子学校で教師をする道を選んだが、それは彼女にとっては退屈な仕事だった。ついには、シカゴに通い、「ハルハウス」に関わるようになる。

ハルハウスとは、「セツルメントハウス」と呼ばれる施設の一つで、当時、アメリカの社会改革運動の指導者の一人だったジェーン・アダムズがエレン・ゲイツ・スターと共同で設立したものだ。女性に新たな就労の場を設け、裕福な人たちと貧しい人たちを結びつける場となり、工業化によって破壊された共同体意識を再生することもハルハウスの大きな目的となっていた。手本となったのは、ロンドンの「トインビーホール」という施設だ。トインビーホールでは、裕福な大学生が貧しい人たちの参加できるパーティーを催し、やはり同じように、持てる者と持たざる者が交流できる場となっていた。

ハルハウスでは、貧しい労働者階級の人々の中で、裕福な女性たちが生活する。そして、カウンセラー、アシスタント、アドバイザーとしての役割を果たす。貧しい人たちの生活が少しでも良くなるよう手助けをするのだ。施設では、そのために職業訓練や英語教育、芸術教育などを施すほか、保育所や貯蓄銀行としての機能も果たす。

現在では、社会奉仕活動は、裕福な人たちの一種の道具になっている側面もある。物質面だけでなく、精神面も充実している人間であることを証明するための道具に使われることがあるのだ。少し前のことになるが、私はある名門プレップスクール〔有名大学進学を目指す寄宿生の私立学校〕の校長に「貴校では、人格教育としてどのようなことをしていますか」と尋ねたことがあった。すると校長は、生徒たちは皆、長時間、社会奉仕活動に従事していると答えた。その時間の長さを誇ったのだ。私は生徒たちの内面に関わる話を聞こうとしたのだが、校長は表面的な話をしたということである。貧しい子供たちに勉強を教えるなどの活動をすれば、もうそれだけで生徒の人格は磨かれると信じているようだった。

同じようなことは本当に多い。現代でも、道徳的に正しい行動、あるいは利他的な行動を取りたいと強く望む人は実は大勢いるはずである。にもかかわらず、それを表現する語彙が不足している。だからどうしても、例にあげた校長のように、気持ちの強さを「かけている時間」など具体的な「量」に変換して話すことになってしまう。一つ間違えると、量が多ければ良い、量を増やせば良い、という発想になる。量の多さがすなわち効果の高さを意味するという考え方も生まれる。この素晴らしい私が誰よりも「不幸な人を助ける」という善行に時間を割いているのだから、誰よりも良いことをしていると言っていいのではないか、と考えるのである。

ハルハウスはそうではなかった。施設を作った人たちの考え方が根本的に違っていたからだ。裕福な人たちが貧しい人たちに向けて奉仕活動をすれば、それによって奉仕する側、される側、双方の人格が磨かれる、という考えが彼らにはあった。ジェーン・アダムズは、貧しい人たちへの奉仕に人生を捧げてはいたが、彼女の同時代人の多くがそうであったように、やはり慈悲心というものには強い疑念を抱いていた。慈悲心には形がないからだ。貧しい人たちに対する同情心をあらわにする人が、何ら彼らを助けるような具体的な行動を取らない、ということは多い。自分には慈悲心があると自覚するだけで気分が良くなるような人たちのことも彼女は信用しなかった。奉仕活動はあくまで相手のためにすることなのだが、奉仕をする側の方がされる側よりも気分良くなってしまうことも珍しくない。彼女はそれを断固否定した。作家のナサニエル・ホーソーンも「慈悲心と自尊心は双子の兄弟である」と書いている。アダムズは見せかけの奉仕は絶対に認めなかったし、奉仕により、持てる者が持たざる者より大きな満足を得るようなことも認めなかった。

成功した慈善団体の多くがそうであったように、アダムズも、奉仕活動をする人たちに自分の仕事を愛し、楽しむことは奨励した。だが、同時に、自分の感情を絶えず点検すべきであることも強く訴えていた。奉仕をする人間が、される人間に対して優越感を覚えるようなことがあってはならない。ハルハウスでは、ソーシャルワーカーは自分のことを小さい存在と思うよう指示されていた。また、決して同情心から動くようなことはせず、奉仕を受ける側一人ひとりが何を必要としているかを冷静に客観的に、忍耐強く確かめて動くようにも指示されていた。ソーシャルワーカーには、アドバイザーとしての役割も求められた。ただ、感情的に応援するというのではなく、冷静に現実を見つめて助言する役割である。現在で言う経営コンサルタントに近い存在だろう。これからの行動にどのような選択肢があるかをよく検討し、親身になって助言をする。だが、最終的な決断はあくまで本人にしてもらう。決断までを代わりにすることはない。他人に頼るのではなく、自分の人生を自分で決めていけるよう貧しい人たちを仕向けるのである。

アダムズは現代でもまだよく見られる現象を頻繁に目にしていた。大学を卒業した時には元気で溌剌《はつらつ》としていて、魅力的だった人が、三〇歳になる頃にはすっかり元気を失い、ひねくれた人間になってしまうということが多かったのだ。大きな夢もすっかりしぼんでしまっている。自身の回想録『ハル・ハウスの二〇年（*Twenty Years at Hull House*）』（財団法人市川房枝記念会・縫田ゼミナール訳、市川房枝記念会、一九九六年ほか）の中でアダムズは、大学生の教育について語っている。当時の学生は在学中、自らの存在を忘れ、自らを犠牲にして社会に貢献するよう教えられていた。自分の希望をかなえることよりも、社会を良くすることを優先するよう教えられていたのだ。ところが、卒業後は急に、自分自身について考えるよう周囲から言われ始める。結婚について、仕事について考えるよう言われる。仕事でいかにして成功し、出世するか考えるべきという人もいる。また、男性と女性でも言われることは違ってくる。女性の場合には、たとえ社会の不正を糺《ただ》したいという強い願望を持っていたとしても、それは抑えるよう言われがちだ。苦しんでいる人を助けるような活動にも関わるべきでないと言われる。「女子は卒業後に、それまでは持っていたはずの大事なものを失うことになる」アダムズはそう書いている。「彼女たちは行動に制限を加えられ、不幸に陥る。だが、年長者たちはそのことに気づかない。どれほどの悲劇が起きているのかを知らずにいるのだ[25]」アダムズは、ハルハウスを、単に貧しい人たちを救うだけの施設ではなく、それ以上のものだと考えていた。裕福な人たちも、そこでの活動に参加することで、自分の天職に出会える可能性があると考えたのだ。「行為の結果は最終的には、行為者自身に返ってくる」とアダムズは書いている[26]。

パーキンズはできる限り長い時間をハルハウスで過ごした。はじめのうちは週末だけだったのが、次第にそれ以外にも訪れるようになった。ハルハウスを去る頃の彼女は、それ以前よりもはるかに「科学的」な態度を身につけていた。何をするにしても、データの収集が大切であると考えるようになっていたのだ。貧困に苦しむ人をどう導くべきか、その方法が彼女にはわかるようになっていた。また、前に進む勇気も持てるようになった。彼女は次に、ハルハウスの卒業生の一人がフィラデルフィアに作った施設に関わることになる。当時は怪しい職業紹介所が各地に存在し、移民の女性を次々にボーディングハウス〔賄いつきの下宿屋〕に送り込んでいた。中にはそこで麻薬漬けにされ、売春を強要される女性も多かった。パーキンズは移民になりすまし、そうしたボーディングハウスに自ら潜入して実態を暴いていった。売春斡旋《あっせん》業者とも直接、対峙して闘いを挑んだ。経験を積んだ彼女は一九〇九年、ニューヨークを本拠とする全国消費者連盟に参加した。そこには、フローレンス・ケリーもいた。ケリーはパーキンズにとって英雄であり、刺激を与えてくれる存在でもあった。パーキンズは後にこう書いている。「短気で頑固で、ちょっとしたことにもすぐ腹を立てる彼女は、決して優しい人ではなかったし、ましてや聖人などではなかった。だが彼女の生き方、仕事ぶりは伝道者のようだった。どれほどの自己犠牲も大きすぎるとは思わず、どれほど努力してもしすぎとは思わなかった。彼女は感情豊かで、極めて信心深い女性だったが、信仰心の表し方は当時の常識とは異なっていた」(27) パーキンズは全国消費者連盟では、主に児童就労を撲滅すべく活発に動いた。

ニューヨークでパーキンズは、グリニッジヴィレッジに集まる自由奔放な人たちとの関わりも深めていく。後にロシア革命にも関わることになるジャック・リード、パーキンズに（少なくとも半ば本気で）プロポーズをしたシンクレア・ルイス、当時はカウンターカルチャーの担い手だったが、後年はニューヨークの都市工学を支配するような存在になるロバート・モージズなどもその中にいた。

控えめさ

パーキンズは、大学でもハルハウスでも、年を経るごとに少しずつ強くたくましくなっていったが、一方で次第に理想主義的になり、熱狂的になっていったことも事実だ。大義のためならば何を犠牲にしても構わないと思うほどになっていた。トライアングル・シャツウェスト工場火災は、その傾向が一気に強まるきっかけとなる事件だったのだ。

アメリカ合衆国国連大使、サマンサ・パワーは、人間が大義に執着することの危険を敏感に察知している。実際、大義への執着が強すぎることで危機に陥る人間がいるという。万一、大義が果たされなければ、自分の名誉が傷つき、存在価値が損なわれると考えてしまうからだ。彼らが大義のために懸命に動くのは、その大義が自分と同化しているからである。果たされれば、満足感が得られ、誇りが傷つかないだけでなく、自分の存在が肯定されたように思う。ただ、パーキンズは、トライアングル・シャツウェスト工場火災の後も危機に陥ることはなかった。彼女は、火災後、ニューヨーク州の州都オールバニーに行き、州議会に対し、ロビー活動を始めた。労働者の安全を保護する法律を制定するよう求めたのである。彼女自身が属していたニューヨークの上流階級の社会には根強い偏見があったが、その偏見は捨て去った。進歩主義的な政治家にありがちな、上品な気取りはかなぐり捨てた。事態が少しでも進展するのであれば、あらゆる妥協をいとわなかった。パーキンズのメンター〔人生の師〕で、当時ニューヨークの政界で注目され始めていたアル・スミス（後に州知事になっている）は「いかに素晴らしい大義を掲げても、進展が遅ければすぐに世間は関心を失ってしまう」と彼女に助言した。本当に改革を望むのであれば、腐敗した不誠実な政治家たちともうまくつき合っていく必要がある、と彼はパーキンズに教えた。実利を優先する、自分自身を身ぎれいにすることよりも、大義の方を優先させるということだ。薄汚れた世界では、正しく無垢な人間よりも、薄汚れた人間の方が役に立つということを彼女は学んでいた。オールバニーで彼女は、民主党の集票組織であるタマニー・ホールの人たちと緊密に協力し合うことになった。彼女は、彼女が属していた上流社会や進歩主義的な政治の世界ではとんでもなく恐ろしいと思われていたような場所に出入りすることになったわけだ。

オールバニーでは、年長の男性たちの扱い方も学んだ。ある日、彼女は、州議会議事堂のエレベーターの脇に立ち、乗り降りする人たちの話を聞いていた。州議会の上院議員だったヒュー・フローリーが話をしながら降りて来た。フローリーは下品でがさつな人物で、はっきり言えば小物だった。彼は水面下で行なわれている秘密の交渉の内容を詳しく大声で話していた。やむを得ないこととはいえ、その中でいかに自分が恥ずべき行動を取ることになったかを延々、愚痴っていたのだ。自己憐憫《れんびん》にかられた彼はこう叫んだ。「母親が知ったらきっと嘆くだろうなあ」

パーキンズは「男性心理についての覚書」と題したメモを残しており、この時のエピソードもそこに書かれている。フローリー議員は、政治の世界についての重要なことを彼女に教えてくれた。パーキンズはこんなふうに言っている。「私は、男性の政治家たちにとって母親がいかに大きな存在かを知った。また、政界にいる女性たちは、彼らにとって母親を連想させる存在になりやすいということもわかった。彼らのほとんど、おそらく九九パーセントは、母親のことは尊重する。原始的で、幼稚な態度だとは思うが、間違いなくそうなのだ。

私は『そうだ、これだ』と思った。その時から、服装も態度も、彼らに無意識のうちに母親を思い出させるようなものにするよう心がけた[28]」

パーキンズはその時、三三歳で、押しが強く生意気で、決して美人とは言えなかった。フローリー議員の言葉を聞くまで、彼女の服装は当時の同年代の女性としてごく普通のものだった。しかし、パーキンズは服装を母親を思わせるものへと変えた。地味な黒のドレス、首には白い蝶ネクタイ、という格好である。真珠のアクセサリーを身に着け、頭には三角帽子、立ち居振る舞いは、まさに貴婦人だった。メディアも彼女のそうした変化を察知し、六〇歳を超えるような州議会議員たちを従えている彼女を「マザー・パーキンズ」などと呼び始めた。彼女自身はそのニックネームを嫌悪したが、自分の作戦が功を奏したことがそれでわかった。母親のように見せるために、パーキンズはできる限り、自分が女性として魅力的に見えないよう工夫をし、本来の性格を抑え込んで母親的な人間を演じた。そうすることで、周囲にいる自信に満ち溢《あふ》れた年配の男性たちに勝とうとしたのだ。こんな戦略には、現代であれば異論を唱える人が多いだろう。女性が成功のために自分を殺すなど、あってはならないことだと思う人が多いはずだ。しかし、一九二〇年代においては、これはむしろ必須の戦略だったと言える。

パーキンズがロビー活動において特に熱心に取り組んだのが、一週間の労働時間を五四時間に制限するという法律の制定である。法案通過を支援してもらうため、彼女はタマニー・ホールの幹部たちに接近した。幹部たちは表面上、彼女と親しくはしていたが、裏では欺いていた。法案通過を阻止すべくあらゆる手を尽くしていたのだ。だが、それでも彼女は、幹部でない一般の議員、党員たちの一部を味方につけることに成功した。支援した政治家の一人、ビッグ・ティム・サリヴァンは、パーキンズにこう言っている。「私の家庭は貧しく、姉は早くから働きに出なくてはならなかった。だから同じように、大人になる前から働かねばならない恵まれない女の子たちには同情している。私は彼女たちが少しでも幸せになることを望むし、あなたの活動が成功することを祈っている」[29]

労働時間を五四時間に制限する法案は、パーキンズの努力もあり、とうとう採決されることになった。だが、その頃には、政治家たちの画策により、ある業界が法律の適用外となってしまっていた。労働環境が特に苛酷で、しかも政治への影響力が大きかった、缶詰製造の業界である。法案通過に向けて活動をしてきた人々は、「適用外の業界があってはならない」と何カ月もの間、主張し続けていた。あらゆる業界に法律が適用されなくてはならないとしていたし、缶詰製造の業界は中でも重要とみなしていた。事態を大きく左右したのは、パーキンズの動きだった。理念を貫くために、適用外を徹底して拒否するのか、それとも、あくまで法案を通すことを優先して、法律に重大な欠陥が生じても目をつぶるのか、彼女は決断を迫られた。パーキンズの仲間たちは、声高に「断固拒否！」と叫んだ。だが、彼女はあえて妥協の道を選んだ。たとえ半分でも主張が確実に通る方を選んだわけだ。彼女は議員たちに「一部業界を除外する条項を含む法案を支持する」と伝えた。そして「これは私が自分の責任ですることです。もし必要ならば絞首刑にでもなりましょう」と言った。[30]実際に、進歩主義者の多くは激怒したが、彼女のメンターであるフローレンス・ケリーは、現実主義者らしく、妥協を支持した。パーキンズはその後、生涯にわたり、公私ともに目的のためには妥協も辞さない人として知られることになった。妥協をしてでも、その時の状況が許す限りのことは達成する、それが彼女のやり方だった。(31)

パーキンズがポール・ウィルソンに出会ったのはちょうどその頃である。ウィルソンはハンサムで育ちの良い進歩主義者で、改革派のニューヨーク市長、ジョン・パーロイ・ミッチェルの側近となった人物である。ウィルソンはパーキンズに恋をして、ゆっくり時間をかけて彼女を口説き落とす。パーキンズは彼への手紙の中でこんなことを書いている。「あなたが私の人生に現れるまで、世界は寂しい場所でした。他人からはそう見えなかったかもしれませんが、私にとっては凍えるほどに寒々しい場所だったのです……あなたは突然、嵐のように私の心に飛び込んできた。そして、もう二度と離れることはできなくなった(32)」

二人の交際は少し普通とは違っていた。パーキンズは、ウィルソンへの手紙の中ではとてもロマンティックで、相手への真剣な思いを熱烈な文章で語っていた。だが、友人や仕事仲間の前では、そんな感情をおくびにも出さなかった。何十年か後にも「私は強い感情というものを抱いたことがない」などと公言もしている。二人は、一九一三年の九月二六日に、ロワーマンハッタンのグレース・チャーチで結婚した。式に友人を招くこともなかったし、自分たちが結婚することを前もって皆に知らせることもなかった。二人は家族には結婚を知らせたが、あまりに遅く、誰も式に出席することはできなかった。パーキンズはウェイヴァリー・プレースの自宅アパートで一人でドレスを着て、歩いて式場まで行った。途中でおそらくドレスの裾を足で踏んだこともあっただろう。式の証人は、たまたまその場に居合わせた二人の人だけだ。式の後に食事やお茶が振る舞われることはもちろんなかった。

パーキンズは後に結婚についても語るようになったが、その口調は淡々としていた。まるで歯医者の予約日時を知らせるような感情のない口調で話すのだ。「私の心の中には、ニューイングランド人としての誇りがあった」パーキンズは何十年か後にそう話している。「私にはどうしても結婚したいという気持ちはなかったし、正直に言えば、気が進まなかった。私はもう子供ではなく、大人の女だった。それまでに結婚したいと思ったことは一度もなかった。一人で自立して生きる暮らしが私は気に入っていたのだ(33)」それでも、夫のことについて繰り返し尋ねられるうちに、彼女も普段とは違って踏み込んだ発言をすることもあった。「私はポール・ウィルソンのことをよく知っていましたし、私は彼のことが好きでした……友人たちも魅力的な人ばかりで一緒に過ごすのは楽しかった。これならもう結婚した方がいいな、その方が色々と考えなくて済むなと思ったんです」

結婚してから最初の何年かは、まずまず幸せな日々が続いた。二人はワシントン・スクエアにある趣味の良いタウンハウスに暮らしていた。あの運命の火災が発生した時にパーキンズがお茶を飲んでいた場所からそう遠くないところだ。ウィルソンは、市長の事務所に勤務し、パーキンズは結婚前と同じく社会福祉の仕事を続けた。二人の自宅は、当時の政治活動家にとって重要な拠点となった。

だが、しばらくすると、状況が悪化し始める。まず、ジョン・パーロイ・ミッチェルがニューヨーク市長の座を降りることになった。ウィルソンは社交界で出会った女性と不倫をしてしまっていた。一時、その噂《うわさ》で世間は大騒ぎになるが、やがて誰もあえて話題にしなくなった。パーキンズは結婚生活に息苦しさを覚えるようになり、離婚まで申し出た。彼女はウィルソンへの手紙にこう書いた。「私はどうやらとんでもない間違いをしでかしたようです。仕事の能率も落ちてしまい、精神状態もあまり良くなくて、私は前とは違う人間になってしまったような気がします[34]」

その後にパーキンズは妊娠し、出産をするが、生まれた男の子はすぐに亡くなってしまう。彼女は悲しみに暮れ、憔悴《しょうすい》するが、それについて表立って話すことは一切なかった。その後、パーキンズは、マタニティ・センター・アソシエーション（ＭＣＡ）の事務総長となった。ＭＣＡは、妊産婦、乳児の死亡率を下げることを目的に活動するボランティア団体だ。その頃には、彼女自身にも娘が一人いた。その子はスザンナと名づけられた。プリマス植民地の第二代総督の妻にちなんだ名である。

パーキンズはもう一人子供が欲しいと思っていたが、一九一八年頃には、夫のウィルソンに精神疾患の兆候が見え始めた。彼は躁鬱《そううつ》病にかかり、徐々に病気を隠すことができなくなっていった。「夫の気分は絶えず上下を繰り返していた。とても落ち込んだかと思うと、急に元気になる」一九一八年以降、パーキンズの人生には、穏やかに気楽に過ごせる時間はほとんどなくなった。躁期には、ウィルソンは長年の蓄えを無謀な金《きん》投資につぎ込み、すべて失ってしまう。パーキンズは、夫と二人きりになるのを恐れるようになった。夫がちょっとしたことで激しく怒り、暴力を振るうからだ。腕力では、彼女はとても夫にかなわなかった。ウィルソンは人生の残りの数十年間、精神科病院に入り、そこで介護されて生きることになる。そして、パーキンズは毎週末、夫を訪ねることになった。ウィルソンはたとえ自宅にいても、何一つ自分ではできないのだ。彼には看護婦が一人ついていた。表向きは秘書ということになっていたが、実質的には看護婦として彼の身の回りの世話をしていた。パーキンズの伝記を書いたジョージ・マーティンはこう書いている。「彼はもはや存在しないも同然だった。会話をすることもできず、誰であれ彼にはただ一方的に言葉を投げかけるだけだ[35]」

この出来事からも、パーキンズのニューイングランド人らしい控えめな性格を感じることができる。彼女は、自分の家族に訪れたこの不運を、「事故」と呼んだ。彼女は家族を支えるのは自分しかいないとよくわかっていた。そして、この「事故」を、当然のものとして、生活の前提として受け入れたのだ。「私は自分を襲った不運について深く考えることはしなかった。それは心の奥、無意識の中へと閉じ込められたのだ[36]」パーキンズは数十年にもわたり、自分の私生活をできる限り、人の目から隠すようにした。こういう態度には、ニューイングランドのヤンキー文化の中で育った彼女の生い立ちが大きく影響していると考えられる。彼女の信条、哲学からすれば、そうするのが至極当然だった。個人的には複雑な感情を抱えてはいたが、それを世間に向かって表明することは正しくないと信じていた。現代ではあらゆることを表沙汰にするのが当然のようになっているが、彼女が現代に生きていたら、恐ろしさに震え上がったかもしれない。

個人的なことは他人には関係ないので人目に触れないよう隠し通すべきか、あるいは、何でも包み隠さず知らせていくのがいいのか。この二つの考え方の間には、根深い対立がある。社会評論家のロシェル・ガースティーンは、前者を「寡黙派」、後者を「暴露派」と呼んで、両者の対立について論じた。寡黙派の人たちは、自分の内側にある柔らかい感情を大勢の人たちにさらすことを恐れる。そんなことをすれば、必ずやその感情は踏みにじられ、汚されることになると信じているからだ。暴露派の人たちは、何かを隠すというのはやましいことがあるからだと考える。やましいことがないのならば、何もかも人に見せて、多くの人に自由に意見を言ってもらった方が良い結果につながると信じる。パーキンズは間違いなく寡黙派の一員だった。彼女は、個人的な感情はとても複雑で、陰影に富み、数多くの矛盾を含んでいると考えた。言葉などでは表現できない神秘的なものだと思っていたのだ。それを多くの人に知らせようとすれば、どうしてもわかりやすい言葉で要約することになる。複雑さも陰影も矛盾もすべて削り取られ、極めて陳腐なものに作り変えられてしまう。ごく親しい人ならまだしも、単なる知人や、見ず知らずの人たちに個人的な感情を知らせれば、必ず自分が傷つくことになると思っていた。個人の感情は、その人の立場で同じ状況に置かれてはじめて理解できるものなので、立場や状況から切り離されて、赤の他人に伝えられれば、誤解され踏みにじられるのも当たり前ということだ。個人的なことはあくまで個人のものにすべきだ。貧しい人、弱い人を支援するのに、政府の力を利用することは大切だとパーキンズは考えていたが、その一方で、政府が個人の私生活に踏み込むことに対しては強い嫌悪感を示していた。

こうした信条を貫くのには代償が伴った。彼女は元来、とても内向的な人というわけではなかったからだ。内にこもる、隠し事をするといったことには元々向いていなかった。彼女の私生活は決して幸せなものではなかった。夫が精神疾患にかからなかったとしたら、彼女がどういう人生を送ったのか、それを想像することは難しい。だが、彼女が天職を得ていたこと、それにエネルギーのほとんどを注ぎ込んでいたことは確かだ。私生活に使うエネルギーはいずれにしても、ほとんど残っていなかっただろう。彼女は社会運動のために生まれてきたような人だった。公共のため、多くの人のために働くことはできても、個人としては、身近な人から愛情を受け取ることも、反対に愛情を与えることもうまくできなかった。たとえ親しい人であっても、弱みを見せることができなかった。娘への愛情はあったが、それが厳しいしつけというかたちで表現されることが多く、娘からは恨みを買うような結果になってしまった。フランシス・パーキンズは、まるで鉄のような強い自制心を持った女性で、自分の娘にも同じような自制心を持つことを求めた。

ところが、娘のスザンナは、母親には似ず、父親と同様に躁鬱病にかかってしまった。彼女が一六歳の時からだ。その頃、パーキンズは、フランクリン・ルーズベルト大統領の下で労働長官となり、ワシントンへと出向いたため、娘とともに自宅で過ごすことはめったになくなっていた。スザンナは生涯、鬱のひどい症状に苦しめられることになる。やがて彼女は結婚するが、相手は目に余るような浮気癖の持ち主だった。スザンナは一九四〇年代には、後の時代で言う「ヒッピー」のような生活をするようになっていた。実際にヒッピーという言葉が生まれるのはそれから二〇年も後の話だ。彼女はいくつものカウンターカルチャーの集団に関わり、ルーマニア出身の彫刻家コンスタンティン・ブランクーシに強く傾倒した。その言動は、上流社会の人間から見れば衝撃的で、彼女自身の母親も戸惑わせた。パーキンズは一度、上流階級の人たちが集まる行事に娘を招いたが、その場にふさわしい服装で来るよう懇願した。スザンナが着たのは鮮やかな緑色のドレスで、髪は頭の上に極端に高く盛り上げていた。しかも、髪や首は、派手な色の花で飾っていた。

「夫、娘と、家族が立て続けに精神に異常をきたしたのは、自分のせいではないか、と考えると恐ろしくなった。私はその思いから逃れられなくなった。恐怖心、罪悪感に押しつぶされそうだった」パーキンズはそう告白している。(37) スザンナには仕事をし、自立して生きていくような能力はなく、母親の支えが必要だった。パーキンズが七七歳になっても、自分が所有し、賃貸していたニューヨークのアパートを、住む場所のない娘に提供しなくてはならなかった。娘の生活費を稼ぐ必要から、仕事も続けていた。

どのような美徳にも、必ず良くない面があるということだ。パーキンズの控えめさ、謙虚さは間違いなく美徳だったが、それを冷淡でよそよそしいと受け取る人もいる。パーキンズは自分の苦しい感情を、親しい人たちの前でも決してあらわにはしなかった。彼女は社会のため公共のためには目覚ましい仕事をしたのだが、その業績によって、私生活での孤独感が完全に埋め合わされることはなかった。

義務

ニューヨーク州知事だったアル・スミスは、パーキンズにとって政治の世界ではじめて好感を抱くことのできた人物であり、また彼女の政治活動において最も重要な人物でもあった。彼は多弁で気さくで親しみやすく、誠実な人だった。そもそもパーキンズが政治の世界へと深く入っていく大きなきっかけとなったのもスミスである。彼は、パーキンズをニューヨーク州労働委員会の調査官に任命した。委員会の仕事は、州内の労働者たちの労働環境を整えることだった。その仕事により、彼女は年に八〇〇〇ドルという当時としては破格の報酬を得ることになったが、その頃は大規模なストライキや労働争議が頻発していた時代である。パーキンズは男性ばかりの世界の中に一人混じった稀な女性というだけではなかった。彼女が入り込んだのは、その中でも特に男性的な世界だったのだ。彼女は工場街へと自ら足を運び、労働運動の指導者たちと企業経営者が互いに一歩も譲らず激しく闘うただ中に身を投じた。控えめな彼女のことなので、本人はそれを誇るような言葉を一切残していないが、それは無謀とも言えるほど勇気ある行動だった。しかし、彼女にとってそれは単なる仕事であり、する必要があったからしたことでしかなかったのだ。パーキンズは、自分の人生を振り返る際、自らの業績について語る時にも、『私』がそれをした」という話し方をほとんどしない。時にはやむを得ずそうすることもあるが、たいていはそういうことがあった、行なわれた、という他人事のような言い方、ある種、古風な言い方をしている。

現代では、そのような話し方を堅苦しいと感じる人は多いだろう。親しみを感じない、ということで否定的にとらえる人も多いに違いない。だが、パーキンズにとって、自分が、自分が、と言わないことはごく自然だった。ただ自分の置かれた状況で必要とされることをしただけ、何も特別なことはしていないと考えていた彼女にとっては極めて適切な態度だったのである。

労働長官になるよりもずっと前、一九一〇年代、二〇年代にも、パーキンズは後の大統領、フランクリン・デラノ・ルーズベルトとオールバニーでともに仕事をしている。ルーズベルトが彼女に強い印象を与えることはなかった。パーキンズは彼を底の浅い人間だと感じたし、少々、傲慢《ごうまん》だとも思った。彼には首をやや後ろに反らして話す癖があった。後年、大統領になってからは、同じ仕草が自信の表れのように見えたし、明るく、楽天的な印象を見る人に与えた。だが若い時はそうではなかった。パーキンズは彼の仕草から、人を見下しているような印象を受けたのだ。

ルーズベルトはポリオの発作のせいで、パーキンズの人生からはいったん姿を消す。再び姿を現した時、パーキンズは彼が変わったと感じた。以前には見られた傲慢な態度が影を潜めていたのである。彼が自分の病について話すことはまずなかったが、おそらく病気が彼の傲慢な態度を消し去ったのだろうと彼女は思った。(38)

ルーズベルトが政界に復帰しつつあった頃、パーキンズは、彼が演説のために演台の前に立つところを同じ壇上で見ていたことがあった。ルーズベルトは演壇に手を置き、自分の体重を支えていたが、その手は絶えず震えていた。演説が終わったら、きっと誰かが身体を抱えてやらないといけないだろう、とパーキンズは思った。そうしないと、よろけて倒れる無様な姿を皆に見られることになる。彼女は自分の後ろにいた女性に身ぶりでそのことを伝えた。そして演説が終わるとすぐ、二人でルーズベルトのところへ駆け寄った。表向きは彼を祝福するためのように見せたが、実際には、スカートで彼の動きを人の目から隠すためだった。その後は長年にわたり、これが通例となった。

ルーズベルトは他人の助けを謙虚に受け入れ、素直に感謝の意を表した。パーキンズはそのことに深く感銘を受けた。「偉大な宗教指導者たちは皆、謙虚は最大の美徳というが、私にもその意味がわかり始めた」パーキンズは後にそう書いている。「自らの力でそれを学べればいいが、学ぶことのできない人間には、神がその人に屈辱を与えることでそれを教える。偉大な存在になれるのは、そのように謙虚さを知った人間だけである。フランクリン・ルーズベルトは必要に迫られ、謙虚さを身につけるにいたった。その謙虚さと、内面の高潔さによって、彼は真に偉大な人間になったのだ[39]」

ニューヨーク州知事に選出されたルーズベルトは、パーキンズに、労働委員会の委員長になってくれと頼んだ。彼女は、その頼みを受け入れるべきかどうか迷った。自分がその仕事をうまくやれるか不安だったからだ。「私は、自分の能力は、公職の中でも、司法や立法に関するものに向いていると思っていました。行政に関わる仕事となると、自信がなかったのです」彼女は、ルーズベルトに渡した覚書の中にそう記している。ルーズベルトがパーキンズに就任を提案した日、彼女はルーズベルトに「一日待つので、他の人にも相談してよく考えてほしい」と言った。「誰かが私を指名するのは愚かだと言ったり、委員会の幹部に私の指名を不愉快に感じる人がいたら、今日のことは忘れてください。私は誰にも言いませんから、この話はなかったことになります(40)」

ルーズベルトはこう答えた。「君は本当に思慮深い人だね。ともかく、僕の気持ちは決して変わらないよ」彼は、これほど重要な仕事を女性に任せられることを喜ばしいと思っていた。しかも、彼女はすでに公の仕事において、目覚ましい業績をあげ、高い評価を得ていた。伝記作者のジョージ・マーティンも、彼女を評してこう言っている。「行政官としての彼女は優秀だった。単に優秀という以上の能力があった。ただし、司法、立法の世界においての彼女は、それを大きく上回り、飛び抜けて素晴らしかった。持って生まれた気質が司法、立法に合っていたのだろう。どのような状況でも、彼女は何が公正であるかを鋭く察知することができた。新しい発想も常に柔軟に取り入れる姿勢があり、法律の道徳的な目的もよく理解している。視野が広く人類全体の幸福について考えることができる。また何より周囲の人間から軽んじられるということがない(41)」

大統領に選出されたルーズベルトは、労働長官になってくれとパーキンズに頼んだ。この時も彼女は逡《しゅんじゅん》巡した。政権が替わる直前から、彼女が労働長官に指名されるのではという噂は流れていた。パーキンズはその噂を耳にして、ルーズベルトに手紙を書き、噂が真実でないことを願っていると告げた。「あなたは、閣僚人事についての新聞の予測は八割方誤っている、と発言したそうですね。新聞は、私のことも閣僚候補としてあげていましたが、正直なところ、それが誤っている八割の方に入っていることを願っています。私のところにはたくさん、面白い手紙が届いています。私はそれを楽しんでいますが、あなたのため、そして合衆国のためを思うと、ただ楽しむというわけにはいきません。ここは順当に、しかるべき労働者組織の幹部の中から人を選ぶべきです。そうすれば、この政権は労働問題を重要視するのだ、そのための諮問委員会も立ち上げて対応するのだ、という姿勢を明確に打ち出すことができるでしょう(42)」彼女は手紙の中で軽く家族の問題にも触れている。それが公務の妨げになることを恐れていたのだ。ルーズベルトは、メモ用紙に走り書きした返事を彼女に送った。そこにはこうあった。「君の助言について考えてみたが、賛成しかねる(43)」

パーキンズは祖母から、「誰かがドアを開けてくれた時は、躊躇《ちゅうちょ》せずに中へ入りなさい」と教えられて育った。彼女は、労働長官への指名を受け入れると決め、閣僚になるからには、任期中はルーズベルトと闘ってでも正しいと思うことをしようと決意した。まずは、長官就任にあたっての条件を大統領につきつけた。自分が労働長官になるのなら、広範囲の社会保険政策を実行して欲しいと訴えたのだ。たとえば、大規模な失業者救済策や公共事業、最低賃金法の導入のほか、老齢年金などの社会保険制度の確立、児童就労の廃絶などを求めた。

「君はこれを私にずっとしつこく言い続けるんだろうね」とルーズベルトはパーキンズに言

った。彼女は「間違いなくそうします」と答えた。

ルーズベルト大統領の任期中、上層部の側近のうち、はじめから最後まで替わることなく、い続けたのは二人しかいない。パーキンズはそのうちの一人だった。彼女は、終始、ニューディール政策の強力な擁護者であり続けた。彼女はアメリカに社会保障制度というものを作る上で中心的な役割を果たしたと言っていい。資源保存市民部隊（CCC）、連邦事業管理総局（FWA）、公共事業局（PWA）など、ニューディール政策において雇用対策の一環として作られた組織はいくつかあるが、彼女はそうした組織で大きな役割を果たすことになったのである。また、公正労働基準法の中に、アメリカで史上はじめて、最低賃金、超過勤務について規定する条項を盛り込んだ。児童就労、失業保険についても連邦法が制定できるよう、力を尽くした。第二次世界大戦中は、女性も召集しようという動きがあったが、パーキンズはそれに反対した。男性たちが多数召集され、女性が後に残されることになれば、彼女たちに職を得る機会が訪れる、それは長い目で見れば必ず女性のためになると考えたのだ。

パーキンズは、フランクリン・ルーズベルトという人間をよく理解していた。ルーズベルトの死後、パーキンズは彼の伝記『私の知るルーズベルト（*The Roosevelt I Knew*）』を書いた。これは、数多く書かれたルーズベルトの伝記の中でも、特に彼の人物像を的確にとらえたものと評されている。たとえばパーキンズはこんなことを書いている。「ルーズベルトの問題は、何かを決断しても、それが最終決断でない場合が多い、ということだ。人間が何かを決断したとしても、それですべてが決まるわけではないと彼は考えていた。今日、この道が正しいと思えば、勇気を持ってそちらへ一歩を踏み出せばいい。だが、明日それが間違いだと気づけば、また道を変えればいい、という考え方だ」つまり、事前に綿密に計画して行動する人ではなく、場当たり的に動く人だったということである。ともかく前に進んでみて、間違っていたら修正をする、その繰り返しで動いていく。そうするうちに、やがて状況に大きな変化が起きていく。

「元来、戦略家、策略家ではなく、誰かの手足となって動く種類の人間だった彼がそういう態度を取ったのは自然で、その傾向は年を追うごとに強まっていった。昔のイスラエルの預言者なら、彼のことを『神の使い』と呼んだかもしれない。現代の預言者は心理学を援用して彼のことを説明するかもしれないが、彼らは心理学についての知識が悲しいほどに不足しているために、大した説明はできない[44]」

パーキンズは、ルーズベルトのように気が変わりやすく、誰かの助言で進む方向が簡単に変わってしまう人間にうまく対処する方法を編み出した。大統領に会う前には、必ず、一ページのメモを用意するようにしていた。今後、大統領が取り得る行動には具体的にどのような選択肢があるかを簡潔にまとめたメモだ。ルーズベルトは、そのメモをじっくり読み、自分がどれを選ぶかを彼女に告げる。するとパーキンズは同じことをもう一度言うよう大統領を促す。「この方向に進む許可を大統領が与えてくださった、ということでいいのですね。それで間違いありませんね？」彼女は大統領にそう言うのだ。

その後は少し議論になる。しばらく議論した後に、パーキンズはまた確認をするのだ。

「一番を選ぶということでいいですか。二番、三番ということは本当にないですね。私たちがこれから何をするのか、反対しそうな人は誰か、すべてわかっていますか？」と尋ねる。こういうことをするのは、自分がどういう決断をしたのかを、大統領にはっきりと記憶にとどめてもらうためだ。パーキンズはさらにその後、三度目の確認もする。自分の決定を覚えているかを確かめ、どのような反対意見があり得るか理解しているかも、もう一度念のために確かめる。

ルーズベルトはいつも変わらずパーキンズに味方してくれるわけではなかった。あまりに気が変わりやすく、常に同じ部下の味方をするということはできない性格なのだ。そもそも、彼女は、男性閣僚の多くに好かれていなかった。まず、話し合いの席で自分の意見を強く主張し、場を支配してしまうところが嫌われる原因だった。マスコミ受けも良くなかった。夫を守るためもあって、私生活をできる限り隠そうとしたからだ。記者たちが自分について歩くのも極端に嫌がった。絶えず警戒していて、気さくに物を言うことはなかった。そういう態度なので、記者たちが彼女に共感を抱くはずもない。

何年もたつうちに彼女は自分の仕事に疲れ果ててしまった。評判も下がっていった。辞任したいと手紙で二度、申し出たが、二度とも却下された。「フランシス、君は辞められないよ。頼むから僕を困らせないでくれ」ルーズベルトは懇願した。「他に誰に頼めばいいのか、僕には思いつかない。他の人とはやっていけそうもない。とにかく今は勘弁してくれ！　何も言わずにそのままでいてくれ。君は何も悪くないのだから」

一九三九年、パーキンズは弾劾の標的となった。その時、事件の中心にいたのは、ハリー・ブリッジズというオーストラリア出身の港湾労働者だった。サンフランシスコでゼネストを率いた人物である。ブリッジズを批判する人間は、彼を「共産主義者」と呼び、破壊活動を行なったことを理由に国外退去にすべきと主張した。後年ソ連邦が崩壊して、機密資料が公開されたことで、その批判が誤りではなかったことが証明された。ブリッジズは、「ロッシ」というコードネームを持つ共産党の工作員だったのだ。(45)

だが当時は、そこまで明確にわかるわけではない。国外退去の是非を判断するために労働省によって開催された公聴会は延々と長引いた。一九三七年には、ブリッジズが共産党の工作員であることを示す証拠が少しずつ積み上げられていった。翌一九三八年には、労働省が彼の国外追放に向けて具体的な手続きを始めることになった。ただ、この手続きは、裁判所の判決によって阻止され、最終的には連邦最高裁判所にまで上告されることになる。このように長い時間が費やされたために、ブリッジズに批判的な人たちはいらだちを募らせた。その多くは、各種経済団体、あるいは敵対する他の労働組合の幹部たちだった。

そして、彼らの攻撃の矛先を向けられたのが、パーキンズだ。なぜ、労働長官が破壊分子を擁護しているのかと言うのである。彼女を批判する下院議員の中には、擁護するのはパーキンズがロシア系ユダヤ人で、自身も共産主義者だからだと言う者もいた。一九三九年一月には、ニュージャージー州選出の下院議員、J・パーネル・トーマスがパーキンズに対する弾劾を求めた。マスコミの報道は彼女に対して厳しかった。フランクリン・ルーズベルトは、彼女をかばうこともできたはずである。しかし、巻き込まれて自分の評判に傷がつくことを恐れ、彼がパーキンズを守るために動くことはなかった。議会の中にも彼女の味方はいたはずだが、皆、沈黙したままだった。全米女性クラブ連盟も、彼女の擁護を拒否した。《ニューヨーク・タイムズ》紙は、曖昧な論説を載せただけだった。多くの人が、パーキンズは実際に共産主義者なのだろうと思い、また、自分も巻き添えになって批判されてはたまらないと思っていた。もはや、タマニー・ホールの政治家以外には、彼女を変わることなく支えてくれそうな人たちはいなくなった。

パーキンズの祖母は「何かの理由で周囲の人たち皆が自分の敵に回るようなことになっても、何事もなかったかのような顔をして、普段どおりに振る舞わなくてはいけない」と常々彼女に言っていた。彼女は実際にそのとおりにした。そして闘い続けた。この当時のことを語る彼女自身の言葉は歯切れの良いものではないが、それでもどういう状況だったかはよくわかる。「泣きたくなることも、気がめいりそうになることも当然あったが、そうならないようにした。少しでもそれを自分に許したら崩れてしまいそうだったからだ」パーキンズは後にそう言っている。「ニューイングランド人らしいと言えばそうだ。我々ニューイングランド人は、悲しいことがあったからといって泣くと、自分が崩れてしまう。常に落ち着いて、冷えた頭で判断を下し、即座に行動する、という性質が我々にはある。だが、個人的な不幸にとらわれてしまうとそれに影響を受けて、良い性質が失われることになる。本来の自分を見失ってしまうのだ。自分の内側にある芯の部分を損なわないよう保っていないといけない。

そうしなければ、自分が信頼できなくなり、神の導きの下、正しい行ないをすることができなくなる[46]」

これは、平たく言えば、パーキンズが自分自身の弱さを自覚していたということである。彼女は自分を必死に保とうとしていた。少しでも気を緩めると、すべてが駄目になると知っていたからだ。パーキンズは長年にわたり、メリーランド州ケートンズヴィルの万聖女子修道院を頻繁に訪れていた。彼女は修道院を訪れる時にはいつも二、三日は滞在した。そこでは、皆が集合しての祈りの時間が日に五回あり、庭の手入れなどの作業をしなくてはならない。食事は簡素なものばかりだ。彼女はほとんど何も言わず、沈黙のまま日を過ごす。彼女が床にひざまずいて祈りを捧げているため、修道女たちがそれを避けて床掃除をしなくてはならないこともあった。弾劾の危機にある時も、パーキンズは可能な限り修道院を訪れた。彼女は友人の一人への手紙にこう書いている。「私は、沈黙の時に存在する秩序の素晴らしさを知りました。俗世間の様々な誘惑から離れたところに身を置き、静かに過ごすのです。他人から浴びせかけられる無遠慮な言葉、非難の声、怒号などを遠ざけるのです。そういう時間が人間にとっては本当に大切です[47]」

彼女は、以前であればさほど重要とも思わなかった、一見、些細なことについても深く考えるようになった。たとえば、ある人が貧しい人に靴をあげるとする。これは、貧しい人本人のためにすることなのか、それとも神のためにすることなのか。彼女は、神のためにすべきだと考えた。たとえ物をあげても、もらった側が感謝するとは限らない。もし、相手の感謝を報酬のように感じていれば、感謝されなかっただけでくじけてしまう恐れがあるだろう。だが、その人のためではなく、神のためだと思っていれば、相手の態度によってくじけることはなくなる。天職を持つ人は、たとえ絶えず称賛されていなくても、十分な報酬がなかったとしても、それでつまずくことはない。仕事をしても、毎月、毎年、決まった報酬があるわけではない。天職に取り組む人は、仕事によって得られるもののために働いているわけではなく、仕事が本質的に「良いこと」だから取り組んでいるのである。

一九三九年二月八日、とうとうパーキンズは自分を告発した人たちと直接、対面することになった。彼女は、下院司法委員会の人々の前に姿を現した。同委員会は、パーキンズ弾劾の妥当性を審議中だった。彼女は、ハリー・ブリッジズに対しどのような行政手続きが行なわれているかを長い時間をかけ、詳しく説明し、法律上の制約から、今以上の対応をするのは不可能であることも述べた。彼女の説明に対しては、厳しい質問がいくつも浴びせられた。厳しい質問をしてこない人でも、多くは説明に対して懐疑的だった。中には暴言を吐く者もいたが、そんな時、彼女は必ずもう一度同じことを言うよう求めた。あまりにひどい言葉は、一度なら言えても二度繰り返せる人はいないと信じていたからだ。この時の様子を撮った写真を見ると、彼女は疲れ果て、やつれているように見えるが、事件に関して非常に詳しく正確に知っていたことで、委員たちには感銘を与えることができた。

三月になって、ついに委員会は、パーキンズの弾劾を認めるには証拠が不足しているとの判断を下した。これで無罪放免ということになったのだが、そのことについてのマスコミの報道は言葉少なで、曖昧なものにとどまった。無罪になったことは大きく報道されなかったので、彼女の名誉は損なわれたまま回復することはなかった。辞任することもできないまま、パーキンズはその後、六年間も黙って耐え続けた。できるだけ表に出て目立つことがないようにに仕事をした。彼女は常に冷静に見えた。人前で弱みを見せることはなく、自分を哀れんでみせるようなこともなかった。閣僚の地位を去った後、回想録に自分の立場からの言い分を書くことも可能だったが、彼女はそうしなかった。

第二次世界大戦中、パーキンズは政権の中で「トラブルシューター」としての役割を果たした。ヨーロッパのユダヤ人を救済するようルーズベルトを促したのも彼女だ。国の行動が次第に個人のプライバシーや自由を侵すようになったことを、彼女は憂えていた。

一九四五年にルーズベルト大統領が亡くなったことで、パーキンズはついに閣僚の地位から離れることになった。次期大統領のトルーマンが、連邦官吏制度委員会に入るよう要請したため、彼女はその仕事をすることになった。自叙伝を書くことはなく、その代わりに、ルーズベルトについての本を書いた。その本は出版されるとベストセラーになったが、パーキンズ自身のことは中にほとんど書かれていない。

パーキンズは、その人生の終わりまで私生活では本当の意味で喜びを感じることのできなかった人だろう。一九五七年には、若い労働経済学者から、コーネル大学で講座を担当して欲しいと依頼された。その仕事の報酬は年に約一万ドルで、何十年も前にニューヨーク州労働委員会の調査官を務めた時よりほんの少し多いくらいだった。だが、精神疾患の娘を抱える彼女が生活していくためには、そのお金が必要だった。

当初、パーキンズはニューヨーク州イサカのレジデンシャル・ホテルに住んでいたが、その後、テルライド・ハウスに住まないかと誘いを受けた。そこは、本来、コーネル大学の最も才能ある学生が住むためのフラタニティ・ハウス〔寮の一種〕で、そこの小さな一室を使ってもいいと言われたのだ。彼女は喜んでその申し出を受け入れた。「私は結婚式の夜の花嫁のように幸せな気持ちだった！」とパーキンズは友人たちに話をしている[48]。そこにいる間、彼女は学生たちとともにウイスキーを飲み、彼らが絶えず音楽をかけて騒いでも怒るようなことはなかった[49]。めったに発言をすることはなかったが、月曜には寮生の集会にも参加していた。彼女は学生たちにバルタサル・グラシアンの『処世の智恵――賢く生きるための300の箴言（*The Art of Worldly Wisdom*）』（東谷穎人訳、白水社、二〇一一年ほか）という本をプレゼントした。これは、一七世紀のイエズス会の神父が書いたもので、権力機関の中にいながら人が高潔さ、品位を失わずに済むためにはどうすればいいかを教える指南書である。パーキンズは、当時まだ若かったアラン・ブルーム教授と友人になった。後に『アメリカン・マインドの終焉――文化と教育の危機　新装版（*The Closing of the American Mind*）』（菅野盾樹訳、みすず書房、二〇一六年）の著者として有名になる人物だ。だが、寮で一緒に暮らす学生たちの中には、この小柄で控えめで、優しげな老婦人になぜ歴史を変えるような大きな仕事ができたのか、と不思議に思う者もいた。

パーキンズは飛行機が嫌いで、バスで一人旅をした。そのため葬儀や講義など、どうしても出かけなくてはいけない用事ができると、四度も五度も乗り換えねばならず、長い時間がかかった。彼女は、将来、伝記作家に利用されることのないよう、自分の手元にある書類はできるだけ破棄するようにしていた。いつ亡くなっても、もめ事が起きないよう、どこへ行く時もハンドバッグに遺言状を入れて持ち歩いていた[50]。彼女は一九六五年五月一四日、病院で一人きりで亡くなった。八五歳だった。葬儀で棺を担いだのは、テルライド・ハウスで共に暮らしていた学生たちだ。その中には、後にレーガン、ブッシュ両大統領の下で働くことになるポール・ウォルフォウィッツなどもいた。牧師は、新約聖書に収められた書簡「コリント信徒への手紙一」の一節、「汝ら、動かされるなかれ」の部分を朗読した。六〇年以上前に、パーキンズ自身が母校マウント・ホリヨーク大学での祈禱会で読んでいたのと同じ部分である。

大学時代の年鑑に載った写真を見ると、そこにいるのは、小さくかわいらしい、内気そうな女の子である。表情を見る限り、傷つきやすそうなその子が、後にとてつもない苦難に耐え抜くとはどうしても予見できない。精神疾患の夫と娘を抱え、超男性社会の政界で孤独の中、素晴らしい仕事をするような人には見えない。何十年もの間、権力闘争の場に身を置き、マスコミからの攻撃にも耐えて生き抜く人だと写真を見て思う人はいないだろう。

だが、彼女は実際に困難の中、偉業を成し遂げたのだ。彼女にも欠点はあった。たとえば、怠惰なところ、饒舌すぎるところなどは、まだ若い頃には表に出ていた。しかし、自分の人生で何を為すべきかがはっきり見えてからは、そんな欠点を克服して生きることができた。

彼女は大義のために、大きな目的を達するために、本来の自分を抑えつけたのだ。必要とあればまったく未経験のことにも果敢に挑んだ。そして、何をしても、どのような状況に置かれても、揺らぐことなく、同じ姿勢を貫いた。パーキンズは、カースティン・ダウニーが書いた優れた伝記のタイトルにもなっているように「ニューディールを陰で支えた女性（The Woman Behind the New Deal）」であった。

一方で彼女は、熱心なリベラル派の活動家でもあった。現在、私たちが見慣れているような活動家の側面もあったのだ。だが、ただ進歩的なばかりではなく、伝統的に美徳とされた性質も兼ね備えていた。控えめではにかみ屋で、清教徒的な傷つきやすい感受性を持っていた。政治や経済に関しては、大胆な意見を言い、思い切った行動を取る反面、道徳の面では非常に保守的だった。自分に無数の小さな規則を課し、決して身勝手に振る舞ったり、優越感に浸ったりすることがないよう自らを律していた。その生涯を終えるまで、何があっても謙虚に反省をする日々を送った。それは良い時も、弾劾の危機にさらされるなど苦しい時も同じだった。その正直さ、控えめさが、私生活を息苦しいものにした面はあっただろう。また、彼女の世の中でのイメージがそのせいで悪くなった面もあったと考えられる。しかし、その性質のおかげで、天職に身を捧げる人生を送ることができたのだ。

パーキンズは人生の中で自ら何かを選び取ったことがほとんどなかった。要求に応え、しなくてはならないと感じたことをしただけだ。天職のある人は、たとえ自己実現をするとしても、一直線にそこにたどり着くことはない。パーキンズは、自分にとって個人的に何より大切なものであっても、大義だと信じたもののためなら喜んで捨てただろう。彼女は、自分の使命と信じた仕事にすべてを捧げた。彼女の人間性はその結果としてできあがったものであり、自己実現もその結果だった。天職となるもののほとんどは、一人の人間が一生を賭けたくらいでは終わらない仕事である。長い時間と多くの人の努力を必要とする。つまり、天職に取り組むというのは、自分を歴史の一部にするということでもある。個人の一生は短いが、歴史の一部になるような役割を果たせば、個人の一生よりはるかに長い時間を生きることも可能になる。神学者ラインホルド・ニーバーは一九五二年に次のような言葉を残している。

少しでも取り組む価値のある仕事は、実は個人の一生という短い時間では完了できない。そういう仕事に取り組む上では、希望が救いとなる。真に美しいもの、真に良いことの価値は、短時間のうちには完全に明確にならない。だとすれば、いずれ明確になるはずと信じることが救いとなる。また、真に価値あることは、何一つ一人では成し遂げられない。だから愛が救いとなる。自分の目から見ていくら価値のあることでも、他人から見て同じように価値があるとは限らない。その人が友人であってもそうだし、敵であればなおさらそうだ。そこには、愛の最終形態とも言える「赦《ゆる》し」がなければ私たちは決して救われない(51)。

第三章　克　己

ドワイト・アイゼンハワー

アイダ・ストーヴァー・アイゼンハワーは、一八六二年に、アメリカ、ヴァージニア州のシェナンドー・ヴァレーで一一人兄弟の一人として生まれた。彼女は子供時代、大小いくつもの災難に遭っている。たとえば、まだ幼かった南北戦争中には、北軍の兵士が、彼女の十代の兄たちを探して家にやって来た。彼らは納屋に火をつけると言って脅し、町中、そして町の周囲を執拗《しつよう》に捜索し続けた。アイダの母親は彼女が五歳になる前に亡くなった。父親も、彼女が一一歳の時に亡くなった。

兄弟はそれぞれ遠縁の家に引き取られ、ばらばらになった。アイダは、ある大家族の家で、住み込みの見習い料理人となる。毎日、パイやペストリー、肉などを焼く、それが仕事だ。靴下は繕《つくろ》いをしてはき、服には継ぎをあてて着ていた。それでも彼女は悲しみに暮れていたわけでも、惨めな気持ちだったわけでもない。苦難に負けず、それを跳ね飛ばすような元気、力強さが彼女にはあった。いつも働きづめの孤児。だが、町の人たちが覚えている彼女は、物怖《ものお》じしないおてんば娘だ。針金のように細い身体で、人から借りた馬に鞍《くら》もつけず乗り、町の中をかなりのスピードで走らせてみせた。一度は落馬して、鼻を折ったこともある。

当時のアメリカでは、女子が八年生〔日本の中学二年に相当〕を超えて教育を受けることはまずなかった。しかし、アイダの向学心は強く、十代前半の時期に、わずか六カ月間で聖書の一三六五もの節を独学で暗記するなどしていた。自分を向上させたいという意欲がとてつもなく強かったということだ。アダムⅠ、アダムⅡ、どちらの世界でも向上しようとしていた。そして、一五歳のある日、家族が皆で外出している間に、アイダは一人、家を出た。荷物をまとめ、こっそりと抜け出したのだ。彼女は歩いて、ヴァージニア州のスタントンという町に着き、そこで部屋を借りて仕事も見つけ、地元の高校に入学した。

高校を卒業して二年間は教職に就き、二一歳の時、一〇〇〇ドルの財産を相続する。彼女はそのうちの六〇〇ドル（現在なら一万ドル以上の価値がある）を使い、黒檀《こくたん》のピアノを購入した。そのピアノは生涯にわたりアイダにとっての宝物となった。残りの四〇〇ドルはほぼすべて、教育を受けるためにつぎ込んだ。彼女は西へと向かうメノナイト〔キリスト教の教派の一つ〕のキャラバンに便乗する。自身はメノナイトの信者ではなかったが、移動のために便乗したのである。そして、兄の住むカンザス州レコンプトンの名門レーン大学に入学した。アイダが入学した年の新入生は一四人で、授業は普通の住宅の応接間で行なわれた。

アイダが勉強したのは音楽だ。当時の教授が書いた報告書によれば、彼女は最も優秀な学生というわけではなかったが、勤勉で、努力によって好成績を収めていた。明るく社交的で、楽天的な人柄で、クラスメートに人気があり、卒業生総代にも選ばれた[1]。レーン大学でアイダは、デイヴィッド・アイゼンハワーと出会う。デイヴィッドは気難しく頑固で、アイダとは正反対と言ってもいい性格だった。ところが不思議にも二人は恋に落ち、一生を共にすることになる。子供たちは、二人が本気で言い争うのを見た記憶がないと言っている。実はデイヴィッドの側には、アイダに責められても仕方のない理由がたくさんあったのだが、それでもめったにけんかにはならなかった。

二人は、リヴァー・ブレスレン教会の教区で結婚した。リヴァー・ブレスレン教会は小さな正統派の教会で、質素な服装、節制、平和主義を旨とする。少女時代、厳しい生活を送ったアイダは、大人になってからも質素倹約、規則を厳格に守るということを大事にしてはいたが、だからといってことさらに不自然なほど厳格に生きようとしてはいなかった。リヴァー・ブレスレン教会の女性は、「ボンネット」と呼ばれる婦人用の帽子をかぶるしきたりになっていたが、ある日、彼女は一人の友人とともに、もうボンネットをかぶらない決意をした。すると、二人は教会内で迫害に遭い、皆から離れて後ろに座らされるという扱いを受けた。しかし、それでも屈しなかったため、ついには許され、ボンネットをかぶらずに皆の輪の中に入ることを認められた。アイダは信仰には篤《あつ》かったが、一方で楽しんで生きることに遠慮はしなかったし、日々、人間らしく生きることを大切にしていた。

夫のデイヴィッドは、ミルトン・グッドというパートナーとともに、カンザス州アビリーン近郊に店を開いた。この店の商売は失敗に終わる。デイヴィッドは家族に「パートナーのグッドが、店の金をすべて持って姿を消してしまった」と事情を説明した。息子たちは一応、その言い分を信じていたが、これは体面を保つための嘘だった。デイヴィッド・アイゼンハワーは、気難しく、他人と関わるのが苦手な人だった。そのせいで商売もうまくいかず、パートナーともけんかになってしまった。商売に失敗した後、デイヴィッドはテキサスへと向かう。その時、アイダとまだ幼い息子は家に残し、さらにこれから生まれてくる子供もいた。歴史家のジーン・スミスは、こう書いている。「店をやめ、身重の妻を捨てて出て行くというデイヴィッドの行動は理解しがたい。どこかに就職口の得られる当てがあったわけではなく、手に職があるということもなかったからだ(2)」

デイヴィッドは結局、鉄道駅の構内で肉体労働をするようになる。アイダもデイヴィッドを追ってテキサスへ行き、線路のすぐ脇の掘っ立て小屋に家族で住むようになる。そこで、後にアメリカ大統領となるドワイトが生まれた。一家の暮らしは、アイダが二八歳になる頃、どん底まで落ち込んだ。持っていた現金はたったの二四ドル一五セントで、あとはカンザスに残してきたピアノを除けば、財産と呼べるものは何もなく、デイヴィッドには、稼ぎを得られるような技術は一切なかった(3)。

窮地を救ってくれたのは、アイゼンハワー家の親戚だった。デイヴィッドは、アビリーンのバター工場の仕事を紹介され、カンザス州に戻ることになった。それでどうにか中流の生活を送れるようになった。アイダは五人の男の子を育てたが、五人ともが後に大きな成功を収めることになる。そして、五人とも生涯、母親を特別な存在として崇《あが》めていた。ドワイトは後年、アイダのことを「私がこれまでに知り合った誰よりも素晴らしい人間」と言っている。(4) 後年に出版されたドワイトの回想録『気軽な話（*At Ease*）』を読んでも、彼がいかに母親を崇拝していたかがわかる。いかにも彼らしく素っ気ない、抑えた調子ながら、こんなことを書いている。「アイダ・アイゼンハワーという人と、ほんのわずかな時間でも顔を合わせ、話をすれば、必ず誰もがその時のことを忘れられなくなる。それはまず、ともかく気さくな笑顔と、優しさのせいだ。物静かではあるがいつもほほ笑みを浮かべていた。宗教的な信念はかたくなで、自分自身の行動は厳しく律していたが、他人に対しては非常に寛容だった。私を含めた五人の息子は、幼少期を彼女とともに過ごすという特権を得たのだが、その思い出は決して消すことができない」(5)

誰かが酒を飲むことも、トランプで遊ぶことも、踊ることも一切ないような娯楽のない家だった。愛情を表に出すこともめったにない。ドワイトの父親は寡黙で、陰気で、頑固で融通の利かない人間だった。一方、母親のアイダは温かく、人当たりの良い人だった。子供たちにとっては、アイダの持っていた本や、彼女の適切な助言、そして、教育にかける情熱が重要な意味を持った。ドワイトは特に古代の歴史書を熱心に読むようになった。マラトンの戦いや、サラミスの戦いの物語、ペリクレスやテミストクレスといった英雄の物語などを読んでいた。アイダは陽気で愉快な人ではあったが、同時に何があっても動じない心の強さを持ち、現実の厳しさを教える格言もよく口にしていた。「私たちは神から配られたカードで勝負をするしかない」、「泳げ、さもなければ沈む」、「人は死ぬまで生き延びなくてはいけない」。毎日、一家は祈りを捧げ、聖書を読んだ。五人の兄弟が順に読むのだが、つかえたら、読み手を交替しなくてはならない。ドワイトは後の人生では特別に信心深い方ではなかったが、聖書の内容はよく理解していて、どこかの節をすらすらと暗誦《あんしょう》してみせることはよくあった。アイダは、自分自身は信心深かったが、人がどういう宗教観を持つかはあくまで個人の良心の問題だと固く信じていた。だから、他人に信心を押しつけることは絶対になかった。

ドワイトが大統領選挙を闘っている時、アビリーンは牧歌的な、まさにノーマン・ロックウェルが描くアメリカの田舎の典型のように言われた。だが、実際のアビリーンは決して牧歌的ではなく、もっと生き辛い場所だった。礼節や世間体が極端に重んじられる窮屈な土地柄だったのだ。アビリーンは、元は新興都市だったが、やがていかにもバイブルベルトの町という雰囲気に変わった。かつては売春宿も多いところだったのが、働いている女性と言えば、厳格な教師くらいという場所になった。しかも、ほとんど過渡期と呼べる時期なしにごく短期間で変化している。ヴィクトリア朝の倫理観が、ピューリタンの厳格さと結びつくことでさらに強化されたようになっていた。歴史家の中にはそれを「アメリカにもたらされたアウグスティヌス主義」と呼ぶ人もいた。

アイダが五人の息子たちを育てた家は、後のドワイトの計算によれば、八〇平方メートルにも満たない狭さだった。そこでは、当然のように倹約が必要になった。自制心がなければ日々、生きていくことはできなかった。自然に自己鍛錬ができたということだ。まだ現代のような医学はなく、危険な道具が多く使われ、今よりはるかに激しい肉体労働が普通に行なわれていたので、非常に事故が起きやすく、事故が起きると悲惨な結果を招くことが多かった。ある年、バッタの大発生によって農作物が壊滅的な被害を受けたこともあった。(6) ドワイトは十代の時、膝に負ったけががもとで感染症にかかっている。医師には脚の切断を勧められたが、フットボールができなくなるからと彼はそれを拒否した。病気が重くなり、意識が途切れ途切れになった時には、兄弟に部屋のドアのそばで寝てもらった。知らない間に医師が脚を切断しないよう見張ってもらったのだ。ドワイトの弟がまだ幼い頃にけがをしたこともあった。当時三歳だった弟、アールの子守をしていた時、ドワイトはポケットナイフをうっかり窓枠に置き忘れた。アールは椅子に乗り、ナイフをつかもうと手を伸ばしたが、うまくつかめず、ナイフは目に刺さってしまう。自分のせいで弟が目にけがをしたため、ドワイトは生涯、罪の意識を抱えることになった。

子供が命を落とすことは珍しくなく、日常の出来事だった。それが文化や信仰にも強い影響を与えていた。大きな不幸は身近なもので、いつ誰に襲いかかってきても不思議はない、と皆が思っていた。命ははかないもので、人生には耐えがたいほどの苦しみがあるのが当たり前だと誰もが思う。息子の一人、ポールを失った後、アイダは宗旨替えをする。より強く、深くなった自分の信仰心を表に出すためだった。新たに信じるようになったのは、後に「エホバの証人」になった宗派である。ドワイト自身も、家族の間で「イッキー」と呼ばれた彼の最初の息子、ダウド・ドワイトを失うことになる。彼にとっては、以後の世界を永遠に暗いものに変えてしまうような出来事だった。「私の人生の中でも最大の失望であり、最大の悲劇だった」と何十年かを経た後でアイゼンハワーは書いている。「完全に忘れ去ることなどできない悲劇だ。今でも、そのことを考えるだけで、この文章を書いている時も、喪失感が蘇ってくる。一九二〇年のクリスマス直後の、あの長く暗い日からまったく薄れていない、同じ喪失感が蘇るのである」[7]

命がはかなく、人生が無慈悲なものだとすれば、それでも生き抜いていくために、どうしてもある程度以上の心の強さ、心の鍛錬が必要になる。たった一度の小さな失敗が取り返しのつかないような災いにつながる。社会に「セーフティネット」というものがほとんどないので、いったん転落してしまうと浮かび上がることがまず不可能になる。干ばつ、病気、他人の裏切りなどですぐに窮地に陥るし、死は常にすぐそばにある。いつ何時、破滅するかわからないのだ。そんな時代には、強さと人格を兼ね備えた人間でないと長く生き延びることは難しい。厳しい時代環境が、人間性を決めるということだ。恐ろしい世界で、少しでも危険を避けて生きようとすれば、必然的に慎重になるし、余計なことは口にせず、控えめな態度で生きようともするだろう。ただでさえ危険な人生をさらに危険にするようなものを忌み嫌うようになる。たとえば、借金をすることや、未婚で子供を持つようなことは、できる限り避けることになる。また、何かあった時に立ち直れる力を少しでも身につけたい、そのためにできることがあれば何でもしたいと強く思う。

アイダ・アイゼンハワーに育てられた子供たちは皆、教育に高い価値を置くようになった。

だが、当時の社会には、今日の私たちほど教育を重要視する人はあまりいなかった。一八九七年にドワイトとともに小学校に入学した二〇〇人の子供たちのうち、高校を卒業したのはわずか三一人である。学位などなくても良い仕事に就くことはできたので、高等教育は今ほど重視されなかった。長期間、安定した暮らしを問題なく維持していくために、学歴はあまり重要ではなかったのだ。それよりも、良い生活習慣を持ち、守ること、勤勉によく働くこと、分別と良識を持ち、怠惰に陥らないこと、そして自己中心的にならないことが大事だった。頭脳明晰《めいせき》であることよりも、規律を守って愚直に働くことの方がはるかに重んじられたのだ。

ドワイトが一〇歳の頃、ハロウィーンの夜に、兄たちが親の許しを得て、近所を回ることになった。近所の家を一軒一軒訪ねてお菓子をもらうのだ。今よりも勇気のいるかなりの冒険だ。ドワイトも兄たちについて行きたいと訴えたが、両親はまだ小さいからと言って許さなかった。いくら懇願しても結局、許されず、兄たちが出て行くのを見ていたドワイトはついに、怒りを抑えることができなくなった。彼は顔を真っ赤にし、髪を逆立てて怒り、泣き、叫んだ。庭へ走り出て、リンゴの木の幹をげんこつで何度も殴った。手の皮が擦りむけ、血が流れた。

父親はドワイトを捕まえて身体を揺さぶり、ヒッコリーのむちで打ち、ベッドに寝かせた。一時間ほど後、枕を涙でぬらしているドワイトのところに母親のアイダがやって来た。彼女はベッドのそばのロッキングチェアにしばらく何も言わずに座っていたが、やがて聖書のこ

んな一節を引用して聞かせた。「自らの心を治める者は、城を攻め取る者に優る」〔『箴言』一六章三二節〕

彼女はドワイトの手の傷に薬をつけ、包帯を巻いた。そして、自分の内側で燃える怒りや憎しみには警戒するよう言った。憎しみはまったくの無益であり、それを抱いた者を傷つけるだけだ、というのである。兄弟の中でも、ドワイトは特に熱情に駆られやすく、それを抑えられるようにならなくてはいけない、と母は告げた。

ドワイトは七六歳の時にこう書いている。「それは私の人生の中でも重要な時間だっただろう。その後の人生で何度も思い出すことになった。まだ幼かった私には、母の話が何時間も続いたように感じられたが、おそらく実際には一五分か二〇分の出来事だったのだろう。少なくとも母の話を聞いて、私は自分が間違っていたのだと認めることができ、同時に気持ちが安らいで、その後はぐっすりと眠ることができた(8)」

この「自らの心を治める」という考え方は、その後、大人へと成長していくドワイトの倫理観の中でも重要な位置を占めるようになった。また、その裏には、人間は生まれながらに二面性を持つ存在だという考え方がある。私たち人間は皆、堕落した存在であり、同時に生まれつき素晴らしい力を与えられている存在でもあるのだ。人間には、罪深い面がある。利己的で、自分にも他人にも嘘をつく。だが、一方で、人間には「神の似姿《にすがた》」という面もある。今の自分を超えて高みを目指す、常に善きもの美しきものを追い求めるという面も人間は持っている。誰もが人生では一つのドラマを演じる。それは優れた人格を形成していくドラマだ。それは人間に、自らを磨き、常に良くなっていこうとする性質が生まれつき備わっているからだろう。アダムⅠが成功するためには、その基礎として、アダムⅡを育てることが絶対に必要になる。少なくとも過去にはそういう考えの人が多かったと思われる。

罪

「罪」という言葉は今、以前に比べて軽い意味で使われることが増えている。罪というものがそれだけ力を失い、畏《おそ》れを感じる人が少なくなっているのだろう。最近では、「いかにも太りそうなデザートを食べてしまって罪の意識を感じる」といった使い方ばかりを目にする。そもそも、日常の会話で個人の罪をまともに話題にする人はほとんどいなくなっている。仮に人間の悪について話をするとしても、たいていは「社会の仕組みが悪い」ということになる。不平等や抑圧、人種差別などの問題に攻撃の矛先が向かうことが多く、一人ひとりの心の中にある悪に注目することはまずない。

私たちはもう、かつてあったような「罪」という概念自体を捨ててしまったらしい。昔のような「人間は生まれながらに堕落していて、邪悪だ」という考え方をまずしなくなっている。一八世紀には、いや一九世紀に入っても長らく、多くの人間が心に抱く自己像は暗いものだった。それは「いまだに私は罪を犯します」というピューリタンの古い祈りの言葉にもよく表現されている。「永遠の父、あなたはあらゆる人智を超え、善き方であられます。しかし、私は卑劣で浅ましく、惨めで、しかも盲目です……」という具合に。現代の私たちの目から見ると、これはあまりにも暗い見方で、自分を卑下しすぎではないかと思える。

罪という言葉は、過去には長らく、人間の抱く「喜び」を否定する際によく使われていた。性行為やエンターテインメントから得られる人間としての健全な喜びさえも、罪という言葉によって否定することが多かった。つまり、「罪」とは、喜びのない、粗探しばかりの人生につながる言葉だったのである。特に、身体的な喜びを抑圧するのに利用された。たとえば、それがいかに罪深いものかを説いて、若者に自慰行為を止めさせようとする、といったことが行なわれていた。

「罪」は叱責《しっせき》のための言葉となっていた。H・L・メンケンも言っているとおり、独善的で相手への愛情などかけらもないような叱責に使われた。「誰かがどこかで楽しく過ごしている」と少しでも感じると、間違ったことをしている、罪を犯していると言って叱責して抑えつけてしまう。そんなことがどこでも頻繁に行なわれていたのである。罪という言葉は子育てにも濫用された。厳しく権威主義的なしつけを良しとする人には都合のいい言葉だったのだろう。子供は絶えず叱っていないと堕落すると考える親には便利だった。理由はどうあれ、「苦労」、「苦痛」というものを重要視する人たちも、罪という言葉をよく使った。暗い顔で苦行に耐えなければ、人間は良くならない、向上しない、という考え方の人たちだ。

しかし、「罪」は、「天職」や「魂」などと同じように、すべての人間がまったく無縁ではいられない言葉である。この種の言葉は現代でも多くの本に出てくる。ただし、そのままではなく、現代化され、別の言葉に置き換えられていることが多い。

罪は人間の心にとって欠かすことのできない部品である。罪というものがあればこそ、道徳が人生において大事な要素になる。これから研究が進めば、人間の行動のすべてを脳内の化学反応に還元することは可能かもしれない。また、いわゆる「ビッグデータ」を利用すれば、人間という動物が全体として持つ性質、人間全般の行動の傾向はわかるかもしれない。過去に「罪」と呼ばれていたものが、現代においては道徳とは無関係な別の用語で呼ばれることも多いだろう。たとえば「誤り」、「失敗」、「弱さ」などの言葉が代わりに使われる。だとしても、人生において何より重要なのは、各人が自分の行動に責任を持つこと、そして行動において道徳的に正しい選択をすることであるというのは、ずっと変わらない。その人が勇敢なのか臆病なのか、正直なのか嘘つきなのか、他人に優しいのか冷たいのか、誠実なのか不誠実なのか、それが大切なのは常に同じだろう。現代の社会では、「罪」は、「誤り」、「無神経」といった言葉に言い換えられていることが多い。また、「美徳」や「人格」、あるいは「悪徳」や「邪悪」といった道徳に関係する言葉も、めったに使われない傾向がある。だからといって、人生における道徳の重要性が減ったわけではない。単に道徳に関係することを底の浅い言葉で表現するようになり、道徳の存在が見えにくくなっただけだ。相変わらず人生の根本にあり、避けて通ることはできないのだが、それがわかりにくくなっている。本当は道徳について話している時でも、使う言葉が不明瞭で曖昧なために、日常生活における道徳の重要性が忘れられがちだということだ。

「罪」を「誤り」に言い換えることは厳密にはできない。「罪」は社会の中で、他人との関係の中で生じるものだからだ。一方、「誤り」はあくまで個人的なものだ。誤りは誰にでもあるが、単に何かを間違えた、失敗しただけであれば、影響はそう大きくない。しかし、罪は多くの人に悪い影響を与える。たとえば、利己的であること、無思慮であることは、罪だ。それが自分だけでなく、社会に害をもたらすからだ。ただ、罪は人が皆、生まれながらの性質として持っているものである。長い間、世代から世代へと罪は受け継がれてきた。人間であれば、誰もが罪人《つみびと》ということだ。自分自身の罪を意識すれば、他人の罪にも強く共感できる。罪が社会的なものだとすれば、罪への対処も社会的になるだろう。つまり、私たちは一人で罪と闘うわけではないということである。家族で、コミュニティで力を合わせて闘う。他人が罪と闘うのを助けることで、同時に、自分の罪とも闘うことができる。

罪という概念が重要なのは、罪というものが間違いなく存在するからでもある。あなたも私も罪人《つみびと》である。ただ、そう言ったからといって、必ずしも、あなたが完全に堕落した人だとか、心に汚点があるとか、そういう意味ではない。ただ、あなたの心には必ずどこか、歪んだところがあるはずだと言っている。他のすべての人も同様だ。本当はこうしたいはずなのに、気づくと違う結果になっている。そんなことはないだろうか。あるいは、元々、望むべきではないことを望んでしまっていることもある。強情になりたいと願う人はまずいないだろう。だが、時々、私たちは強情になる。自己欺瞞に陥ろうと自ら望む人はいない。ところが、自己欺瞞に陥った上、それを正当化までしてしまうことすらある。非情になりたいと思う人はいないはずだが、他人にひどいことを言って、後でそれを悔やむこともある。やるべきことを怠るという罪を犯してしまうのは、何も傍観者でいたいと望んだ結果ではないが、マーガライト・ウィルキンソンの詩にもあるように、私たちは皆「何もせずにすんだ歓び」という名の罪を犯してしまうことがある。

私たちの心はまだら模様になっている。起業をするには野心が必要だが、その同じ野心によって儲け主義に走ることも、誰かを搾取することもある。性欲がなければ子供は生まれないが、その同じ欲望が不倫につながることもある。大胆に独創的なことをするためには自信が必要だが、その自信はともすれば過信、傲慢さになってしまう。

罪というと、何か悪魔的なもののように感じる人もいるかもしれないが、そうではない。ただ、人間の心には、誰であっても、困った面があるというだけだ。そのせいで、時に物事を台無しにしてしまう。長期的な視野を持つべき時に、目先のことにとらわれてしまう人は多い。より高い目標に向かって努力すべきなのに、楽をしたいがために低い目標を達成しただけで満足してしまうこともある。ずっとそれを繰り返していると、もう当たり前になって正しい道に進むことが難しくなる。

罪の危険性は、罪が罪によって大きくなる、ということである。たとえば、月曜日に少しでも良心にもとることをしてしまったとすると、火曜日には、さらに良心に大きく反するようなことをするかもしれない。日に日に悪くなる恐れがあるわけだ。一度、自分に嘘をつくことを覚えた人は、何度もそれを繰り返すようになり、やがて、今、自分は自分に嘘をついているのか否か、区別することもできなくなる。自己憐憫に陥って、それに慣れてしまった人は、ついには、誰からも犠牲者だと思われたいという歪んだ願望を抱くようになる。そして、周囲の人すべてを消耗させるのだ。怒りや強欲に駆られた人と同じくらいに周囲に害を及ぼす。

前触れもなく突然に大きな罪を犯す人はまずいない。大きな罪を犯すまでには、いくつものドアをくぐり抜けることになる。短気で怒りっぽい人も、いきなり激しい怒りで問題を起こすわけではなく、たいていは、はじめに小さな怒りを抑えられなかったことで、徐々に怒りが大きくなるのだ。飲酒や薬物の問題を抱える人も同様だ。他人の同情を買うことばかりに夢中な人も、やはり最初は小さなきっかけからそうなっている。腐敗が腐敗を生む。罪が罪を生むのだ。

「罪」という概念が今も重要なのは、人格形成に必要だからでもある。人格形成にはそのための方法があるが、罪というものの存在を無視してしまうと、その方法は成り立たなくなってしまう。確かに、人は富や力を手にしさえすれば、一応の成功を収めることができ、他人からはそれだけで「偉大な人物」とみなされることもあるだろう。昔からそれは同じだ。だが、人格形成には、どうしても内なる罪との闘いが必要になる。その闘いを通じてしか人格者にはなれないのだ。強く落ち着いた人間になるには、自分に対する敬意を持つに値する人間になるには、自分の心の中に棲む悪魔に打ち克つか、少なくともその悪魔と闘ったことがなければならない。罪などはじめからないことにしてしまうと、人間は闘うべきものを失い、良い人間へと成長することができなくなる。

内なる罪と闘う人は、毎日の生活の中で道徳的に試される機会が山ほどあると知っている。私は以前、こんな経営者に会ったことがある。求職者に面接で必ず「自分が傷ついても本当のことを言う、ということはありましたか」と尋ねるというのだ。この質問によって彼は、求職者の道徳観を見ようとしている。仕事を愛するのは当たり前だが、それ以上に真実を、道徳を愛しているか否かを見る。

昔は、特にカンザス州アビリーンのような場所では、道徳的な大罪を、仮に法律的には罪でないとしても、看過することはできなかっただろう。その罪を見過ごすことで、物理的、経済的な大損害につながる恐れもあったからだ。たとえば、怠惰は道徳的な罪だが、農場において怠惰であれば、下手をすれば作物が収穫できないことにもなりかねない。暴飲暴食、深酒なども道徳的な罪だが、それが家族の破壊にもつながる。性欲を抑えず、むき出しにしてしまえば、特に若い女性の場合には身に危険が及ぶ可能性がある。虚栄心のために無駄な出費をし、その果てに借金までして破産する人もいる。

もちろん、そこまでひどい事態になれば、道徳的な罪だけでなく、他の種類の罪にもなり、多くの人が問題を察知することになるだろう。問題の解決のために様々な手段が用いられることになるはずである。金銭的に損害を被る人や身体的に危害を受ける人がいれば、道徳というよりは法律の話になるだろう。怒り、欲望などの罪は、野獣に似ている。放置すれば何をしでかすかわからないので、飼い馴らさなくてはいけないのだが、すぐにできることではない。長い時間をかけて思いどおりに抑制できるよう訓練しなくてはならない。野放しにせず制御することを日常の習慣にする必要がある。嘲笑や不遜といった罪は、服についた染みに似ている。つまり、罪を消すには染みのように洗って落とさなくてはならないということだ。その場合の「洗剤」となるのが、謝罪、悔悛《かいしゅん》、償いなどの行為である。同じ罪でも、窃盗などの場合は事情が違ってくる。窃盗をすれば、負債を作ることになる。その罪は、借りた分を何かのかたちで社会に返さない限り、消えることはない。不倫、贈収賄、密告などの罪は、何よりも、人の信頼を裏切ったという点が重要になる。信頼を裏切り、それによって社会秩序を乱したことが問題だ。乱れた秩序を取り戻すには、失われた信頼を取り戻すことが必要だ。大変な時間がかかるだろう。信頼を取り戻して、はじめから人間関係を作り直す、そうすることによってしか秩序は取り戻せない。高慢、傲慢も罪だが、これは地位に対する強すぎる執着や、他人より優位に立ちたいという願望によるものだ。この罪は、自分より他人を優先する謙虚さがなければ消えることはない。

少し前まで、この世界には道徳に関わる言葉が豊富に存在した。そして、道徳を守るため、守らせるために有効な道具も無数にあった。それが何世紀もの間、世代から世代へと引き継がれていたのだ。どれも、言語を使う能力などと同様、あくまで実用的な財産として受け継がれていたものだ。人生で誰もが経験する道徳的な葛藤に対処するのに実際に役立っていたからだ。

人格

アイダ・アイゼンハワーは、愉快で心温かい人ではあったが、少しでも堕落につながり得ることに関しては、とても厳しかった。彼女は家族が、家の中で踊ることも、カードゲームで遊ぶことも、飲酒をすることも固く禁じた。いずれも罪とのつながりが深く、人を堕落させる力が強いと思っていたからだ。人間の自制心というのは筋肉と同じで、常にはたらかせていると簡単に疲弊する。堕落しないようにしばらくの間なら闘うことができるが長くはもたない。それよりは、はじめから闘わないで済む状況に自分を置く方が賢明というわけだ。

息子たちを育てている間に彼女が見せた愛情、優しさは、底がないと思えるほど深いものだった。全般的な行動に関しては、アイダは息子たちにかなりの自由を与えていた。現代の親と比べても自由だったと言えるだろう。しかし、一方で、道徳に関わることについては、意外に細かいことをうるさく言っていた。何があっても、常に自分を抑えられる習慣を身につけさせようとしていたのである。

現在であれば、誰かが「自分を抑えている」と言えば、それは称賛というよりも非難の意味合いの方が強くなるだろう。堅苦しい人間、自分の中にある本当の感情を隠し、偽りの姿で生きている人間というような言われ方をする。今は自分を表に出す生き方が良しとされている時代だからだ。現代の私たちは、自分の内側にある衝動を信じ、その衝動を抑えつけようとする外部の力に不信感を抱く。しかし、少し前の時代には事情が違っていた。皆が不信って抑えることができると考えられていた。衝動は抑えるべきだし、習慣の力によって抑えることができると考えられていた。

一八七七年、心理学者のウィリアム・ジェームズは、「習慣（Habit）」という論文を書いている。その中には、「大過ない人生を送りたいと思うのであれば、人は自分の神経系を敵ではなく味方にするよう努力する必要がある」と書かれていた。習慣は本来、後天的に身につけるものだが、自分の身に深く刻み込まれれば、もはや生まれつきの性質、本能と区別がつかないものになるという。ジェームズは、何か習慣（ダイエットでも、正直に話をする、でも何でもいい）を身につけたいと思えば、まず最初の段階で、できる限り固い決意をすべきと言っている。絶対に身につけるのだという強い意志を自ら持つ必要がある。新たな習慣を始めることを、人生の中でも重要な出来事にするのである。そして、習慣がしっかりと染み込むまでは、「決して例外を認めない」という姿勢が大切だ。素晴らしい自制心を発揮した場面が数多くあっても、わずかな緩みによって無効になってしまう。習慣の定着のためには、何があろうと常に自らを律して生活していなくてはならない。日々の生活をそのまま自己鍛錬の場とする。鍛錬したところで、すぐに目に見えて何かが得られるわけではないが、それでも続ける。明文化されておらず、曖昧で、しかも気まぐれに頻繁に変わり得る規則に従わなくてはならない。ジェームズはこう書いている。「この種の禁欲主義は、保険のようなものと言える。生活の中で善行を積むたびに保険料を支払ったことになる。あるいは、税金のようなものと考えてもいい。払ったその時には、何も良いことはない。何の見返りもおそらくすぐには得られない。だが、何か災難が襲ってきた時には、過去の蓄積がその人を決定的な破滅から救ってくれることになるだろう」

ウィリアム・ジェームズとアイダ・アイゼンハワーは、かたちは違うが二人とも考えていたことはほぼ同じだろう。どちらも重要視したのは、長期間にわたる安定性である。人格とは、イェール大学の法学教授、アンソニー・T・クロンマンも言っているとおり、「定着した気質の組み合わせ」である。その人が習慣的にどのような感情、欲望を抱き、それに日頃どう反応しているかが、人格を作るというわけだ(9)。これはおおむね、アリストテレス派の考え方だ。良い行ないをしていれば、いずれ良い人間になれるという考え方である。行動を変えれば、やがて、頭の中身も変わっていくと言ってもいいだろう。

アイダは、日頃の些細な行動の中で自制心を鍛えるべきと考えた。たとえば、食事の時には、こまごまとしたエチケットにいつも気をつける。日曜日に教会へ行く時には、それにふさわしいきちんとした服装をする。教会へ行った後は、安息日の規律を守って過ごす。手紙を書く時には、定型をはみ出さず、相手に敬意が伝わるような書き方を心がける。粗食をし、贅沢《ぜいたく》全般を控える。軍隊に入った時には、制服は常にきれいに保ち、靴もよく磨く。自分の家の中も、常に整理整頓する。ともかく、まずは表面だけでもすべてが絶えずきれいに整っているように、小さなことにも気を配るようにする。

アイダの時代には、手作業や肉体労働が人格形成に役立つと信じられた。アビリーンでは、自営業者も農民も、すべての人が毎日、自分の手、自分の身体を動かす仕事に勤《いそ》しんでいた。

馬車の車軸に油をさす、石炭をスコップですくって炉にくべる、ストーブの燃え殻をふるいにかけ、燃え残りを取り出す、といった作業を毎日のようにしていたのだ。ドワイト・アイゼンハワーが少年時代を過ごした家には水道がなく、子供たちが毎日、井戸から水をくんでこなくてはならなかった。ドワイトたちには他にも毎日こなす仕事がたくさんあった。彼らの一日は夜明けとともに始まった。朝五時に起き、まず火を熾《おこ》す、そこから一日中、仕事が続くのである。昼にはバター工場で働く父親に温かい昼食を届ける。ニワトリに餌もやらなくてはならない。果物を絞ってジュースにする。年に五〇〇リットルは絞っていた。洗濯日には衣類を煮る。育てているトウモロコシの世話もある。トウモロコシは小遣い稼ぎのために売るのだ。水道が家に引かれる時には溝掘りの作業もしたし、電気が引かれる時には配線もした。ドワイトが、今の子供たちとはまるで違う環境で育ったことは間違いない。今の子供たちは、ドワイトがさせられていたような労働からはほぼ、解放されている。だが、逆説的だが、昔に比べて子供たちが自由になったかというと、そうとも言えない。ドワイトの時代は、すべき仕事が済めば、野山や町を好きなように駆け回ることができたが、今の子供たちにそういうことはできない。ドワイトには確かにたくさんの仕事が課せられていたが、同時に大きな行動の自由も与えられていたのである。

　ドワイトの父、デイヴィッド・アイゼンハワーは、その時代の人らしく常に規律を守り、自らの自制心を鍛えるような生活を送っていた。彼の生活は殺伐とした、楽しみの少ないものだった。デイヴィッドという人をあえて簡単な言葉でまとめれば、几帳面、清廉潔白ということになるだろう。彼は頑固で、無愛想で、過ぎるほどに真面目だった。破産の後は特に慎重になり、ほんのわずかでも負債を作ることを恐れた。たとえ少しでも道を踏み外すことを極端に怖がるようになった。勤務していた会社で管理職になると、自分の部下の従業員に毎月給料の一〇パーセントを必ず貯金するよう強要した。従業員たちは、その一〇パーセントをどうしたのかをデイヴィッドに報告しなくてはならなかった。銀行に預けた、株に投資した、といったことをいちいち言わなくてはならなかったのである。デイヴィッドは一人ひとりの報告書に毎回、自分の言葉を書き込んでいた。また、彼が満足できる報告書を出せなかった従業員は職を失うことになった。

デイヴィッドはくつろいでいることなど、決してないように見えた。息子たちを釣りや狩りに連れて行くことはなかったし、息子たちと遊ぶことすらめったになかった。「父は厳しく、融通が利かない人でした」息子の一人、エドガーがそう回想する。「人生は父にとって、非常に対処の困難な課題だったのだと思います。真面目に、常に慎重に物を考えながら進む、それが父の生き方だったのでしょう[10]」

アイダはそれに対し、いつもほほ笑みを浮かべているような明るい人だった。彼女はいつも真面目一方、清廉潔白というわけではなく、少し羽目を外すようなことをよくしていた。その時の状況によっては、酒をたくさん飲むということも珍しくはなかった。夫がおそらく理解していなかったであろうことを、彼女はよく理解していたのだ。それは、自制心、習慣、労働、自己否定だけでは、人格形成には不十分であるということである。人間の理性、意志はあまりにも弱く、欲望に絶えず克ち続けることなど不可能だ。確かに中には強い人もいる。しかし、いくら強い人でも、何もかも自分一人でできる人はいない。罪に打ち克つには、どうしても外からの助けを必要とする。

アイダの人格形成法には、厳しい面だけでなく、優しい面もあった。幸い、罪だけでなく、「愛」も人間の本質である。人は皆、生まれながらに愛し愛される力を持つ。アイダのような人は、自制心や習慣だけでなく、愛もまた人格形成に寄与すると知っていた。多くはないが、彼女のような人は確かに存在した。私たちは自分の欲望に常時抗《あらが》い続けることはできない。しかし、欲望のかたちを変えたり、その優先度を下げたりすることはできる。そのために、次元の高い「愛」が力になる。そういう考え方が、「優しい」人格形成法の基礎になっている。次元の高い愛とは、たとえば、自分の子供に対する愛、祖国への愛、故郷や母校への愛、あるいは貧しい人や虐《しいた》げられた人への愛などだ。愛するもののために自らを犠牲にする、愛する者に奉仕する、というのは、時に快いことである。人に何かを与えることが、与える相手を愛していれば、楽しいことになる。愛する人が少しでも前に進めば、少しでも成長すれば、それが喜びになるからだ。

次元の高い愛を大事に生きるようになれば、自然にその人の行ないは良くなる。子供を持ち、親になった人は、日々の行動は子供への愛情によってかなりの程度、決められることになる。子供が病気になれば、真夜中であっても目を覚ますだろうし、子供が危険にさらされれば、他のすべてを放り出して守ろうとするだろう。愛する者がいれば、人は進んで自らを犠牲にする。そんな愛によって動かされている人が罪を犯すことは少ない。

　アイダは身をもって示した。厳しさと優しさは両立できる。自制心を持ちながら人を愛することもできる。人間の罪を知った上で、罪を赦すこともできるし、施しをすること、慈悲をかけることもできる。何十年か後、ドワイト・アイゼンハワーが大統領就任の宣誓をする時、アイダは息子に頼んだ。聖書の歴代誌第二巻七章一四節を開いて宣誓するよう言ったのである。「私の名で呼ばれる私の民が自らへりくだり、祈りを捧げ、私の顔を探し求め、その悪しき道から離れるのなら、私が天の声を聞き、彼らの罪を赦し、彼らの地を癒やすだろう」という節だ。罪と闘う最も良い方法は、優しさと愛情を持って生きることだ。それは仕事をする上でも大事だろう。その仕事が他人から称賛を受けるものであるかどうかは関係ない。何をするかよりも、それをどのようにするか、が大切だ。神は副詞を愛する。

自らを抑える

　ドワイト・アイゼンハワーは、自らはさほど信心深いわけではなかったものの、宗教自体は社会にとって良いものだという認識を持っていたようだ。そういう種類の人たちは少なからず存在する。彼が神の恩寵《おんちょう》を感じながら生きていた、あるいは贖罪《しょくざい》について何らかの神学的な思想を持っていたという証拠はどこにも見当たらない。ただ、陽気で饒舌なところは母親譲りで、その性格は抑制、克服しなくてはならないと常々考えていたところも似ている。

信念はほぼ同じだが、そこに宗教色がないところが母親と違っていたということだ。

アイゼンハワーには生まれつき「やんちゃ」なところがあった。彼の少年時代は、アビリーンの人たちには、何度かの壮絶なけんかによって記憶されていた。ウェストポイント〔陸軍士官学校〕では、反抗的な態度を取り、素行も良くなかったという。軍の記録にも、ギャンブル好き、喫煙をする、態度が大きい、などいくつもの欠点があったことが記されている。卒業時、アイゼンハワーの席次は一六四人の訓練生のうちの一二五番だった。ダンスパーティーでの踊りがあまりに激しすぎたということで、軍曹から一兵卒へと降格になったこともある。また、軍隊にいる時も、大統領になってからも、彼はずっと自分の短気に悩まされた。子供の頃、ハロウィーンの夜、両親に見せた短気は、なかなか抑えることができなかった。軍隊時代の部下たちは、彼が怒り出す兆候を気をつけて見るようになった。たとえば、こういう表情をしたら、間もなく爆発して、近くにいる人間を口汚く罵《ののし》り始める、というのを覚え、常時、注意するようになったのである。第二次世界大戦中は、あるジャーナリストに「短気なミスター・ダイナマイト」というあだ名をつけられたこともあった。アイゼンハワーは本当にいつ怒り出しても不思議ではないような人だった。怒りは水面のすぐ下にいつも隠れていて、何かの拍子にすぐに表に出るのだ[11]。「まるで溶鉱炉か何かを覗き込んでいるようだった」側近の一人だったブライス・ハーロウはそう回想する。軍医のハワード・スナイダーは、アイゼンハワーが感情を爆発させる前には「側頭部のねじれた電気コードのような動脈が普段より浮き出て見えた」と言っていた。アイゼンハワーの伝記を書いたエヴァン・

トーマスは、「アイクの部下たちは、彼の激情を常に恐れていた」と書いている。[12]やはりアイゼンハワーの側近だったトム・スティーヴンズは「大統領は機嫌の悪い時には必ず、茶色い服を着ていることに気づいた」と話していた。彼は、アイゼンハワーの姿を執務室の窓越しに見て、茶色を着ているとわかると、他のスタッフに「今日は茶色のスーツだ！」と知らせ、警戒するよう呼びかけた。[13]

アイゼンハワーには分裂したところがあった。誰にでもそういう面はあるが、彼は普通よりもそれが顕著だった。いかにも軍人らしい汚い言葉もよく使ったが、女性のいる前では決してそれを出さなかった。誰かが下品な冗談を言うと、嫌な顔をして身を背けることもあった。[14]ウェストポイントですでに、廊下で頻繁にタバコを吸い、よく叱責されていた彼は、終戦の間際には一日に四箱吸うスモーカーとなっていた。ところがある日突然、きっぱりとタバコをやめた。アイゼンハワー自身はこの禁煙について「私はただ、自分自身に命令を下しただけだ」と話している。一九五七年の一般教書演説ではこんなふうに語った。「人間が自由であるというのは、自己鍛錬する機会があるということです[15]」

彼は数々の苦痛に人知れず耐えていた。そんな苦痛の中には突発的に襲って来るものもあった。第二次世界大戦の終わり頃には、肉体的な痛みも多数抱えるようになっていた。鈍い痛みもあれば、鋭い痛みもある。夜、横になって天井を見つめたまま、眠れないことも度々だった。不眠、不安に苦しみ、過度の飲酒、喫煙が止められず、咽喉《いんこう》感染症、痙攣、血圧の急上昇などもあった。だが、アイゼンハワーの、苦しみを表に出さないという意味での自制心は並外れていた。これは「気高い偽善」とでも呼ぶべき態度だ。彼は、生まれつきの性格としては、自分の感情を隠すのが得意な方ではなかった。むしろその逆で、表情に感情がすぐに出てしまう性格だったと言える。しかし、彼は日々、意識して仮面をかぶるようにした。何があっても自信に満ちた、くつろいだ表情を崩さず、いかにも農村育ち風の朗らかさを保つようにしたのだ。そのおかげで、世間一般の人からは、明るく快活な人という印象を持たれるようになった。伝記作家のエヴァン・トーマスによれば、アイゼンハワーは孫のディヴィッドに、自分がいつも笑顔なのは「別に常に気分良く明るく振る舞おうと心がけているからではない」と言っていたという。原因は、ウェストポイント時代のボクシングのコーチにあると彼は言っている。コーチはアイゼンハワーをノックダウンし、「倒されて立ち上がる時には必ず笑え、笑えなければ、一度倒された相手には絶対に勝てない」と言ったのだ。[16] アイゼンハワーはもっともだと思った。そして、軍隊を率い、戦争に勝つためには、常に自信ありげに、不安などないような顔をしていることは絶対条件だと思った。彼はこんなことを言っている。

　私は自分の態度、話し方が軍の士気に間違いなく影響するとわかっていた。明るく前向きな態度、話し方を保てば、士気は上がり、皆が勝利を確信していられる。私自身がいくら落胆し、悲観的になっていたとしても、決してそれは外には出さず、毎晩、自分の胸に抱えたまま床に就く。ただ明るく振る舞うだけでなく、それを確かな結果に結びつけるため、私は目の前の具体的な問題に目を向け、その解決に力を注ぐようにしていた。公私どちらでも、誰に会う時でも笑顔で接し、その人の良いところを褒め、その人の抱える問題に関心を持っているのだと明らかにわかる態度を取る。(17)

アイゼンハワーは自分が心に抱える真の熱情を無視し、存在しないかのようにする方法を身につけた。たとえば、自分を怒らせた、自分の気分を害した人間の名前を日記に書き連ねる、というのもその一つだ。そうすることで、相手への怒りをその中に封印しようとした。憎しみの感情が高まった時、彼は、それに自分が支配されるのを断固拒む。「怒りが私に勝つことは絶対にない。怒りはものを考えることすらできないからだ」彼は日記にそう書いている。(18)自分を怒らせた相手の名前を紙に書き、その紙をゴミ箱に捨てることもあった。怒りの感情も「処分」するという象徴的な行為だ。アイゼンハワーは、生まれつき本当に冷静沈着な男というわけではなかった。彼は本来、熱情に駆られやすかったが、母親と同じように、意識して人為的な手段で感情を抑えることで冷静さを保っていた。

組織人

アイダが息子のドワイトをアビリーンからウェストポイントへと送り出したのは、一九一一年六月八日のことだった。彼女は強硬なまでの平和主義者であり、息子が軍人となることには断固反対だったが、最後には「お前の選んだ道ならば」と認めた。アイダは息子を乗せた列車を見送ると、すぐに帰宅し、自室に引きこもった。残った他の息子たちは、ドア越しにすすり泣きの声を聞いた。弟のミルトンは後年、兄のドワイトに「母さんの泣いている声を聞いたのはあの時が初めてだった」と話している。[19]

　アイゼンハワーは、一九一五年にウェストポイントを卒業した。卒業後、最初の何年かは、第一次世界大戦の最中だったが、彼自身が大戦に従軍することはなかった。大戦の戦闘に向けて訓練は受けていたのだが、「諸戦争を終わらせる戦争」に自身が直接関わることはなかったのである。大戦中、アメリカを離れることもしていない。その間は、部隊の訓練や、フットボールのコーチをし、あとは兵站《へいたん》に携わったくらいだ。彼はいらだち、大戦に従軍したいと上に強く願い出ていた。そして一九一八年一〇月、二八歳の時、ついに命令は下った。一一月一八日に、アイゼンハワーはフランスに向けて出発することになったのだ。だが、周知のとおり、大戦は一一月一一日に終結している。これは彼にとって辛い出来事となった。「これで、自分はずっと言い訳をし続ける一生を送ることになった、なぜ大戦に従軍しなかったのか、その言い訳を何度もしなくてはならないだろう」仲間の将校に出した手紙の中で、彼はそう嘆いている。また、「こうなったからは、何か華々しい活躍をして目立たなくてはならない。そうしないと埋め合わせができないよ」などと、珍しく慎みに欠けるような発言もしている。[20]

　しかし、その「華々しい活躍」はすぐにはできなかった。アイゼンハワーは、一九一八年、フランス行きに先立って中佐〔戦時における一時的なもの。第一次世界大戦終結後はいったん通常の大尉に戻り、すぐ少佐に昇進〕へと昇進したが、次の昇進は約二〇年後の一九三六年だった。大戦中は大勢の将校が活躍し、軍は彼らを一斉に昇進させたため、その後は昇進させようにもポストに空きがない状態になってしまった。しかも、一九二〇年代には、軍のアメリカ社会における役割が小さくなり、規模も縮小したために、余計にポスト不足が深刻になった。アイゼンハワーは出世できず、同じ地位〔少佐〕に留まったまま長い時を過ごした。その間、民間人の兄弟たちは順調に出世していく。四十代の頃には、アイゼンハワー家の兄弟の中でも、成功からは一番遠いと見られていた。それは誰が見ても明らかだった。すでに中年になっているにもかかわらず、一つの勲章も得ていない。ようやく最初の勲章を得たのは五一歳の時だった。彼にはもうこの先、大したことはできないだろうと誰もが思っていた。

第一次大戦終結から第二次大戦開戦までの期間、アイゼンハワーは歩兵隊将校や、フットボールのコーチ、参謀将校などとして働いたほか、歩兵隊戦車学校、陸軍指揮幕僚課程、陸軍戦略大学校で学んだ。自らの属する軍があまりに官僚主義的なために、彼はいらだちを募らせ、怒りを爆発させることも何度かあった。そのせいでさらに出世の可能性は狭まり、才能を浪費することにもつながっただろう。だが、この不遇の時代、アイゼンハワーは全体として、彼の生来の性格からすれば驚くほど自分を抑えることができていたと言える。彼は傍《はた》目《め》には典型的な組織人だった。母親のアイダに教え込まれた規範を忠実に守っていたおかげで、彼は軍の行動規範にもたやすく自分を合わせることができた。組織の利益のために自分の欲を抑えることもできた。

アイゼンハワーは回想録の中で「三十代になる頃には、軍人としての基本的な姿勢を身につけることができていた」と書いている。軍人としての基本的な姿勢、それは簡単に言えば「上意下達」である。軍人である限りは上の命令には絶対に従う、それが基本だ。[21] アイゼンハワーに与えられていた任務はどれも華々しいものではなく、ごく平凡なものばかりだった。だが「それで鬱憤がたまっても、私生活の中で解消し、公には与えられた仕事に黙々と全力で取り組む、それ以上の対処は考えられなかった」と彼は書いている。[22]

実際、参謀将校の時のアイゼンハワーは、決して派手な仕事を望むことはなく、ひたすら、組織というもののあり方を学んでいた。組織の中では、物事をどう進めるべきか、また物事はどう進むのか、チームワークとはどういうものか、彼はそういうことを学んだ。組織の中で功績をあげる方法を学んだと言ってもいい。後年、彼はこう回想している。「新しい部署に着任すると、私はまずそこで誰が最も強いか、誰が最も有能かを見る。そして、私個人の考え、意見はすべて忘れ、その人が正しいとすることを押し通すことに全力を注いだ」[23] 回想録『気軽な話』の中ではこう書いている。「自分より知識のある人、能力のある人、ものが良く見えている人を見つけたら、できるだけ深く関わり、できるだけ多くのことを学ぼうとした」そして彼は準備、適応ということをとても重要視していた。「計画は無価値だが、計画を立てることはすべてだ」とも言っている。あるいは「いったん立てた計画に頼ることはないが、計画を立てることは大事にしている」とも言う。

不遇の中でもアイゼンハワーは、彼独自の視点、価値観を持つようになっていた。常に持ち歩いていた作者不明の詩からもそれがうかがえる。

バケツに水を入れよう
手を入れて、手首まできれいに洗う
手を引き抜くと、あとに穴が残る
その穴を見れば、自分に何がどれだけ足りないかわかる

今回の変わった体験の教訓。
ただ自分にできることを全力でせよ
自分を誇りに思うべきだが
絶対に必要な人間など一人もないことを忘れてはならない！(24)

人生の師

一九二二年、アイゼンハワーはパナマ行きを命じられた。そこで第二〇歩兵旅団に加わる。パナマでは二年過ごすが、その二年間は、二つの点でアイゼンハワーにとって意味があったと言える。一つは、長男のイッキーを亡くした後に、新しい環境に身を置けたこと。それで

多少、気を紛らわすことができた。もう一つは、フォックス・コナー将軍と出会えたことである。歴史学者のジーン・エドワード・スミスは、コナー将軍についてこのように言っている。「フォックス・コナーはまさに控えめ、謙虚という言葉で表現するにふさわしい人物だった。常に冷静で、話し方は穏やか、堅苦しいと言えるほどに礼儀正しい。読書を好み、歴史への造詣が深く、他人の軍才を見抜く目が鋭かった(25)」コナーには、芝居がかったようなうさんくささはまったくなかった。そして、アイゼンハワーがコナーから学んだ中で何より大切なのは「自分のことはいい、とにかく自分に与えられた仕事のことだけを真剣に考えろ」ということだった。

フォックス・コナーは、アイゼンハワーにとって「謙虚な指導者」の一つの理想形となった。「謙虚さというのは、私が深く尊敬した指導者たちすべてに共通する性質だった」アイゼンハワーは後にそう書いている。「私は、指導者というのは、自らの選んだ部下が何か過ちを犯した時、公にその責任が自分にあると認めるべきだと考えている。反対に、自分の率いる集団が勝利を収めた時には、その勝利が部下たちの手柄だと明言することも重要だ」アイゼンハワーはコナーについてこんなことも書いた。「コナーは現実主義の将校だった。地に足が着いていた。また、誰がそばにいても態度が変わらず、いつも落ち着いていた。どれほどの重要人物がいても同じだった。また、連隊内の誰とでも分け隔てなく接した。威張ることも気取ることもなく、私がこれまでに知り合った誰よりも気さくで正直な人だった……彼は長年の間、私にとって、血のつながった親戚よりも親しみを感じられる人となっていた[26]」

アイゼンハワーは元々、古典や軍事戦略、国際情勢などに強い関心を持っていたが、コナーの存在により、それがさらに高まることになった。コナーに部下として仕えた日々は、まるで大学院にいるようなものだったという。軍事や人間について学ぶ大学院だ。数々の人間を知り、その行動を見聞きしてきたコナーから助言を受け、時に言葉を交わすこともすべて大事な学習になっていた。「自分の人生の中でも最も好奇心が刺激され、最も大きく発展することができた時期だ」とアイゼンハワー自身も語っている。アイゼンハワーの子供の頃からの友人、エドワード・〝スウィード〟・ハズレットは、パナマに彼を訪ね、その時のことをこう記している。「アイゼンハワーは、宿舎の二階の、網戸が張られたベランダにいた。決して豪華で快適とは言えないそこがいわば彼の書斎となった。そこに本を持ち込み、製図板を置いて、暇を見つけては勉強していたのである。過去の名将と呼ばれた人たちの軍事作戦を、再現し、細かく検討してみていた[27]」

またアイゼンハワーはその頃、「ブラッキー」という馬の調教にも熱中していた。回想録にはこんなふうに記されている。

ブラッキーは、キャンプ・コルトで最初はまったくの無能とされた馬だった。私がすぐに芽の出ない人間でも辛抱して登用するようになった背景には、この馬の存在があった。どうにも不格好で無能で無価値とされた動物でも、疲弊しきって回復の見込みがないとされた土地でも、後に良くなることがある。人間も同じだ。子供時代に物覚えが悪くて、駄目の烙印を押されていても、大成することがあるのだ。そうならないのは、育てる側に、時間をかけ努力して改善しようという意志がないせいであることが多い。問題児とされた少年が立派な大人になることはあるし、無能とされた動物が調教の結果、見違えるようになることもある。荒れた土地も手をかけてやれば豊かな作物を実らせるようになる。(28)

コナー将軍は、アイゼンハワーをカンザス州フォート・レヴンワースの陸軍指揮幕僚課程に入学させた。アイゼンハワーは、二四五人のクラスを首席で卒業する。彼もやはり、ブラッキーと同じで頭角を現さないまま終わる人間ではなかったということだ。

アイゼンハワーは陸軍戦略大学校卒業後（彼は同大学に入学した将校の中でも史上最年少の一人だった）の一九三三年から、ダグラス・マッカーサー将軍の主任補佐武官となる。その後はしばらくの間、主にフィリピンで、マッカーサーの下で働くことになる。フィリピン独立の準備を進めることが特に重要な仕事だった。ダグラス・マッカーサーは芝居がかったところのある人物で、アイゼンハワーはマッカーサーを尊敬しながらも、彼の尊大な態度にはうんざりさせられていた。アイゼンハワーはマッカーサーについて「あの人は貴族だった。そして対する私はと言えば、単なる一人の庶民にすぎなかった」と言っている。(29)

マッカーサーの下で働くのは、アイゼンハワーにとって究極の試験のようなものだった。

短気を起こさずにどこまで耐え抜くことができるかの試験だ。いずれも狭い二人の事務室は隣接していた。二つの部屋を隔てるものは、羽根板のついた薄い扉だけだった。「彼はいつも声を張り上げて私を事務室に呼んだ[30]」アイゼンハワーはそう回想する。「彼は話し方が明快で、気さくで親しみやすい人ではあったが、一つ困った癖があった。その癖のおかげで私は何度も驚かされることになった。思い出話などをする時に、彼は自分のことをまるで第三者のようにして語るのである[31]」

アイゼンハワーは何度か、マッカーサーの配下から離れたいという希望を出したが、それはマッカーサー自身の手によってすべて却下された。アイゼンハワーはフィリピンで素晴らしい働きをしているから、というのである。単なる一人のアメリカ陸軍中佐ではない、それをはるかに超える働きをしているとマッカーサーは主張した。

アイゼンハワーは失望した。その後、さらに六年間マッカーサー配下に留まることになった。マッカーサーの陰に隠れ、目立たないが重要な仕事をした。計画立案の業務を多く任され、彼の肩には重い負担がのしかかることになっていった[32]。アイゼンハワーは、面と向かっている時にはマッカーサーに対し敬意ある態度を保ち続けたが、やがて上司のことをひどく憎むようになってしまった。「組織全体のことよりまず自分」という態度が許せなかったのだ。マッカーサーの自己中心的な行動について、アイゼンハワーは自分の日記の中でこっそり書き、怒りをぶちまけている。

すでにあの人の下で八年も働いてきたが、いまだにまったく理解できない。公にする言葉をすべて代筆し、守るべき秘密を守り、あの人が馬鹿な振る舞いをして笑い者になるのを防ぐべく動いた。自分は常に後ろに下がり、あの人が目的を達成できるよう努力した。にもかかわらず、私に対して、前触れもなくいきなり敵意をむき出しにすることがある。まったく不可解だ。単に王座にいたいだけなのだろうと思う。良いことしか言わないお取り巻きに囲まれていたいだけの人なのだ。そして、地下牢には大勢の奴隷が閉じ込められている。そこで奴隷たちは世の中に知られることもなく、黙々と自分の仕事を遂行し、新しい何かを生み出し続けている。そのすべてが、世間一般の人たちには、皆、あの人の知性、能力の輝かしい成果に見えるというわけだ。愚か者なのは間違いないが、それだけではない。もっと質《たち》が悪い。吐き気のするような幼稚な男だ。[33]

アイゼンハワーは、常に忠実に謙虚に上官に仕えた。上官の考えを十分に理解し、上官と同じものの見方、考え方をするよう努め、あらゆる業務を効率的に、予定どおりにこなすようにした。その結果、彼の仕えた上官は、マッカーサーも含め全員が彼を昇進させた。そして、第二次世界大戦中、アイゼンハワーは彼の人生の中でも特に大きな仕事に立ち向かうことになる。その時、自身の感情を自分の意志で抑え込める彼の能力が功を奏した。アイゼンハワーは戦争に対して何らロマンティックな思いを持たなかったし、興奮を覚えることもなかった。その点は、生涯の戦友だったジョージ・S・パットンとは違っていた。彼にとっては、大戦もこなすべき業務の一つにすぎなかった。耐え忍ぶべき辛い課題の一つだ。華々しい活躍、英雄的な行為は確かに人を魅了するし、興奮もさせる。だが、本当に重要なのはそれではないと彼は経験で学んでいた。勝利の鍵となるのは、退屈でありふれた、さえない職務の遂行だとわかっていたのだ。たとえば、鼻持ちならないと思う人間がいても、衝突せず良好な関係を保っておくことはその一つだ。いつでも水陸両面からの攻撃ができるよう、あらかじめ十分な数の上陸用舟艇を作っておくこともそうだ。また、兵站など後方支援も重要になる。

アイゼンハワーは優れた戦争指揮官だった。彼は、連合国軍内の和、結束を保つため、自らは不満やいらだちを抱えていてもそれを自分の中に抑え込むことができた。人種や民族に対する偏見も人並みに持っていたが、それを表に出さないよう必死に抑えていた。そうしないと、多様な人間で構成される連合軍をまとめあげることなど不可能だったからだ。成功の手柄は必ず部下のものにした。そして失敗はすべて自分の責任にした。アイゼンハワーには、世界史においても最も有名とされる「使われることのなかった声明」があるが、それを見ても、彼の姿勢がよくわかる。ノルマンディー上陸作戦が仮に失敗に終わった時に出す予定にしていた声明のメモである。メモにはこうある。「我々の上陸作戦は……失敗に終わった。私は部隊を撤退させた……今回の攻撃の時刻、場所については、得られる限りの最高の情報に基づいて私が決断した。陸、海、空、すべての部隊は勇敢に戦い、全員ができ得る限りの貢献をしてくれた。今回の試みに関して誰か責めを負い、責任を取るとすれば、それは私一人しかあり得ない」

このように、自分を抑え、自分を殺すような生き方には良くない面もある。アイゼンハワーには先見の明があったとは言えない。独創的にものを考えるということはできない人だった。戦争中には、偉大な戦略家ではなかった。大統領になってからは、時代の流れ、新しい世界の動きに無関心なところがあった。公民権運動の広がりやマッカーシズムの脅威も敏感に察知することはできなかった。また、抽象的な思考も得意ではなかった。恩人であるジョージ・C・マーシャルが愛国心ゆえの行動によって、マッカーシーに攻撃されても擁護することができなかった。そのことを本人も恥じており、後年、後悔の言葉も残していた。意識的に自分を抑える努力をしていたために、温かくすべき時に冷たい態度を取ってしまうこともあった。勇敢で情熱的な行動が求められる時にも、徹底して冷静で実利のみを優先してしまうことがあった。愛人だったケイ・サマーズビーへの終戦時の態度もひどいものだった。サマーズビーは、アイゼンハワーの人生で最も苛酷な時期によく仕え、おそらく彼のことを愛してもいたと思われる。しかし、アイゼンハワーは、直接、別れの言葉をかけることすらなかったのだ。ある日、サマーズビーは、アイゼンハワーの移動の同行者名簿から自分の名前が抜けていることに気づいた。そして、彼女は、軍支給の紙にタイプライターで打った冷淡なメモをアイゼンハワーから受け取る。「私にとってもとても大切だった関係を、このようなかたちで断ち切らなくてはならないのは、個人的には本当に辛い。その気持ちはきっとわかってくれると思う。だが、私としても、もはやどうすることもできない……時々は私に一筆もらえればとは思う——君が幸せに暮らしているか気になるから」[34] 彼は自分の感情を抑える訓練をしすぎたために、この時も内にあるはずの感情を外に出していない。そのせいで彼女に対する思いやりの心、感謝の念までをも抑え込んでしまった。

彼本人もこの弱点には気づいていた。自身の英雄だったジョージ・ワシントンのことを思い、こんな発言もしている。「彼のような大局をはっきりと見極める目を、神が自分に授けてくれていたら、と強く思う。彼のような目的意識、真に偉大な精神、魂を持っていたならと思う[35]」

だが、人生は素晴らしい学校になることがある。その人にとって後に必要になることを、人生が教えてくれることがあるのだ。アイゼンハワーの人間性は、時がたつにつれ、生来のものから変化していった。幼少期のしつけの影響もあるのだろう。大人になったアイゼンハワーは、子供の頃とは明らかに違う人間だった。彼には、「もう一人の自分」を作る能力があった。ただ、これは現代に生きる私たちにとってはあまり良いとは感じられない能力である。今は、ともかくありのままの「本当の自分」、自然な自分を良しとする時代だからだ。常にありのままの自分でい続けることが、誠実なあり方だと信じられている。内なる真の自分に正直でいなくてはならない。外からの圧力に負け、他人の期待する別の自分になるのはよくない。別の自分になって生きれば、内なる自分と、表面的な行動の間にずれが生じることになる。それは人をだます卑怯《ひきょう》なことであり、裏切りである、と現代人の多くが考えるだろう。

アイゼンハワーの考え方はそうではなかった。育った時代、環境の影響もあり、現代の人間とは大きく違った考えを持っていた。第二の自分を作ることとは、人間として自然なことであると考えていたのだ。生まれたままの自分には良いところもあり、悪いところもある。したがって、そのまま生きていくことはせず、ある部分は削り、またある部分は磨く。弱いところは補強し、外に出ては困るところは内に封じ込める。そのようにして徐々に生まれた時とは違う別の自分を形作っていく。それが当たり前だった。人となりは、その人の努力の賜物、その人の作品のようなものということだ。そちらの方が「本当の私」であり、生まれた時の「ありのままの私」と同じではないことになる。

ドワイト・アイゼンハワーは、一言で「誠実」と言えるような人間ではなかった。彼は自分の個人的な思い、考えを人に話さず隠しておく人だった。自分の本当の思いは日記に書いていた。時には他人についての辛辣《しんらつ》な言葉も書き連ねていた。たとえば、ウィリアム・ノーランド上院議員についてはこんなことを書いている。「彼に私は『あんたはどこまで馬鹿なんだ』という問いを投げかけたい。『果てしなく』というのがその答えになるだろう」[36]。人前でのアイゼンハワーは、日記の中とはまるで違った。常に明るく前向きで、有能な人間という印象を与えていた。同時に、農村の少年のような素朴な魅力もあった。大統領になってからは、それが自分の役割を果たすのに役立つのであれば、進んで自らを実際よりも愚かに見せることもあった。真の意図を隠すために、わざとたどたどしい話し方をしたりもした。少年時代には、自分の怒りを抑える術を学んだが、大人になってからは、野心や能力を抑制することも学んだ。アイゼンハワーは古代史にもかなり精通しており、狡猾なアテナイの指導者、テミストクレスに敬意を抱いてはいたが、そういう一面は表には出さない。普通の人より聡明に見られることも望まなかった。何にせよ平均的なアメリカ人に比べて優れていると見られることを嫌がったのだ。教養もなく、単純で素朴な人間であるというイメージを作っていた。実は、専門的で細かいことに関しても、いちいち会議を開いて話し合っていた。何をどうすべきかの指示はいつも、明確で具体的だった。だが、記者会見などの場に出ると、自分の意図、計画を隠すべく、あえてたどたどしく、頭の良くなさそうな話し方をするのだ。あるいは、自分には何もかも手に負えないというふりをすることもある。「どうもあまりに難しくて自分のような馬鹿者にはとてもわからない」などと言う[37]。意図的に実際よりも愚かに見せようとした（生まれ育ちがニューヨークなどの都会ではなく、田舎であることも強調していた）。

アイゼンハワーの単純素朴さは彼の戦略だった。彼の下で副大統領を務めたリチャード・ニクソンは、アイゼンハワーの死後にこんな回想をしている。「（アイゼンハワーは）多くの人が思っているよりもはるかに複雑で、ひねくれた人間だ。ただし、私はこの言葉を決して悪い意味ではなく、良い意味で使っている。彼は一つの考えに凝り固まることがなかった。一つの問題に対しても、二通り、三通り、時には四通りもの解釈をする……頭の回転がとても速く、思考が柔軟だった[38]」。アイゼンハワーはポーカーが得意なことでよく知られていた。エヴァン・トーマスはこう書いている。「アイクの満面の笑みを見ていると、すべて開けっぴろげに見える。カンザスの空のように開けていると思える。ところが、その笑顔の奥深くに多くの秘密が隠されている。彼は尊敬すべき人間だが、時に不透明でよくわからないことがある。表面的に機嫌が良くても、中は怒りで煮えたぎっていることもあった(39)」

報道官のジム・ハガティが記者会見を前に、美麗島〔台湾〕海峡の情勢について報告し、情勢が微妙なため発言に慎重を期すよう告げたことがある。アイゼンハワーは、ほほ笑んでこう答えたという。「心配いらないよ、ジム。その手の質問が来たら、記者をけむに巻くから」予想どおり、美麗島海峡についての質問がジョゼフ・ハーシュというジャーナリストから出た。アイゼンハワーはそれに愛想よくこう答えた。

戦争について私が知っていることは二つだけです。一つは、何より変わりやすい要素は人間であるということ。表面的には、どの人間も日々変わっていき、同じということがありません。同時に、決して変わらない要素が人間だけである、ということも事実です。もう一つは、どの戦争にも必ず、私たちは驚かされるということ。発生の仕方、進行の仕方はどれも違い、予測ができません……ですから、どうしてもしばらく待つということが必要だと思います。大統領になった人間が必ず一度はしなくてはならない、祈りを込めた決断です(40)。

エヴァン・トーマスによれば、記者会見の後、アイゼンハワーは「ロシアや中国の通訳は、

私が何を言ったのか上役に伝えるのに苦しんでいるだろうな」とジョークを言っていたという。(41)

ドワイト・アイゼンハワーにはこのように二重性があったため、本当はどういう人なのかを知るのが難しくなっていた。息子のジョン・アイゼンハワーは伝記作家のエヴァン・トーマスに「あなたは父の本当の姿を知ろうとしているが、大変だと思う。羨ましいとは思わない。息子の自分ですら、本当の姿がわからないのだから」と言った。アイゼンハワーの死後、未亡人のマミーは、夫について尋ねられ、「自分も夫の真の姿を知っていたかどうか自信はない」と答えている。(42)生まれながらの自我を隠し、自分の欲を抑え込むことで、アイゼンハワーは軍の上官から、そして歴史から与えられた仕事を全うできた。単純素朴な自己像は、彼自身が努力して作った一種の芸術品だったのだ。

中　庸

高齢になってからのドワイト・アイゼンハワーにとっては、「中庸」も重要になった。中庸は美徳の一つだが、誤解されることも多い。誤解を解くにはまず、中庸とは何かではなく、「何でないか」を明確にした方がいいだろう。中庸とは単なる「中間」ではない。何か両極端なものがあるとして、様子を見て「だいたいこのくらいが中間だろう」と思ったところに身を置く、というのが中庸ではないのだ。また、常に冷静で落ち着いているというのと、中庸は同じではない。他人に対して競争心や敵対心を持たず、そのせいで温和である、というのは、中庸とは違う。

むしろその逆で、対立、衝突は不可避であるという認識がなければ中庸は成り立たない。世界が完全に調和することがもし可能なのであれば、中庸である必要もない。人間には一人ひとり個性がある。その個性の違う人たちが、皆、何も問題なく共存できるのであれば、誰も遠慮も自制もしなくていいのであれば、中庸など考えず、ただありのままで自己実現に向けて歩めばいい。道徳的な美徳のすべてに矛盾がなく、すべての政治的目標に対立がないのなら、中庸などいらない。ただ、一定の方向にできるだけ速く進めばいいだけである。

あらゆる物事が完全に調和し合うことなど決してないからこそ、中庸というものが必要になる。たとえば、政治には、利害の対立がつきものである。それぞれに合法的で、正当と言える利害が対立し合う状況はごく普通にある。哲学においても、矛盾し合う二つの真理が緊張関係にあるということがよくある。どちらも真理だが、完全ではなくいわゆる「半面の真理」なのだ。一人の人間の中でも、それぞれに良いところのある様々な性格が対立し合っている。人間の内面が一つの戦場になっている。ハリー・クローは、名著『中庸について(*On Moderation*)』の中でこう書いている。「心、魂は必ず分裂しているものであり、まさにそのために中庸が必要になるのである」たとえば、ドワイト・アイゼンハワーには熱い情熱があった。だが、同時に、強い自制心も持っていた。どちらもまったく無用というわけではないし、どちらもまったく無害というわけでもない。アイゼンハワーの強い義憤は、彼が正義に向かって行動する上で大きな力になったはずだ。しかし、怒りで目を曇らされることもある。自制心があればこそ、それを防ぐことができ、確実に与えられた仕事をこなすこともできた。ただ、一方で、強い自制心のせいで冷淡に見えてしまうこともあった。

中庸な人は、対立する二つの性質を同時に持っている。しかも、どちらの性質も最高度に強い。「程よく」ではないのだ。「ほどほどに情熱的」で「ほどほどに冷静」というわけではない。非常に強い情熱を持ちながら、同時にその情熱を思いどおりに制御したいという強い意欲も持っている、それが中庸な人だ。アポロン的な性質と、ディオニュソス的な性質とが、完全に併存している。あるいは、人を信じる心と、疑う心を同じくらい強く持っている。アダムⅠとアダムⅡがどちらもまったく損なわれることなく併存しているのも中庸の人だ。

単に対立する性質が同居しているだけでは中庸にはなれない。それでは単に分裂しているというだけである。中庸であるためには、全体としてのまとまり、秩序が必要になる。二つの要素の適切なバランス、割合はその時々で変わるので、中庸であるためには、絶えずバランスを変え続けなくてはならない。絶えずバランスを変えることで、はじめて秩序が保たれる。一度、最適な割合を見つけたらそれで終わりということではない。状況の変化に応じて常に最適を探し求める姿勢こそが重要である。人間にとって、安全を求めることと、危険をいとわず何かに挑むことはどちらも重要だ。自由を求めることと、そこに一定の制限を課すことはどちらも重要だろう。中庸な人は、対立する要素の間の究極のバランスはないと知っている。この法則を知れば、この視点で見れば、あらゆる問題を解決でき、大きな成果が得られるなどということはない。嵐の中を帆船で航行するようなものである。船が右に傾いた時と、左に傾いた時とでは対応は違ってくる。表面上、常に傾かず、真っ直ぐに航行するためには、刻々と変化する状況に応じ、一時も休まずに調整をする必要がある。

ドワイト・アイゼンハワーは、このことを直感的に知っていた。大統領二期目に、子供の頃からの友人、スウェードへの手紙の中でこう書いている。「僕はきっと船みたいなものなんだと思う。いつも強い風や波にさらされて大きく傾きながら、それでも何とか沈まずに浮かんでいる。障害物も多いから、方向転換も頻繁にするし、時々は後戻りもしなくちゃならない。でも、全体としては、苦しみながら、ゆっくりでも前に、自分の思っている方向に向けて進んでいる」[43]

ハリー・クローも言っているとおり、中庸な人とは、すべてを同時には持てないと知っている人である。矛盾する要素の対立は常にあり、どちらの要素にも良い点がある。どちらか一方を選べばいいというものではない。一つの真実、一つの価値のためにすべてを捧げるような、「純粋で完璧な人生」など絶対に存在しない。その事実を受け入れるのが中庸な人だ。大志は抱くが、自分の願望をそのまま実現するのは不可能だと知っていて、現実にどこまで可能かを見極めることもできる。たとえ、どのような状況でも、これで一件落着、問題はすべて解決となるような対策などないことも理解している。自由を拡大させ、制約を減らせば、当然、勝手に問題のある行動を取る人間が増える。だからといって、厳しい規則を設けるなどして行動を制約すれば、当然、自由が犠牲になる。これはまさにトレードオフであり、逃れる方法はどこにもない。

中庸な人は、人間の性格にも絶えず調整が必要だと知っている。また、ものの見方や考え方も一つだけではあり得ない。必ず、同じ一人の人間にも対立するものが同居している。どちらにも良い面、悪い面がある。複数の人々が関わる政治の世界ではなおさらだ。政治は、対立、闘いが普通の状態だと言える。たとえば、富は平等に分配すべき、という意見には、その人の能力や業績に応じて得られる富は違って当たり前という意見が対立する。中央集権が良いという人もいれば、地方分権が良いという人もいる。共同体の利益、秩序が重要という人もいるし、個人の利益、自由が何より重要という人もいる。中庸な人は、決してこの対立を解消しようとはしない。究極の解決策などあり得ないからだ。目指すのは、両者の均衡だけだ。その時の状況に合うような均衡状態が得られれば最上とする。中庸な人は、どのような場所、時代でも必ず正しい政策などというものがあるとは信じていない（これは当たり前のことのようだが、特定のイデオロギーに凝り固まって、当たり前の事実を否定する人間は、いくつもの国で何度も繰り返し現れた）。抽象的な計画、構想などにはあまり価値を置いてはいないが、多様な人々が共存する社会をまとめるためには、また自分がたまたま属した社会の中で生き抜いていくためには、それがどうしても必要であることも理解している。

中庸な人は、まさにマックス・ウェーバーの言う「燃える情熱と冷静な判断力の二つを一つの魂の中で結びつけること」を望む。それには強い自制心、訓練が必要だ。自分の目標を達成したいという熱い情熱を持ちながら、具体的にどうすれば達成できるかは冷静にじっくりと考える、そういうことができるようになりたいと望む。理想は、熱い心と、それを飼い馴らせる人格を同時に持っていることだ。まず何かに対して熱狂的になることに対しては、疑いを抱くべきだ。そして自分自身も疑う。たとえ自分の情熱がどれほど強いとしても、単純に信じてはいけない。派手なこと、わかりやすいことには惹《ひ》きつけられるが、警戒しなくてはいけない。政治において何か失敗をすると、それによる損害は、成功した時の利益よりもはるかに大きくなる。指導者が誤った行動を取ると、とてつもない害を社会にもたらす。正しい行動を取った時の利益の大きさとは比べ物にならない。知恵の力には限界がある。それがわかっていれば、いくら慎重でも十分ではないと考えるのが当然である。

ドワイト・アイゼンハワーは、同時代、あるいはそのしばらく後の時代の人々にとって、素朴で単純な人間の代表だった。彼はいかにも西部ものの小説に出てきそうな、愚かで情熱的な人間と見られていた。しかし、その後、歴史家の研究により、彼はもっと複雑で賢く、内面に葛藤を抱えた人間だったことが明らかになっていった。また大統領の任期終了が近い頃の演説では、中庸の完璧な見本とも言えるような言葉を残している。

その演説がなされたのは、ちょうどアメリカの政治史、そして公衆道徳の歴史の中でも重要な転換点となる時期だった。一九六一年一月二〇日には、後任のジョン・F・ケネディが有名な就任演説をしている。それは、アメリカ文化の変革を象徴するような演説だった。ケネディの演説はそもそも、歴史の進む方向がこれから変わることを印象づけることを意図したものである。一つの世代、時代が終わるのだということ、そして、彼の言葉どおり、一つの世代、時代を「新しく始める」のだということを皆に伝えようとした。「新たな事業」を始め、世界の「新しい法」を作ろうと訴えた。ケネディは、可能性は無限だと言った。「人間は、その限りある命の中で、すべての貧困を撲滅する力を持つに至りました」と高らかに宣言した。ケネディは、私たちの行動に制約などないとも言った。「私たちは、自由の存続と発展のために、いかなる代償も払い、いかなる重荷もいとわず、いかなる困難にも耐え……」と言ったのだ。彼は聴衆に向かい、問題はあるものとしてあきらめるのではなく、解決していくべきだと呼びかけた。「ともに宇宙の星を探査し、砂漠を征服し、病気を根絶していきましょう」と言っている。これは、自分を、人類を信じきっている人間の演説である。この演説は、世界中の人々に感銘を与え、その後の政治演説の多くに影響を与えることになった。

ケネディの三日前にアイゼンハワーが行なった演説は、反対に、その後消えていく世界観を象徴するものになった。ケネディが無限の可能性を強調したのに対し、アイゼンハワーは、人間が尊大になることへの警告を発した。ケネディが勇気の大切さを訴えたのに対し、アイゼンハワーは慎重さが重要であると言った。ケネディは、大胆な前進をしていこうと呼びかけたのに対し、アイゼンハワーはバランスの維持を求めた。

アイゼンハワーの演説の中には、「バランス」という言葉が繰り返し出てきた。対立する政治課題の間のバランス、民間経済と公共経済のバランス、費用と期待される便益のバランス、必要不可欠なものと、必要はないがあると喜ばしいものとのバランス。国民が国に求めることと、国が国民に課す義務のバランス、国の現在の行動と将来の繁栄とのバランスなど。前進することも大切だが、バランスも同様に大切である。両方に目を向けるのが分別であり、バランスを欠いてしまえば、短期的にはうまくいっても、やがては困った状況に陥る、とアイゼンハワーは主張した。

アイゼンハワーは、問題を短期間のうちに解決できるという考えは危険だと警告した。現在、自分たちが抱える問題を一気に解決できるような奇跡的な対策は存在しない。費用をかけ、一定の努力をすれば、目覚ましい成果が得られ、問題はなくなるだろう、などと考えてはいけない。アイゼンハワーはそう言いたかった。彼は、人間の弱さ、脆さについても警告を発した。特に、近視眼的、利己的になりがちなところに注意せよと言った。彼はさらに国民に向かい、今のためだけに生きるような姿勢をやめるよう告げた。今の自分が便利に安楽に暮らすため、未来から貴重な資源を略奪することがあってはならないというのだ。子供の頃から倹約精神を叩き込まれたせいもあるのだろう。アイゼンハワーは国民に対し、孫の世代の有形資産を抵当に入れるようなことはするなと呼びかけた。そんなことをすれば、政治的、精神的な資産さえも失う危険があると言った。

よく知られているのは、アイゼンハワーが、権力の過度の集中に対して警告を発したということである。権力が集中し、しかも歯止めが利かない状態になると、国を滅ぼしかねないという。特に、国の軍産複合体には警戒が必要だとした。産業全体に比して軍需産業があまりに大きすぎることも問題視した。また、科学、テクノロジーのエリートたちの危険性も訴えた。国から資金提供を受けた科学者、技術者たちが強力なネットワークを構築し、一般の市民から権力を奪い取ってしまう危険があるという。建国の父たちと同様、アイゼンハワーの政治姿勢の基礎には、歯止めのない権力に対する不信があった。止める者がいなければ、何をするかわからない、という思いがあったのだ。その言葉から、アイゼンハワーの指導者というものに対する考え方がわかる。指導者は、自分たちが前の世代から受け継いできたものを守る方が多くを成し遂げられると彼は信じていた。既存のものを破壊し、新たな何かを創造するより、その方が良い結果につながるという考え方だ。

生涯にわたって内なる衝動を抑え込み、人生を歩む中で自らを鍛え上げてきた人間らしい演説と言える。人間に何ができ、何ができないかを見てきた、また人間にとって人間自身が何より問題なのだと骨身に沁みてわかっている、そんな人ならではの演説だろう。アイゼンハワーは側近たちに常々、「失敗はどうせするんだから、ゆっくり失敗しよう」と言っていた。何事にも、時が来ていないのに性急に飛びついてはいけない。ゆっくりと進んで決断の時を遅らせる方がよい、そういう考え方だった。何十年も前の子供時代、母親から教えられたこと、自らの体験から学んだことがそこに生きていた。彼の人生は自己表現の場ではなかった。自己抑制の連続こそが人生だった。

第四章　闘いの人生

ドロシー・デイ

一九〇六年四月一八日の夜のことだ。当時、八歳だったドロシー・デイはカリフォルニア州オークランドに住んでいた。

寝る前はお祈りの時間だったが、その夜もいつもと同じだった。ドロシーは家の中でも特に信心深く、他の家族の信心ぶりを見張るほどだった。「自分の信心深さを誇りに思っていたが、それが行き過ぎて、周囲はきっとうっとうしかっただろう」と本人は後に書いている。(1)何十年後かに自ら日記にも書いているように、彼女はその頃すでに、自分の内側にある世界、つまり精神世界の存在を感じていたのだろう。

ドロシーが祈りの言葉を唱えていた時、地面が揺れだした。揺れが始まると、父親は子供部屋に駆け込み、急いで二人の弟たちを連れて玄関の方へと走って行った。母親は、ドロシーの腕からまだ赤ん坊だった妹をひったくった。その態度から、ドロシーは放っておいても自分で何とかすると両親が考えていたのが明らかにわかる。彼女は真鍮《しんちゅう》のベッドに一人残された。ベッドは、磨かれた床の上をあちこち動き回った。それが有名なサンフランシスコ地震だった。その時ドロシーは、神様がここに来ていると感じていた。「地面は海になり、私たちの家はとても激しく揺れた」彼女はそう回想している。(2) 屋根の上のタンクの中で、水が揺れ動いている音が聞こえた。「私は日頃から、神を大きな力を持った存在だと考えていたが、まさにその力を見せつけられている思いだった。人格を持たない恐ろしい神である。急に大きな手が伸びてきて、私を捕まえた。私は神の子供のはずだが、愛情は感じない」(3)

揺れがおさまった時、家の中はめちゃくちゃになっていた。床には、割れた皿や、本、落ちたシャンデリア、天井や煙突の破片などが散乱していた。街も廃墟と化した。物資が欠乏し、皆が少なくとも一時的には困窮することになった。しかし、地震発生後の日々、ベイエリアの住民たちは一致団結して苦境に立ち向かった。「危機が続く間、住民たちは互いのことを愛していた」ドロシーは数十年後、回想録にそう書いている。「皆、キリスト教徒らしく結束していたと思う。人は、周囲の誰もが苦しい状況にあり、惨めな思いをしていることが明らかであれば、お互いを愛し、思いやることができるのだと私は知った」

作家のポール・エリーはこんなふうに書いている。「この時の出来事は、彼女のその後の人生を予言していたようだ」。彼女は危機に陥り、神の存在を近くに感じながら、耐乏生活を送った。孤独感、見捨てられたという気持ちを味わったが、一方で、その孤独は、共同体によって、共同体の人たちの愛情によって埋められると知った。その体験がその後の人生に重要だったというわけだ。本当に困った時に人間は結束し合うことができると知ったことが何より大きかった(4)。

ドロシー・デイは生来、情熱的な性格で、理想家の面があった。ジョージ・エリオットの小説『ミドルマーチ』の主人公、ドロシアのように、彼女もやはり自ら高い理想を掲げ、その理想のとおりに生きようとする人だった。生まれつきそういう人だったのだ。ただ幸せというだけでは満足できなかった。良い気分で過ごせればいいというわけではない。仲の良い友人がいて、仕事で成功している、というだけではまだ不満だったのだ。ジョージ・エリオットは、ドロシアについてこんなふうに書いている。「彼女の心の中では、明るい炎がすぐに燃え上がった。燃料は内側から与えられた。尽きることのない満足感を伴う炎である。その炎のおかげで彼女は決して退屈をすることがない。自分自身を超越する存在になれたと自覚できた時の高揚感。たとえ自暴自棄になりそうなことがあっても、それが打ち消されるほどのものだ」ドロシー・デイが必要としていたのは勇敢な魂である。自己を犠牲にしても達成すべき価値のある目的のために行動するのが望みだった。

若き日の信仰

ドロシー・デイの父親はジャーナリストだったが、地震で新聞の印刷工場が燃えたために、職を奪われることになった。家族は財産を失った。彼女は、ごく短い間に家族が貧困に陥るという屈辱的な体験をしたことになる。父は家族を連れ、シカゴへと移り住む。シカゴで小説を書き始めるが、結局、出版されることはなかった。父親は誰に対してもよそよそしくなり、人を信用しなくなっていった。子供たちが自分の許可なく家の外へ出ること、また友人を家に連れて来ることも禁じた。ドロシーは、ただ皆のかむ音だけが聞こえる静かで陰鬱《いんうつ》な日曜の夕食をよく覚えていた。ドロシーの母親はそのような状況でも家族を支えるべく全力を尽くしたが、四度の流産があり、ついにある夜、ヒステリーの発作を起こした。家中の皿を割るなどして暴れたのだ。翌日には普段どおりの母親に戻り、「ちょっと取り乱したの」と子供たちには話した。

シカゴにいた頃、ドロシーは、自分の家族は他と比べて愛情が薄いのではと感じていた。「私たちはめったにお互いの身体に触れることもなかった。それぞれがいつも一人で、自分の世界に引きこもっていた。イタリア人やポーランド人、ユダヤ人の友達のような、家族の強い結びつきはなく、わかりやすい愛情表現を自分からすることもなかった」。ドロシーは自分の家族とではなく、近所の人たちとともに教会に行き、賛美歌を歌った。夜には、自分の信心深さを妹に見せつけるかのように、ひざまずいて祈りを捧げた。「私は長い祈りで妹を悩ませるのが常だった。膝が痛くなるまで、寒さで身体がこわばってくるまで、ずっと祈りを捧げているのだ。妹は、早く床に入るよう私に頼んだ。床に入ってお話を聞かせて欲しいとせがんだ」。ドロシーはある日、親友のメアリー・ハリントンと、どの人かは定かでないが聖人について話をしていた。後年、回想録にも、どの聖人について話していたのかは記憶にないと記している。だが、「その時に感じた厳粛な気持ち、興奮はよく覚えていた。自分もその聖人と同じように努力して、高みを目指したいという気持ちが高まり、心がはちきれそうになった。聖書、詩篇の中の『神は、自らが入って来られるよう、私の心を押し広げた』という一節が何度も頭に浮かんだ。努力を重ねれば、精神はきっと大変な高みに達することができるだろう。それがわかり、自分の可能性の大きさに興奮し、高揚感でいっぱいになったのだ」とも言っている(5)。

当時は、親が子供を喜ばせるという発想をしない時代だった。ドロシーにとって楽しい思い出と言えば、友達と遊んだ時のものばかりだった。小川でウナギ釣りをした時のこと。沼の縁の打ち捨てられた小屋にこもった時のこと。子供たちは自分たちで空想の世界をこしらえて楽しんでいた。その世界では子供たちだけで永遠に暮らしていくのだ。ドロシーは、特に夏休みの時期の、耐え切れないほど退屈な長い一日のこともよく覚えていた。少しでも退屈を紛らわそうと、家事に励み、読書をした。熱心に読んだのはチャールズ・ディケンズ、エドガー・アラン・ポー、そして何よりもトマス・ア・ケンピスの『キリストにならいて(*The Imitation of Christ*)』(大沢章、呉茂一訳、岩波書店、一九六〇年ほか)だった。

思春期になると、ドロシーにも当然のように性の目覚めがあった。自分の中に強い性的関心が生まれていることにすぐに気づいたが、それは危険なもの、邪悪なものであるとさんざん教え込まれてもいた。一五歳の時、ある日の午後、ドロシーはまだ幼かった弟と公園にいた。素晴らしい天気だった。世界は生命で満ち溢れていた。そばには大勢の少年たちがいたに違いない。彼女はそこで親友に手紙を書いた。手紙の中では「自分の心の内にあるざわめき、楽しくも不穏なざわめき」について書いている。そして、その直後には、真面目な口調で自らのことを厳しく非難もしている。「人間どうしの愛についてあまり考えすぎるのは間違いなのでしょう。愛によって私たちにもたらされるのは、性的欲望です。私たちくらいの年齢になると皆、その欲望を持つものだとは思います。でも私はそれを不浄なものだと考えます。人間に対する愛の背後には肉体的な欲望があります。神に対する愛があくまで精神的なものであるのとは違います」

優れた回想録とされる『長い孤独（*The Long Loneliness*）』の中で、ドロシーはこの手紙の文章をかなり長く引用している。それによれば、一五歳当時のドロシーは次のように書いている。「私はなんと弱い人間なのでしょう。本当なら、こんなことを書くこと自体、私の自尊心が許さないはずなのです。書いただけで顔が赤くなります。でも、なんだか一気に感情が押し寄せて来てしまって。肉体的な欲望、それは罪です。すべて捨て去らない限り、神の国に行くことはできないでしょう。よくわかっています」

この手紙の文章は、いかにも早熟な十代の少女という印象ではある。あまりにも自己中心的、独善的だ。自分の信仰があらゆることの基礎になり、すべてをそれで判断しようとしている。人間というものが元来持つ性質に対する理解がなく、純粋でないものも許容できる寛大さに欠けている。だが彼女に、高みを目指して努力しようという強い意志があるのは確かだ。ドロシーは手紙にこう書いている。「たぶん、しばらく本を読まないようにしていれば、この不穏な気持ちは去っていくでしょう。今、ドストエフスキーを読んでいるんです」。彼女は自分の欲望と闘う決意をする。「罪との辛く苦しい闘いを経て、罪を乗り越えた後でなければ、本当の喜び、心の平穏を体験することはできません……罪に打ち克つためにしなくてはならないことはたくさんあります。私は常に努力します。警戒を常に怠らず、祈りを捧げ続けます。肉体的な欲望に勝ち、純粋に精神的な存在となるべく努力を続けながら祈るのです」

『長い孤独』が出版されたのは、ドロシー・デイが五十代の時だ。その時、彼女は引用した自らの過去の手紙について振り返り、「信心深さは伝わるが、尊大だし、虚栄心の強さも感じる。私は、当時の自分が最も強い関心を寄せていたことについて書いている。肉体と精神との葛藤について書いたのだ。ただ、その書き方は自意識過剰で、自分に実際以上の文学的素養があると思い込もうとしているのも感じる」と言っている。(6) ただ、この手紙には、後にデイを二〇世紀でも特に偉大な社会活動家、宗教家にした性質がすでに表れている。純粋でありたいという強い願望、強い自己批判能力、何か気高いもののために我が身を捧げたいという思い、幸福よりは苦難に目が向く傾向、単純な娯楽を心の底からは楽しめない性格、気を緩めると自分は簡単に堕落してしまうという確信、堕落とは徹底的に闘うという意志、懸命に努力していれば、神は最後には自分を堕落から救ってくれるという信念。

ボヘミアンとの交流

デイは、ラテン語、ギリシャ語の成績が優秀だったおかげで奨学金を受け、大学に進むことができた。同じ高校で奨学金を受けられたのは、彼女を含めて三人だけだった。デイが進学したのはイリノイ大学だ。在学中は、部屋代など生活費を稼ぐため、家政婦の仕事をしており、学業はあまり優秀とはいえなかった。ただ、何となく深い考えもなく参加していた活動に、彼女は希望を抱くようになる。いずれ大きな成果につながるように思えたのだ。たとえば、デイは文筆クラブに参加していた。三日間、何も食べずに過ごした時の体験をつづったエッセイが高く評価されるなどした。また彼女は社会党にも参加している。宗教からは距離を置くようになり、教会に通う人たちを攻撃するような行動を取るようになった。自分にはもはや少女の時のような愛嬌《あいきょう》はなくなったのだとデイは悟った。社会と闘うべき時が来たと感じていた。

　一八歳の頃、デイは大学生活に物足らなさを感じるようになる。二年ほど在学はしたが、結局、ニューヨークへ移り住み、作家になる道を選ぶ。ニューヨークの街を数カ月間、さまよい歩いたが、彼女はまったくの孤独だった。「七〇〇万もの人がいる大都市で、私は一人の友人も見つけることができず、仕事もなかった。それまでの知人、仲間とは離れてしまっていた。都会の喧騒のただ中にいるのに、私だけは静寂に包まれていることが余計に辛かった。誰一人、話しかけるべき人もおらず、沈黙を強いられ、喉が締めつけられるような思いがした。口に出せない思いが内にたまり、心が重くなっていった。あまりの孤独に泣きたくなった(7)」

　この孤独な時期にデイは、ニューヨークの貧困の実態を目にし、憤りを覚える。同じ貧困でも、ニューヨークの貧困は、シカゴとは発せられるにおいが違っていたという。デイは後にこう書いている。「誰もが人生で一度は、大きな転換を経験することになる。その転換を経て、画期的な発想にいたることもあれば、新たな思想を生み出すこともある。新たな願望、夢、展望が生まれることもあるだろう。ただし、その時、世界の中に不当に死んでいく人たちがいることを考慮する人は少ない。私は十代の頃、アプトン・シンクレアの『ジャングル（*The Jungle*）』（亀井俊介、巽孝之監修、大井浩二訳、松柏社、二〇〇九年）や、ジャック・ロンドンの『アメリカ浮浪記（*The Road*）』（辻井栄滋訳、新樹社、一九九二年ほか）などを読んだ。その頃、自分自身の暮らしも貧しくなったし、貧しい人たちへの愛情、常に貧しい人とともにありたいという気持ちも強まった。彼ら、世界中の労働者たちの苦しみに寄り添いたいと思った。自分には、プロレタリアートの救世主としての使命があると考え始めた」当時は、ロシアに強い関心を寄せる人が増えていた。まずロシアの作家たちは、人々の精神面、想像力に大きな影響を与えた。そしてロシア革命は、若く過激な思想を持つ者たちの心を沸き立たせた。彼らが未来に希望を持つきっかけになったのだ。デイの大学時代の親友、レイナ・サイモンズは後にモスクワへと移り住んだ。その「未来」を自分の手で実現するためだったが、移住後、数カ月で病死している。一九一七年、デイはロシア革命を記念する集会に参加した。そこで彼女は高揚感を体験する。人民の勝利がすぐ手の届くところにあると感じたからだ。

デイは過激派の新聞《ザ・コール》に職を見つけ、週給五ドルで働き始める。彼女は工場労働者の生活と彼らの抱える不安について取材をした。レフ・トロツキーにインタビューしたかと思うと、次は大富豪に仕える執事にインタビューするなど、多彩な活動をした。新聞社での彼女の生活はとても充実した、内容の濃いものだった。ただ、次々に起きる出来事に対応するのが精一杯で、一つひとつについて深く考えるゆとりはなかった。目の前の仕事に忙殺されてしまっていたのである。

デイは元来、他人のすることを見て評価を下すのではなく、自分自身が率先して行動する種類の人だった。そんな彼女は、ニューヨークの「ボヘミアン」と呼ばれた人たちと活発に交流するようになる。たとえば、批評家のマルカム・カウリー、詩人のアレン・テイト、小説家のジョン・ドス・パソスなどだ。また急進作家のマイケル・ゴールドとは深い親交を結んだ。二人はよくイースト・リヴァーのほとりを何時間も散歩し、本について、また夢について楽しく語り合った。ゴールドは興が乗ると歌い出すこともあった。ヘブライ語かイディッシュ語の歌だ。劇作家のユージン・オニールとも、親密な、しかしプラトニックな関係を結んだ。孤独、宗教、死に対する異常とも言える強い関心が彼とは共通していた。ドロシー・デイの伝記を書いたジム・フォレストによれば、彼女は何度か、オニールとともにベッドに入ったこともあるという。そんな時のオニールは、ひどく酔っていて、恐怖に震えていた。デイは、彼が眠ってしまうまで抱きしめていた。オニールはセックスしたいと言ったのだが、彼女は拒否したのだ。

デイは労働者階級のために抗議運動をしていた。ただ、彼女の人生にとって最も重要なドラマはその運動ではなく、彼女の内面で起きていた。デイはますます熱心な読書家になっていった。特にトルストイとドストエフスキーに熱中した。

当時の人たちが小説というものをいかに真剣に読んでいたか、現代の私たちには想像するのが難しい。特にドロシー・デイのような人たちは、私たちには考えられないほど、小説を真面目に受け止めていた。傑作と言われる文学作品には素晴らしい知恵が詰まっていると信じていたからだ。小説を読むことで、優れた芸術家の持つ知恵を受け取り、後世に伝えなくてはならないと考えた。文学作品を一種の「お告げ」のようなものととらえていたと言ってもいい。小説に登場する英雄的人物、その深遠なる魂。それを手本に自らの人生をより良いものに変えようとした。デイも、自分の人生のすべてがその本にかかっているかのような読み方をした。

小説など芸術作品をお告げのようにとらえる人は現代ではもう数少ないだろう。小説を通じて自分自身の内面を見つめるということも少なくなっている。現代では、認知科学がその役割を果たすようになった。しかし、デイは彼女自身の言葉によれば、ドストエフスキーによって「自分という存在のより深い部分に入っていく」ことができたのだ。『罪と罰』の中で、若い売春婦がラスコーリニコフに新約聖書を読んで聞かせる場面がある。それを聞いて、ラスコーリニコフは、自身の罪が彼女の罪より深いことを感じ取る。ドストエフスキーでは、短篇『正直な泥棒』そして『カラマーゾフの兄弟』にも強く影響された。たとえば、ミーチャが刑務所内でする話には感銘を受けた。大事なのは有名な「大審問官」の章だ。どの本も、すべて私が人生を生きていく上で助けになった」デイは『カラマーゾフの兄弟』の中の、ゾシマ長老が神への愛について語る場面に心惹かれたと言っている。神への愛が自身の兄弟への愛へとつながる。その話を読んでいるとゾシマ長老が本当に喜んでいるとわかる。この愛の転換の物語は感動的で、デイは「自分の後の人生にも深く関係している」と言った。[8]

デイは単にロシアの小説を読むだけではなく、実生活でも体現していたようである。彼女は酒豪で酒場の常連でもあった。詩人、批評家のマルカム・カウリーによれば、彼女はその飲みっぷりからギャングたちにも気に入られていたという。細い身体からすれば信じられないが、ギャングを負かすほど飲むのだ。彼女の波乱に満ちた人生の悲劇もそこにあった。ルイス・ホラデイという友人はヘロインの過剰摂取により、彼女の腕の中で死ぬことになった。[9] 回想録の中で、デイは引っ越しを何度も繰り返したと書いている。どの部屋も風通しが悪く、悪臭のするところだったというが、書いていないこともある。自分に厳しいはずの彼女には珍しいことに思えるが、部屋が散らかっていたことをはっきりとは書かなかったのだ。ただ、部屋の中でよくものを探し、それに時間を取られていたと書いただけだ。それは「罪深く、言葉で言い表せないほど悲しく退屈な時間だった」とは書かれている。[10]

一九一八年春、ちょうど「スペイン風邪」と呼ばれたインフルエンザの大流行があり、死者が多数出た頃に、デイはキングス・カウンティ総合病院でボランティアの看護婦として働き始めた（一九一八年三月から一九二〇年六月までの間に、インフルエンザで五〇〇〇万人以上の人が死亡したと言われる)[11]。毎朝、六時から勤務をはじめ、一日に一二時間働く。ベッドのシーツを取り替え、病人用の便器を洗う。注射、浣腸《かんちょう》、膣《ちつ》洗浄などの作業を手伝う。病院で働く人たちはまさに軍隊のように動いていた。婦長が病棟に入って来ると、部下の看護婦たちは皆、直立不動になる。「私は、その規律、秩序が好きだった。それに対し、私自身は無秩序で不毛な人生を送っていた」デイはそう回想する。「この年、私が病院で働く中で学んだのは、自分を律すること、自らの行動を秩序立たせることの難しさである」[12]

デイは病院で、ライオネル・モイスという新聞記者と出会う。彼女は激情にかられモイスと肉体関係を持つようになる。デイは「あなたは激しい人、激しい人だから私は恋に落ちた」と彼への手紙にあからさまに書いている。やがて彼女は妊娠したが、モイスに中絶するよう言われ、そうした(このことにも、回想録では触れていない)。モイスに捨てられた後のある夜、デイは自殺を図る。部屋にあった暖房機のガス・ホースの留め金を外したのだ。隣人に発見されたおかげで、死ぬことはなかった。

デイは病院の仕事を辞めるが、回想録では、あまりにも辛くて、辛いと感じることすらできなくなったため、と理由を説明している。ただ結局、その時の事情を詳しく書いてはいない。回想録では言及していないが、彼女は当時、バークリー・トビーという北西部出身の裕福な男性と結婚の約束をしている。倍ほども年の離れた人である。二人は共にヨーロッパへと旅立つが、旅が終わると、彼女はトビーと別れる。回想録では、彼女は一人で旅行をしたことになっている。ヨーロッパへ行くためにトビーを利用したことを恥じていたのだと考えられる。「自分で恥ずかしいと思うことは書きたくなかった」デイは後年、ドワイト・マクドナルドというジャーナリストにそう話している。「彼を利用してしまったと感じていたし、それを私は恥ずかしく思っていた」[13]

デイは二度、逮捕されている。最初は一九一七年、二〇歳の時で、次が一九二二年、二五歳の時だ。最初の逮捕は、彼女の活発な政治活動が原因だった。女性の権利拡張を求める活動に力を入れていたからだ。ホワイトハウス前での婦人参政権を求める集会に参加したことが直接の原因となって逮捕される。他の参加者たちとともに、三〇日の刑を言い渡されて刑務所に入った。刑務所内で活動家たちはハンガーストライキを開始する。だが、空腹に苦しみながら座っていたデイはやがて深い抑鬱状態に陥ってしまう。ほんの少し前まで連帯感を覚えていた仲間たちから気持ちが離れ、何かが間違っているのでは、こんなことをしても意味がないのでは、と思うようになった。「私の心から大義などというものはすべて失われていた。急進的であることに一切、意味を見出せなくなっていた。感じられたのは自分を包む暗闇と、寂しさだけだった……自分の努力がまったくの無益であるという惨めな思い。救いのなさ、無力感。やはり力が正義なのだ、強ければ悪が勝つという諦観《ていかん》。私はちっぽけな生き物にすぎなかった。自己欺瞞に満ちた生き物である。自分の身だけが大切なのに、非現実的な理想を掲げ、自分を、他人を欺いている。軽蔑され、罰せられても当然だと思った」[14]

刑務所の中でデイは聖書を読みふける。他の囚人たちが彼女に、独居房のことを話して聞かせた。中には独居房に一人で六カ月間も閉じ込められる囚人がいるという。「私ならそんな目に遭えば二度と立ち直ることはできないだろう。人間が人間に対し、それほどひどい仕打ちをできるのだと知った。苦い知識である[15]」

デイは不正義に立ち向かっていたつもりだったが、自分たちの活動全体を支える骨組みのようなものをしっかりと作ってはいなかった。当時は明確な理由がわかってはいなかったが、ともかくそのままでは活動は間違いなく失敗すると感じるようになった。信念に支えられない活動は成功しない。

二度目の逮捕、投獄は、一度目よりも彼女にとって精神的な打撃が大きかった。その時は、麻薬中毒の友人とともにいた。ロサンゼルスのスラム街にある彼女のアパートにいたのだ。その建物は、売春宿として使われると同時に、急進的な労働組合である「世界産業労働者組合（IWW）」のメンバーの居住地ともなっていた。警察は破壊分子を探すために来たのだが、デイと友人のことは売春婦だと思い込んだ。二人は、半裸のような状態で外に立つよう言われ、その後、刑務所に入れられた。

ちょうど共産主義運動に対する締めつけが極端に強くなっていた時期で、デイはその犠牲になったのだとも言える。だが、デイは、自分自身の軽率さや、一貫性のなさが原因だと感じた。彼女は、この逮捕を、自身の散漫な人生に対する警告だと受け取った。「以後、私はたとえどれほど強く非難されようと、そのように考えることはなかった。自分のことを恥ずかしく思い、後悔するくらいなら、自分のことを軽蔑するくらいなら、むしろ苦しい思いをする方が良いと思った。警察に踏み込まれ、逮捕されたからではなく、犯罪者の烙印を押されたからでも、人前で恥をかかされたからでもない。そうなっても仕方のない人間だから逮捕された、そう自覚したからこそ変わろうとしたのだ(16)」

デイは極端と言えるほどに自分をよく見つめ、自分を厳しく批判する人だった。そのことがよくわかるエピソードである。後になって振り返ると、デイは、闘いの連続となる自分の人生をはっきりとではないが、何となく予見していたようにも思える。彼女は外の世界でなく、あくまで自分の中に善と悪を見分ける基準を規定しようとした。それは彼女の自尊心の表れでもあっただろう。「生身の人間としての私が求めるのは、単純に良い人生、健全な人生である。それは誰か他人の決めた法律とは無関係だ。反抗的な人間だからか、どうしても法律は人間を抑圧するために作られたものと感じてしまう。強い者は自ら法を定めることができ、自分の思いどおりの人生を送ることができる。つまり、法は善悪とは本質的に無関係なのだ。では、何が善で何が悪なのか。ほんの一時、良心を抑えつけるのは簡単だ。満たされた肉体は独自の法律を作る」

デイは、自分の肉体的な欲望や満足にばかり夢中になるような底の浅い人間でも、自分勝手な人間でもなかった。彼女は心の奥に大きな精神的渇望を抱えており、それが極端なまでの自己批判につながっていた。彼女のように生きようとすれば、普通の人間であれば孤独を感じることになる。実際、彼女は孤独ではあったし、それに苦しんでもいた。ただ、単に周囲に人がいないというだけなら、それは彼女にとっては孤独ではなかった。デイにとって孤独とは、あくまで精神的な孤独だった。この世界には、他のあらゆることを超越して重要な

「本質」というものがあるのではないか。何より重要な大義、大義を果たすために必要な活動があるのではないか。ディはそう感じ、その重要なものを見つけない限り、自分は安心できないとも感じていた。彼女は、表面だけの人生を送ることはできなかった。たとえ成功し、喜びが得られても、たとえ人に奉仕をしていたとしても、表面だけでは満足できなかった。何か神聖なものに身も心もすべて捧げるような生き方を求めていた。

出産

二十代のディは、いくつもの違った道にその身を投じ、自分の天職を探し求めていた。彼女は政治の道を試した。抗議運動、デモ行進などに参加してみたのだ。しかし、彼女がそれで満足することはなかった。フランシス・パーキンズとは違い、政治に生きるのはディには合わなかった。政治はどうしても、妥協と利己主義の世界だからだ。白黒をはっきりさせず、清濁併《せいだくあわ》せ呑むような姿勢が必要になる。彼女が求めていたのは、自己を否定して、自分の何もかもを委ねてしまえるような、そんな天職だった。何か純粋なもののために自分のすべてを注ぎ込みたかった。ごく若い時の自分の活動は、彼女にとっては不満なものであり、自己批判の言葉も口にしている。「貧しい人々への愛情もあったし、貧しい人々に奉仕したいとも思っていたが、その気持ちがどこまで誠実なものであったかというと自信はない……刑務所行きになることもいとわず、抗議運動に参加もしたし、運動のために文章も書いた。だが、その動機は他人に影響を与えたい、自分が世界にいた証を残したいということだったような気がする。良いことをしているようで、背後には多分に利己的な野心があったのだと思う[17]」

デイは文学の道へと進む。若い頃の波乱の日々を描いた小説『一一人目の処女（*The Eleventh Virgin*）』は、ニューヨークの出版社によって刊行され、ハリウッドの映画スタジオが五〇〇〇ドルで映画化権を取っている[18]。だが、この作品を書いても、神聖なものに身を捧げたいという彼女の強い願望が満たされることはなかった。また、彼女は後にこの本を書いたこと自体を恥ずかしく思うようになった。本を見つけ次第、すべて買い取ろうとまでした。

恋愛が自分を満たしてくれるのではないかと考えていたこともあった。デイは、フォースター・バターハムという男性と恋に落ちた。二人は未婚のまま、スタテン島の家で共に暮らした。デイが小説で稼いだ金で購入した家だ。回想録『長い孤独』の中で、彼女はバターハムのことをロマンティックな表現で描写している。本の中では、イギリス系のバターハムは、生物学者で、アナーキストでもあったとされている。しかし、事実は大きく違っていた。実際のバターハムは、もっと平凡な人だ。ノースカロライナ州出身でジョージア工科大学に進み、工場で計測器を製造する仕事をしていた。急進的な政治思想に関心を持っていたことは確かだ[19]。デイの彼に対する愛情は本物だった。デイがバターハムを愛していたのは、一つには彼が強い信念を持っていたからだ。頑固に自分の信念に固執していた。また、彼の自然を愛する心にも彼女は惹かれた。二人の間には根本的な相違があることが明らかになるが、その後も彼女は彼に結婚を懇願していた。彼女は情熱的で自分の欲望に正直な女性であり、バターハムに対する思いに嘘はなかっただろう。「あなたに対する私の思いは、決して快いものではなく、むしろ苦しい」死後に公表された手紙の中で、ディはそう書いていた。「私の中には狂おしいほどの渇望がある。その渇望のせいで、私はあなたを世界中の何よりも強く求めてしまう。あなたに会えない間は、自分は存在しないのと同じというくらいに感じる」一九二五年九月二一日、その頃は別居期間（何度かあった）だったが、ディはバターハムに宛てた手紙にこう書いている。「新しいネグリジェを作りました。きれいでエキゾティックなネグリジェです。新しいパンティも何枚か用意しました。あなたもきっと気に入ってくれると思います。あなたのことばかり考えています。毎晩、夢にも見ます。私の夢が遠く離れたあなたに影響するのだとしたら、あなたは眠れないだろうと思います」

ディとバターハムはスタテン島で、他人とほとんど関わることなく、二人で読書をし、語らい、愛し合うという生活をしていた。そう聞くと、恋愛関係になったばかりの若いカップルであれば何も珍しいことではないと感じる人は多いだろう。二人は、作家のシェルドン・ヴァナウケンの言う「輝ける壁」を築き、自分たちだけの世界を築こうとしたのだ、と思う人は多いに違いない。世界からは隔絶され、壁に囲まれた庭園の中にいて、そこで純粋な愛を育んでいる、というわけだ。しかし、ディの熱情は、壁の中に閉じ込めておくことはできなかった。バターハムと暮らし、二人で長い浜辺の散歩を楽しみながら、彼女はもっと別の何かを求める自分を感じていた。彼女が特に強く求めたのが子供だった。子供のいない家は空虚なものに思えた。二八歳だった一九二五年、自分が妊娠していることを知った彼女は大喜びした。だが、バターハムが同じ喜びを共有することはなかった。自らのことを急進的で現代的であると信じていた彼は、この世界にまた一人新たな人間を増やすことを喜ばしいとは考えなかったのだ。結婚もブルジョアの制度だと考えていたため、デイとの結婚にも決して同意することはなかった。

デイは妊娠中、世の中に存在する出産に関する文章のほとんどが男性によって書かれたものだと気づく。そして、その状況を変えようと動くことになる。出産の直後、彼女は自分の体験をエッセイに書く。エッセイは《ニュー・マッセズ》誌に掲載された。デイはその中で、妊娠から出産にいたるまでの自分の身体的な苦闘を書いた。

> 私の身体は地震と火事の両方に同時に襲われたようなものだった。私の心の中は、何千人もの人が無残に虐殺される戦場のようになったのだ。身体と心の急激な大変動で大騒ぎの中、私は遠くに医師、看護婦のつぶやきを聞いていた。私はそのつぶやきに頭の中で応えていた。明るい炎のように感謝の気持ちが燃え盛っていた。来るべきものが天から近づいて来るのを私は感じていた。

娘のタマルが誕生した時、デイの心にはほぼ感謝の気持ちしかなかった。「子供を腕に抱いた時、私は素晴らしいものを創造した喜びで高揚しきっていた。どれほど素晴らしい小説、交響曲を書いたとしても、どれほど美しい絵画を描き、彫像を作れたとしても、こんな高揚感は得られなかっただろう」彼女は誰かに感謝をしたいと思った。感謝の気持ちを向けるべき誰かを必要としていたのだ。「子供が生まれた後、私は何度も自分から愛情と喜びがほとばしり出るのを感じた。どのような人間でもとても抑えられず、受け止められないほどの奔流だった。だからこそ、私は仰ぎ見て、崇拝する者を必要としたのだ[20]」

だが、では誰に感謝すればいいのか。誰を崇拝すればいいのか。彼女は神が実在すること、自分の中に神が宿ることを実感するようになった。特に長い散歩の時にそれを感じた。そんな時、ディは気づくと祈りを捧げていた。さすがにひざまずいて祈ることはできなかったが、歩きながら、感謝の言葉、神を称賛する言葉、神への服従を誓う言葉がひとりでに口から出てきた。はじめは惨めな気持ちで歩いていたとしても、最後には歓喜に満ちたものへと変わった。

ディは「神は実在するか否か」という問いへの答えを見出したわけではない。単純に自らを超えるものの存在を感じただけだ。人間の意志の独立を信じてはいたが、同時に、人生をかたちづくる何か重要なものが存在するとも思っていたのだ。急進派としての人生を生きてきた彼女はそれまで、何かを主張し、意見を同じくする者たちの代表となってきた。自分の手で歴史を動かしたいという強い気持ちを抱いていた。ところが、自分を超える大きなものに従う人生へと転換したのである。物事を決めるのは神だった。後にディ自身も言っているとおり、彼女は「崇拝、愛情、感謝、祈り、それは人間が人生で成し得る何より気高いこと」と考えるようになったのである。(21) 子供の誕生は、デイの人生が変わるきっかけとなった。何が中心かが定まらない散漫な人生は、筋の通った一貫性のある人生へと変わった。自由奔放ではあるが幸福を感じられずにいた彼女が、ついに自分の使命を知るにいたったのだ。

デイの信仰には明確な対象というものはなかった。彼女は従来の神学を受け入れていたわけではなかったし、既存のどの宗教の教義にも賛同していなかった。だが、自分は神に捕えられた人間だと感じていた。「神がどこにも存在しないなんて、どうして言えるの」デイはバターハムにそう尋ねた。「世界はこれだけ美しいものに満ちているのに」

彼女の関心はカトリック教会へと向かった。彼女を惹きつけたのは教会の歴史でもなければ、教皇の権威でもない。また、教会の政治的、社会的地位でもない。カトリックの神学理論についてはまったく知らなかった。知っていたのは、カトリックが保守的で、政治面では反動的な勢力だということくらいだ。重要だったのは、神学理論ではなく、カトリックを信仰する人々だ。彼女が新聞社にいる時に取材対象となった人たち、そして彼女が奉仕してきた人たちには、カトリック教徒の移民が多かったのだ。皆、貧しいが品位が高く、共同体意識が強い。困っている人が身近にいれば、助けようとする親切心も持っている。デイは友人に言われる。「神を崇拝するのに、既存の宗教団体に属する必要はないのではないか」と。元々、進歩的な考えの持ち主だったデイなので、思想の面では反動的なカトリック教会と相いれるはずもない。ただ、それまでの活動の経験から、苦しんでいる人たちを救うには彼らにできる限り寄り添い、ともに歩くべきだと知っていた。つまり、カトリック教徒を救うのなら、同じようにカトリック教会に入るべきということだ。

　都市の貧困家庭の多くが、カトリックの教義を基礎において生活していること、その教義が生活に一定の秩序をもたらしていることを、ディは知っていた。カトリックの教義がある程度の忠誠を得ているということだ。日曜日や祝日、また喜びの時、死者を悼む時には、皆、教会へ行く。自分自身もカトリックに入信すれば、生活に秩序が生まれるだろうと思った。自分だけではなく、娘の生活にも。「私たちは皆、秩序を必要としている。ヨブ記では、地獄を秩序の存在しない場所として描いている。私は、どこかの教会に所属することで、（タマルの）生活に秩序がもたらされると感じていた。私の生活にはなかったものだ[22]」

　ディの大人になってからの信仰は、十代の頃より温かく、喜びの多いものだった。彼女が特に心惹かれたのは、アビラのテレサという聖人だ。一六世紀スペインの神秘家、修道女である。ディは、テレサの人生には自分と非常に似たところがあると感じていた。幼少の頃からとても信心深かったこと、自分自身の罪深さに対し強い恐れを抱いていたこと。そして、神の存在を実感した時の、性的快感にも匹敵するような宗教的恍惚《こうこつ》感について触れていること、人間社会を改革したい、貧しい人たちに奉仕したいという強い意志を持っていたことにも親近感を覚えた。

　テレサは徹底的な禁欲生活を送った人だった。冬の寒い時期でも毛布一枚だけで眠っていた。彼女が住んでいた修道院には、一室にストーブがあっただけで、あとはまったく暖房がなかった。テレサは、祈りと悔悛ばかりで日々を送っていたが、心にはいつも明かりが差していた。テレサは修道院に入った日には、明るい赤のドレスを着ていたと言われるが、デイはその話が気に入っていた。ある日、テレサがカスタネットを手にして踊り出し、同僚の修道女たちを驚かせたという話もあり、デイはそれも気に入っていた。女子修道院長だった時には、塞ぎ込む修道女を元気づけるため、厨房《ちゅうぼう》に命じてステーキを食べさせたという。テレサは、人生を「居心地の悪い宿屋で過ごす夜のようなもの」と言った。だからこそ少しでも快適になるよう自分で努力しなくてはならないということだ。

デイはカトリック教徒にはなったが、決して積極的に活動するカトリックではなかった。ある時、道行く修道女を呼び止めて教えを請うたこともあった。修道女は、自らカトリックだと言いながら、デイがその教義についてあまりに無知なことに驚き、叱責したが、入信は歓迎する。そしてデイは、毎週、礼拝には出席するようになる。あまり行きたくない気分の時でも出席した。デイは「私は教会と、自分の意志のどちらが大事なのか」と自問する。だが日曜の朝、家で新聞でも読んでいた方がいい、と思う時であっても、教会に足を向けている自分に気づく。自分の意志よりも教会を優先するようになっていたわけだ。

神に向かう道を歩み始めたことは、バターハムとの別れにつながった。バターハムは科学的で、懐疑的で、経験主義的な人だった。物質的宇宙にのみ生きる人だったとも言える。その信念は、神が宇宙を創造したと考えるデイの信念と同じくらいに強固なものだった。

別れには時間を要したし、お互いにとても傷つくことになった。ある日、食事の時にバターハムはデイに「君は正気を失ってしまったのか」と尋ねた。彼女の急進主義者の友人たちが皆、ききたかったことだ。よりによってなぜ、彼女がカトリック教会のような古臭く、反動的な組織に入らなくてはならないのか。誰がそれをそそのかしたのか。陰で彼女を操って堕落させた人間がいるのではないのか。

デイは、バターハムの問いかけに熱がこもっていたことに驚いた。まるで詰問しているような強い調子だった。だが、それでも彼女は静かにこう答えた。「誰が私を動かしたのかと言えば、それはイエスです。イエス・キリストその人が私をカトリック教会へと導いたのです」(23)

バターハムは顔面蒼白《そうはく》となり、黙ってしまった。動くことすらできずに、座ったままただデイをにらみつけていた。彼女は、宗教についてもう少し話ができないかと言った。バターハムはそれには何も答えなかった。うなずくか、首を横に振るかくらいはしたかもしれないが、何も言うことはなかった。彼はテーブルの上で両手を組んでいた。その姿は、先生の前で自分を良い子に見せようとしている子供のようでもあった。しばらくの間、その姿勢のまま動かなかったが、突然、両手を上げ、テーブルを激しく叩いた。置いてあったコップや皿が大きく揺れた。我を忘れて自分に襲いかかって来るのでは、とデイは恐れたがそんなことはなかった。彼は単に立ち上がって「君は精神に異常をきたしたに違いない」と言っただけだった。そう言ってテーブルの周りを歩き回った後、家から出て行った。(24)

それで二人の互いへの愛も欲望も終わったわけではない。デイはバターハムに対しその後も結婚を懇願し続けた。タマルには父親が必要だとも訴えた。教会の件で決定的に関係に亀裂が入った後に、デイはこんなふうに書いた手紙を送っている。「私は毎晩、あなたの夢を見ています。夢の中で私はあなたの腕に身を委ね、あなたとキスをします。私にとって苦しい夢ですが、甘い夢でもあります。あなたのことを世界中の何よりも愛しています。でも、信仰を捨てることもできません。自分が正しいと心の底から信じられるようになるまでは辛い思いをするでしょう(25)」

矛盾するようだが、バターハムへの愛が、デイをさらに信仰への道に向かわせることになった。彼女は彼への愛によって自分の殻を破って外に出ることができた。自分の心の柔らかく、傷つきやすい部分を彼だけでなく、他の愛するものにもさらけ出せるようになった。彼に対する愛が、デイにとって一つの「愛の型」になったということもできる。デイ自身はこんなことを言っている。「肉体、精神、すべてを捧げた全人格的な愛だった。その愛を通じ、私は神を知るようになった(26)」つまり、彼女は十代の頃よりも成熟した理解に到達したということだ。十代の彼女にとって肉体と精神はまったく別のもので、世界は分裂していたのだが、もはや両者は一つに結びついていた。

転　向

カトリック教徒への転向の過程は、デイにとって陰鬱で喜びのないものだった。デイがその持って生まれた人間性によって、自ら転向を困難なものにしていたとも言える。デイは事あるごとに自らを批判する人だった。自分の行動の動機と実際の行動とに常に疑いの目を向ける。彼女はかつての自分の急進主義と、新しい人生が必要とした教会への献身との間で引き裂かれていた。ある日、郵便局に向かって歩いていた彼女は、不意に自分の信仰を蔑《さげす》む気持ちに包まれた。「私は自己満足に浸っておかしくなっているのではないか。人間というよりはただの動物、たとえば牛のようになっているような気がする。ただ祈るために祈ることは、アヘンにも近い」。彼女は頭の中で「アヘンに近い」という言葉を何度も繰り返した。しかし、さらに歩き続けるうちに彼女の頭は整理されていった。はっきりしていたのは、彼女は決して苦しみから逃れるために祈っていたのではないということ。彼女が祈りを捧げていたのは、幸せだったからである。幸せでいられることを神に感謝したかったから祈っていたのだ(27)。

デイは一九二七年七月、タマルに洗礼を受けさせた。その後にはパーティーがあり、バターハムはお祝いに、自分で捕まえたロブスターを持って来た。しかし、結局、二人はけんかしてしまう。バターハムはデイに対し、「洗礼など何の意味もないばかげた宗教儀式だ」と言って去って行った。

デイが正式にカトリック教会に入ったのは、一九二七年一二月二八日だ。教会に入ったからといって、すぐに心の慰めが得られたわけではない。「私の心に安らぎはなく、喜びも、自分は正しいことをしているという強い信念もなかった。ただ、そうしなくてはならないからそうしただけだ。すべき仕事を一つこなしたという気持ちだった」[28]。洗礼、悔悛、聖体など、入信の秘跡が行なわれる間、デイは自分を偽善者のように感じていた。ただ、淡々と無感動にひざまずき、求められるままに動いた。今、誰かに見られていたらと彼女は恐れていた。これは貧しい人たちに対する裏切りになるのではないか、歴史に取り残されて消えていくものに加担しているだけではないかとも思った。財産と権力を持ったエリートの側につくことになってしまうかもしれない、という恐れもあった。「本当に自分のしていることに自信を持てるか」彼女は自分にそう問いかけた。「これは形式だけの儀式ではないのか。なぜこんなことをしなくてはならないのか」

常に自分に対して批判的なデイは、その後、何カ月も、何年も、自分に対する問いかけを続けた。自分の信仰は十分に深いのか、また信仰は何かの役に立っているのか。「カトリックになってからの自分は小さな、取るに足らない仕事しかしていない、と私は思った。しかし、そう思ってしまう私はなんと自己中心的で、なんと自意識過剰なのだろうか。そして、共同体意識に欠けている！　静かに読書をし、祈りを捧げる夏を過ごす、自分のしたい仕事だけに没頭する、そんなことは、自分ではなく他人のために闘っている兄弟たちの姿を見ていると、あまりにも罪深いと思えてくる」[29]

信仰する宗教を選択する際、デイはあえて辛く苦しい道を選んだ。宗教によって人は生きやすくなるとよく言われる。愛に満ちた全能の神の存在を感じていれば、心が安らぐからだ。しかし、デイにとっての宗教はまったくそういうものではなかった。彼女はカトリックを信仰する道を選んだことで、厳しい心の葛藤を経験することになった。それは、ジョセフ・ソロヴェイチックが、著書『ハラハの男（*Halakhic Man*）』につけた有名な脚注の中で詳しく触れている種類の葛藤だ。脚注に書かれていることを要約すると次のようになるだろう。

宗教体験は穏やかで優しいもの、繊細で秩序のあるものと考える人は多い。辛い体験をした人の心を魅了し、癒やすもの、波立った心を静めるものということだ。「疲れて野から帰った（創世記二五章二九節）」者は、俗世間という戦場での激しい闘いに疲れた者、疑い、恐れ、矛盾、罵りの言葉などに満ちた世界から逃げて来た者は、赤ん坊が母親にしがみつくように宗教にしがみつく。母親の膝を自分の頭の安住の地とみなすように、宗教を心の安住の地とみなすのだ。世界から見捨てられ、ただ祈るしかない人たちにとっては、宗教は安らぎなのだ。彼らの失望、苦痛を和らげるのが宗教ということだ。このルソー的イデオロギーは、ロマン主義運動が始まり、成長し、（悲劇的な）終焉の兆候を見せるまでの間、絶えず、その時代の人間の意識に大きな影響を与えていた。そのため、各教団の代表者たちは、宗教を飾り立てて色鮮やかにし、人々の目を幻惑しようとする。まるで宗教が理想郷アルカディアであるかのように。そこでは物事が単純で、何一つ欠けるものはなく、常にすべてが安定している、そんなふうに見せたがるのだ。このイデオロギーは本質的に誤りで、人を惑わすものだ。真の宗教体験はまったく単純なものではなく、心地よいだけのものでもない。もっと深遠で、高揚感を伴うものだ。深み、高みとともに、とてつもないものである。

宗教は単純どころか、非常に複雑だし、時に人を寄せつけないほどに難解である。だが、複雑さを知ってこそ、偉大さもわかる。宗教心のある人「ホモ・レリギオスス」は、自らを厳しく告発する。そして、少しのことでもすぐに後悔の念に支配される。自らの願い、欲望を異常なほどの厳しさで評価する。同時に、自分自身の人間性もじっくりと観察し、良くないところを次々にあげつらって非難する。非難はすべて受け入れることになる。これは、精神的な危機の状態と言ってもいい。常に心が急激な上昇、下降を繰り返すからだ。自らを肯定して上昇したかと思えば、直後に強く否定して急降下をする。二つの矛盾した状態が併存しているかのようでもある。完全な自己否定、完全な自己賛美の併存、繰り返しだ。宗教は元々、優しい隠れ家などではなく、落胆し、絶望した者たちへの慈悲でもなかった。破壊された魂を喜ばせるのが宗教の役目ではないのだ。そうではなく、宗教とは、人間の意識の激しいほとばしりだろう。危機にあり、心の痛みを抱えて苦悩する人間の意識がほとばしり出るものだ。

宗教的な旅の初期に、デイは三人の女性と出会う。三人ともそれぞれ恋愛はしていたが、たとえいずれ結婚するつもりの男性とであっても決して寝ようとはしなかった。たとえ、自分がどれほどそれを望んでいたとしても。デイは、彼女たちの禁欲的な生き方を見て、こんな感想を述べている。「カトリックとは、なんと豊かで誠実で魅惑的なのだろう……私は彼女たちが道徳の問題と闘っているのだと思った。そして、彼女たちの人生には確固とした指針がある。私の目に彼女たちが気高く見えるのはそのせいだろう[30]」

ディは毎日のようにミサに出るようになる。そのために夜明けとともに起きた。修道女と同じような頻度で祈りを捧げ、彼女たちと同様の宗教戒律を守って日々、生活をした。聖書を読み、ロザリオも唱えた。断食もざんげもした。

宗教儀式は、音楽家にとっての音階練習のように、ディにとっての日課になった。毎日同じことの繰り返しなので、退屈に思うこともあったが、それでも必要なのだとディは思うようになる。「教会の秘跡、特に聖体拝領などがなければ、私はとても信仰を継続できないだろう……儀式は、信仰を必要としない時も、喜びや感謝の念のない時も続けていくことができた。三八年間、ほぼ毎日続けていれば、ざんげも特別なものではなく、日々の食事のような一つの日課となる[31]」

宗教儀式は、その後、彼女の人生において精神的な支柱となった。子供の頃、若い頃には断片的だったものが一つに統合されたとも言えるだろう。

カトリックの労働者

ディが三十代はじめの頃、世界は大恐慌に見舞われる。一九三三年、ディは《ザ・カトリック・ワーカー》という新聞を創刊する。創刊の目的はまず、労働者階級の結束を固めること、そしてカトリックの教えによってより良い社会を築くことだった。より多くの人々が道徳的に良い人間になれる社会だ。ただの新聞ではなく、一つの運動だった。オフィスはロワーマンハッタンの今にも壊れそうな建物にあり、誰もが無報酬で働いていた。三年間で発行部数は一五万部にまで増え、アメリカ国内の五〇〇もの教区で読まれていた。(32)

新聞は食糧供給所を運営し、毎朝、最高で一五〇〇人に食糧を提供していた。また、貧困者向けの宿泊所設置のために出資をし、一九三五年から三八年までの間に、のべで五万人近くの人に宿を与えた。デイや彼女の同僚たちが直接、運営した宿泊所や、彼女たちの活動がきっかけで作られた宿泊所は、アメリカ国内とイギリスで合わせて三〇カ所以上にもなった。ついには、カリフォルニア州、ミシガン州、ニュージャージー州など、全米の各地に農業コミューンが生まれるにいたった。デイたちが自ら開いたコミューンもあれば、彼女たちに刺激を受けた人たちが開いたコミューンもある。デイは同僚たちとともに、デモ行進や集会も主催した。その種の活動には、人間であれば誰にでもつきものの孤独感を癒やすという意味もあっただろう。

デイにとって、別離は罪だった。神からの別離も、人間どうしの別離も罪だ。一方、結合は神聖なものだった。人間とその精神の融合も大切だ。《カトリック・ワーカー》紙は、多くのものを結びつけようとした。新聞ではあるが、一方で活動家を支援する組織でもあった。宗教専門紙なのは確かだったが、経済的な変革を訴えてもいた。人間の内面に重きを置きながらも、政治的な求心性も兼ね備えていた。裕福な人たちと貧困層との接点となることも目指した。神学と経済学、物質世界と精神世界、肉体と精神との結合が目的だった。

デイ自身も政治的には、急進的な主張を続けていた。社会の抱える問題を根本から解決するよう訴えたのだ。新聞はカトリックの新聞だが、デイは「人格主義」の考えを重要視していた。人格主義とは、神の似姿として創造された一人ひとりの人間の尊厳に価値を置く思想だ。人格主義者のデイは、すべての「大きいもの」を懐疑していた。大きいものとは、たとえば政府や大企業のことだ。彼女は、慈善活動でも規模の大きいものに対しては懐疑的になった。仲間たちには「小さくあれ」と言い続けていた。いかなる仕事でも、自分の暮らす小さな地域から始める。そして身の回りにある小さく具体的な要望を満たすことから始める。たとえば、自分の働いている職場に何か人間関係の軋轢《あつれき》があるのなら、それを和らげるようなことをする。目の前に飢えている人がいれば食べ物を与える。人格主義では、私たち人間はすべて、単純に生きる義務があるとする。単純に生きるとは、兄弟姉妹がいれば互いに助け合う、そばにいる人たちと幸せも苦しみも分かち合う、そういったことを何より優先して生きるという意味だ。人格主義者は、他人も一人ひとり一個の人格を持つものとみなし、奉仕する時には、全人格的に奉仕する。そんなことは、小さな共同体の中で、相手と密接な関わりを持たなくては不可能である。

デイは一九八〇年一一月二九日に亡くなるまで、残りの人生をすべてカトリックの労働者として生きた。新聞を作って発行し、貧しい人たち、知的障害を抱えた人たちにパンとスープを提供した。一一冊の本と一〇〇〇を超える記事を書いた。仕事はすべて煩雑で退屈だった。コンピューターもコピー機もない時代である。新聞を定期購読者のところへ届けるためには、毎回、何万という宛名ラベルを作らなくてはならない。そのすべてをスタッフが手でタイプするのだ。街では、記者自らが自分で新聞を売り歩いた。デイは、貧しい人たちをただ思いやるだけでは不十分だと感じていた。「思いやるだけでなく、ともに暮らし、彼らと苦しみを分かち合う必要がある。プライバシーなど捨て、自身の精神的、身体的快楽などもあきらめなくてはいけない」[33]。デイは快適な我が家を離れ、頻繁に保護施設や宿泊所を訪れていたが、それだけではなかった。自ら宿泊所に住み、自分が奉仕している人たちと一緒に生活するということもしたのだ。

仕事は苛酷だった。延々とコーヒーとスープを出し続ける。資金を稼ぐ、新聞の記事を書く。「朝食は、乾いた厚切りのパン一切れだけだった」デイはある日の日記にそう書いている。「それと、とてもまずいコーヒー。一〇通以上の手紙を口述筆記で書いた。頭には霧がかかっているようだった。あまりにも身体が弱っていて、階段を上がるのも辛い。今日は一日ベッドで寝ているべきだと自分でわかるのだが、一方で私の魂は、それはまったく間違いだと言う。私は不快な混乱、雑音、人々に取り囲まれている。内なる孤独は確保できず、貧困者への同情も失っている」[34]

この世界には聖人と呼ばれた人たち、あるいは聖人のように生きた人たちがいる。常人にはとても到達し得ない精神的な高みに達した人たちのことだ。ところが、中には人格は聖人のようでありながら、普通の人間よりも「低い」ところで生きているように見える人もいる。

彼らは一般に言う聖人よりも、俗世間と深く関わる。周囲の人たちの抱える現実的な問題にも全人格的に関与する。率先して自分の手を汚すということだ。デイと仲間たちは、寒い部屋でともに眠った。着ていたのは寄付された服だ。皆、仕事の報酬は受け取っていなかった。デイの関心はカトリックの神学理論に向かうことはほとんどなく、絶えず彼女を悩ます経済的な問題をどう解決するかに向けられていた。その他に考えることといえば、どの仕事を誰に割り当てるかということくらいだった。一九三四年の日記には、デイのある一日の行動が書き留められている。それを見ると、宗教に関わる行動と、世俗社会での行動とがまったく区別されずに混在していることがわかる。朝起きてミサへ行く。スタッフの朝食を作る。手紙の返事を書く。帳簿をつける。少し読書をする。市民を鼓舞するメッセージを書き、ガリ版刷りのちらしにして街で配る。救援活動家がやって来て、一二歳の少女のために堅信礼用の衣装を用意したいが何とかならないかと言う。転向者が来て、自分の書いた宗教文書を見せる。ファシストが来て、地域の住民どうしの対立を強めるような主張をする。画学生がシエナの聖カタリナの絵を描いたといって持ってくる。その他、一日に起きることを列挙するだけでも、大変なことになる。

ドイツ出身の医師、アルベルト・シュヴァイツァーは、アフリカのジャングルで医療活動をしていたが、その当時の記録を見ると、生活の様子はデイとよく似ている。シュヴァイツァーは、理想主義者を病院職員として雇うことはなかった。また、自分は世界に大きな貢献をしているのだとはっきり自覚して働くような人も雇わなかった。何か特別なことをしたいと考えている人は雇わなかったということだ。彼が雇いたかったのは「どんな時も常に同じように真面目に働く人、ただ自分に求められたことを淡々とこなす人。『して当たり前』という気持ちで仕事をする人。決して普通でない際立ったことをしようとは思っていない人である。英雄になるつもりはなく、与えられた仕事を冷静に、しかし熱心にこなす。そういう人だけが、世界を変えるような偉大な業績をあげることができる」[35]。

デイは生まれながらの「社会的人間」ではなかった。彼女は本来、物書きに向くような性格だった。超然としていて、自ら孤独を求める。しかし、彼女はあえて自分を人々の中に置いた。あえて毎日、ほぼ一日中、他人と接するようにしていたのだ。特に多く接していたのが、精神障害を抱えた人たち、あるいはアルコール依存症に苦しむ人たちである。数多くの人と接すれば、当然、争いごとは絶えない。無礼な人間、意地の悪い人間、言葉遣いの良くない人間はいくらでもいた。それでも、デイは常に、他人から逃げることなく、目の前にいる人間に全力で相対した。相手は酒に酔っているかもしれないし、言動が支離滅裂かもしれない。だが、デイは席を外さず、敬意をもって話に耳を傾けた。

彼女はいつもノートを持ち歩いていた。ほんの少しでも時間ができると、そのノートに日記を書き、コラムやエッセイ、報告書など、他人に読ませる文章の原稿なども書いていた。誰かの罪を発見した時には「自分にはもっと大きな罪があるのではないか」と自省する機会としていた。デイはある日の日記にこう書いている。「アルコール依存症とそれに伴う罪は明らかに醜悪で奇怪なものではある。貧しき罪人《つみびと》にとっては大変な不幸だろう。だが、だからこそ、私たちは、それだけで相手を裁いたり、非難したりしないよう注意しなくてはならない。神の目から見れば、そんな明白な罪よりも、隠された些細な罪の方がはるかに悪い。私たちはもっと人を愛せるようあらゆる努力をすべきだ。互いに愛をもって深く接することができるよう努力する必要がある。誰もが自らの恐ろしい罪を他人の目に見えるようにしなくてはならない。目に見えれば、その罪を悔い、忌むことができる」[36]

デイは自分が自尊心を持つこと、独善に陥ることを常に警戒していた。自分は善いことをしているのだという意識を持つことを恐れていたのだ。「私は時々、自分自身であることをやめる」彼女はそう書いている。「次から次へと人に応対していると、自分であることを短い間ではあるがやめられる。一人ひとりにスープ皿やパンを載せた皿を順に渡していく。ただそれだけに没頭する。飢えた人たちの感謝の言葉だけが耳に大きく響いてくる。この音が聞こえなくなるということは、その分だけどこかで誰かが飢えていることを意味するので重要な騒音である。感謝の言葉をずっと聞いていられる状態はとても喜ばしい」[37]自尊心を持つという罪は、この社会のいたるところに見られるとデイは考えていた。慈善施設の中でさえ、落とし穴がある。他者に奉仕するとは、強力な誘惑と闘いながら生きるということなのだ。

苦しみ

若い頃のデイはドストエフスキーの強い影響を受けていた。神への強い思いを抱きながらも、大酒を飲むなど無軌道な生活をしていた。しかし、ポール・エリーによれば、彼女自身はドストエフスキーよりもトルストイに近いような人物だったという。彼女は苦難の人生を送ったが、それは置かれた環境によってそうなってしまったのではない。本人が強い意志であえて苦難の道を選び取ったのだ。人生のあらゆる時点で、普通の人間が安楽、快適さを追求するはずのところを、彼女はそうしなかった。経済学者の言う「自己利益」や心理学者の言う「幸福」を追求する道を選ばず、別の道を歩んだということだ。デイは常に苦しく困難な道を選んだ。それは今よりも高みに立ちたいという自分の願望を満たすためである。非営利組織のために働いたのは、強い影響力を持つためではない。たとえ自分の身が犠牲になって苦しむことになっても、福音書の教えに従って生きるためだった。

人が未来のことを思う時には、幸せに生きている自分の姿を思い描くのが常である。ところが面白いのは、人が過去を振り返って何が今の自分を作ったかを考える時に思い出すのは、たいていは何か辛い出来事である。幸せな出来事を思い出す人は少ない。あとになってみると、大切なのは苦しみだったとわかることが多いのだ。大半の人が幸せを目指して生きながら、苦しみによって育てられる。そう感じる人が多い。

デイはその点で普通ではなかった。ひねくれていたのかもしれないが、はじめから幸せではなく、苦しみを追求していた。深みある人間になるための過程として、それが必要だと思っていたのだ。見ていて「この人は深く奥行きのある人だ」と感じる人は、そのほとんどが苦しい時期を経験し、それを乗り越えて今にいたっている。中には苦しい時期を何度も経験した人もいる。それは誰もが知っていることだ。デイも当然、知っていたはずだ。彼女が普通と違うのは、たまたま苦しい経験をして「しまった」のではなく、自ら求めていったというところだ。ごく普通の楽しみ、幸せを得ようとすればできたかもしれないのにわざわざ避けて、自分で苦しみを求めた。自分を犠牲にしても道徳的に振る舞う機会、苦しみに耐えながら他人に奉仕する機会を探して生きた。

苦しみそのものを尊いと思う人はまずいない。人間は元来そういうものだろう。たとえば何か失敗をすれば、それは単なる失敗としか思わない（次のスティーブ・ジョブズになるためのステップなどとは普通は思わないだろう）。苦境に陥った人は、その苦境をほぼ間違いなく否定的にとらえ、一刻も早く抜け出すべきもの、克服すべきものと思う。苦しみに出会うと、人間は小さく縮こまってしまい、それでだめになることもある。以後、疑い深くなり、または虚無的になり、絶望感に苛《さいな》まれる人も多い。はじめから大きな目的が見えていて、その達成のために必要な苦しみだとわかっていれば別だが、そうでない場合にはなかなか耐えられないのが普通だ。

ところが中には、自分の苦しみを大いなる意図に結びつけられる人というのがいる。たとえ一人で苦しんでいても、それまでに苦しみを体験したすべての人たちとのつながりを感じることができる。彼らは、当然のように、苦しむたびに人格を高める。ただ、人格を高められるのは、単に苦しみを体験したからではない。そうなるような体験の仕方をしたからである。フランクリン・ルーズベルトはポリオにかかって苦しむが、その後は以前よりも深みと思いやりのある人間になった。身体的、精神的な苦痛を経験すると、他人の視点で物が見られるようになることがある。自分が苦痛を知ったことで、他人が苦しんでいるのを見た時、苦痛がどの程度のものか想像できるようになるからだ。

苦しみを体験すると人はまず、自分の内側深くへと入って行くことになる。神学者のパウル・ティリッヒは「大きな苦しみに見舞われた人は、それまでの日常生活ではほとんど顧みなかった自分の内面に目を向ける。そして、自分という人間が、今まで信じていた自分とは大きく異なった人間だと気づくのである」と書いている。苦しみにも色々ある。大作の音楽を作曲する際の産みの苦しみもあれば、愛する人を失った時の喪失の苦しみもある。いずれにしても、苦しみがあまりに大きいと、魂の「底が割れる」ようなことが起きる。今まで底だと思っていたものは粉々に破壊され、その下に広い空洞があるのが発見される。さらに下に降りて行くと底が見えるが、間もなくそれも破壊され、その下にまた空洞が見つかる。何度か同じことが繰り返される。つまり、苦しんでいる人は、自分の心の下の未知の空間を旅するわけだ。

その過程で、隠れて見えなくなっていた過去の苦しみの痕跡が見えてくることもある。心の奥に押し込められていた恐怖の体験や、過去に犯してしまった恥ずべき過ちなどが明らかになることもあるだろう。心の奥の奥を覗いたことで余計に辛い思いをすれば、つい臆病になることもある。だが、一方で真実へと少しずつ近づいていくという喜びも感じることができる。普段見えている表面より下の本質に迫っていく喜びだ。それは、現代の心理学者が

「抑鬱リアリズム」と呼んでいるものに近いかもしれない。苦しみを体験することで、物事のありのままの姿が見られるようになる。私たちは日頃、自分のことを人に話す時には、本当の自分そのままを語るのではなく、わかりやすい物語にまとめて話している。しかし、苦しみを体験すると、その物語は破壊されてしまう。

苦しみの体験は、自分の限界を正確に知ることにもつながる。自分の思いどおりになることと、ならないことの区別がつくようになると言ってもいい。自分の心の奥深くに分け入って、孤独に内省すれば、この世界で起きることを決める力は自分にはまったくないのだと嫌でも気づくことになるだろう。

苦しみは、愛と同様、自分のことは自分で制御できるという幻想を壊す。本当の苦しみに襲われれば、誰もが辛いと感じてしまう。そう感じることは自分で止められない。愛する人が亡くなれば、あるいは自分のもとから去れば、不在を寂しく思う気持ちは自然に湧いてきて、自分で押し止《とど》めることができなくなる。心の落ち着きを取り戻せたとしても、悲しみが和らいだとしても、なぜそうできたのかは本人にもよくわからない。自分の苦しみ、悲しみであっても、自分の意志で癒やすことはできない。個人を超えた自然、あるいは神の力としか思えない。現代の社会はアダムIの社会であり、努力が重要視される。どんなことでも努力次第で成し遂げられると人は考えがちである。努力すれば、すべては自分の意志のとおりになると考えるのだ。だが、大きな苦しみを経験すると、自分を超えた力の存在を知ることになる。人生とは予測のつかないもので、実力と努力がすべてを支配するという考えが誤りだと学ぶのだ。

不思議なことに、苦しみは人に感謝も教える。平常時であれば、私たちは他人から受けた愛によって満足を感じる（自分は愛されるに値するのだと思えるからだ）。ところが、苦難にぶつかった時には、自分は他人から受けている愛に値しない人間であることを思い知らされる。だからこそ余計に、愛してくれる人に対する感謝が高まるのである。尊大になっている時、人は他人に恩を感じるのを嫌がるが、謙虚になった時には、価値のない自分を愛し、気遣ってくれる人に対し、感謝したくなる。

苦しい状況にある人は、自分が人智を超えた大きな力に翻弄されていると感じる。エイブラハム・リンカーンは鬱病に生涯苦しみ、また南北戦争の指揮を執るという苦難も体験した。その中で人智を超えたものが自分の人生を支配していると感じていただろう。自分は人類が何か大きな仕事を成し遂げるための小さな道具にすぎないとも感じていた。

人間が自分の天職と出会うのも、苦難の時であることが多い。自分の置かれた状況を自分でどうすることもできない。だが、ただ無力を感じて絶望しているわけではない。自分の抱える痛みを自分の力で和らげることはできないが、痛みに対処すべく行動することはできる。苦難を経験したからこそ、道徳的に行動することの大切さを実感することができる。苦しく辛いことがあると、はじめは「なぜ私がこんな目に？」、「なぜ他の人ではないのか？」などと考えてしまう。しかし、間もなく「自分が苦難に直面したことは事実なのだから仕方がない。ならば今、苦難に立ち向かうために何をすべきなのか」と考えるようになる。そう考えるのが正しいと気づくのだ。

「苦難に立ち向かうために何をすべきか」そういう問いを自分に向け始めた人は、単に個人的な幸せを追求していた時に比べて、人間的な深みを増しているはずだ。そうなれば「私は子供を失った悲しみと闘っている。だから、たくさんのパーティーに出かけるなどして、できるだけ人生を楽しんで、バランスをとるべきだ」などとは言わないだろう。

苦難に直面した人がすべきなのは、人生を楽しむことではない。求めるべきなのは、もっと神聖なものだ。宗教に関われというのではない。私が言いたいのは、自分の人生を一つの道徳的な物語ととらえ、苦難もその物語の一部とみなすべきということだ。良くない出来事に出会ったら、それを何か神聖なものに転換しなくてはならない。共同体のために自らを犠牲にして奉仕するなど、道徳的に優れた行動を取ることが大切だ。たとえば、自分の子供を亡くした親が、他の子供たちのために基金を創設するという行動は、道徳的に優れているといえるだろう。それによって子供の死が、それまで会ったこともなかった他の子供たちの人生のために活かされることになる。人は苦難に出会うと、自らの有限性を思い知る。そして、自らの存在と、広い世界とのつながりを意識するようになる。神聖なものは、その広い世界の中にある。

苦しみからの脱出は、病気からの回復と似ているようで違う。病気が治るのは、基本的には病気の前と同じ人間に戻ることだが、苦しみから脱出した人は、元とは違う人間になっているのが普通だ。元は自分の幸福、自分の利益を目指して生きていた人も、その態度が大きく変化する。そして、他人の目には一見、逆説的に見える行動を取るようになる。たとえば、何かに自分の身を捧げ、その結果として苦境に陥ったとしても、逃げ出しはしない。それどころか、同じ方向にさらに奥深く進もうとする。ひどい状況のただ中にあっても、身を固くして自分を守ろうとするのではなく、弱い自分をさらけ出し、他人にも愛情を惜しみなく注ぐ。苦しみから抜け出した時には、芸術や愛する人たちへの感謝の念はより強くなっているし、大義のために力を尽くそうという思いも強くなっている。

こうして考えると、苦難というのは恐ろしいが、「贈り物」でもあるとわかる。もちろん、通常の意味での贈り物とは違い、幸せをもたらすものではない。幸せをもたらす代わりに、人格を磨く機会を与えてくれる。

奉仕

時間がたつにつれドロシー・デイという人の生き方は多くの人に知られるようになった。何世代もの若いカトリック教徒たちに影響を与える存在になったのだ。それは単に彼女がカトリックという宗教を擁護したからではなく、一つの手本となるような人生を送ったからである。カトリックの教義の基本には、すべての人が同じ尊厳を持つという考えがある。ドラッグ依存症のホームレスであろうと、大きな社会的成功を収め、人から称賛を浴びている人であろうと、尊厳という点では同じということだ。また、神は特に貧しい者に愛情を注ぐという考え方も基礎にある。イザヤ書に「真の信仰とは、正義のために働き、貧しい者、虐げられた者を慈《いつく》しむことだ」とあるとおりだ。そして、カトリックでは人類が一つの家族であることも強調される。神の下僕である人間は、一人ひとりが共同体の中で、互いに結束して生きることを求められている。ディはそうした信念に従い、多くの人たちをまとめていた。

回想録『長い孤独』が刊行されたのは一九五二年である。この本はよく売れ、現在も版を重ねている。ディの仕事が広く知られるようになるにつれ、彼女の家には数多くの信奉者が集まるようになった。集まってきた人たちも、その多くは心の中に問題を抱えて苦しんでいる人たちだった。「口々に私たちの仕事を素晴らしいと褒め称える人たちの声を聞いていて、ほとほと疲れてしまった。実際は、皆が思うほど素晴らしくはないのを自分でよく知っている。私たちは皆、働き過ぎて疲労を感じているし、短気を起こしやすくなっている。集まって来る人たちの中には、言葉遣いのよくない人もいる。心ない言葉は私の耳にも聞こえてくる。忍耐も限界に近づいている。いつ爆発してもおかしくない(38)」。ディは、称賛されることで、自分自身も周囲の人たちも堕落してしまうのではないかと恐れていた。そして、大勢の人たちが集まってくるほど、彼女は孤独を感じるようにもなった。

常に人に囲まれていたために、ディは愛する人たちからは引き離された。カトリックへの入信を理解できない家族との距離はただでさえ広がっていたが、さらに疎遠になった。フォースター・バターハムの後、彼女は他の男性を愛することはなく、残りの人生で結婚することもなかった。「朝、目が覚めて、胸に顔を押しつけている人がいないこと、肩に腕を回している人がいないことを寂しく思わなくなったのは、まだほんの何年か前のことだ。喪失感はまだ変わらずにある。それには私が払った代償だ」[39]なぜ、デイは自分がその代償を支払わねばならないと思っていたのか、なぜ孤独に耐えねばならなかったのか。それは定かではないが、彼女が代償を支払ったことは事実だ。

宿泊所で寝泊まりする、講演のため各地へ旅するということが続けば、当然、娘のタマルと離れていることが多くなる。デイは一九四〇年の日記にこう書いている。「毎晩、寝つくのに何時間もかかってしまう。タマルがそばにいないことがあまりに寂しいからだ。昼間はまだそうでもないが、夜には悲しくてたまらなくなる。私の夜は悲しみと惨めさでいっぱいだ。私はいつも、苦しみのベッドに横たわっているようなものだ。しかし、また朝が来ると私は再び元気になり、信念と愛情をもって行動ができる。私の心は落ち着き、喜びに満たされる[40]」

デイはシングルマザーで、しかも様々な社会運動を率いていた。いずれも苛酷な運動ばかりである。旅をすることが多く、その時には、他人がタマルの世話をすることになる。それも毎回同じ人というわけにはいかなかった。デイは、自分が母親失格だと感じることが多かった。タマルは幼いうちは《カトリック・ワーカー》紙のスタッフを家族として育ち、少し成長すると、全寮制の学校に入った。タマルは一六歳の時、デイヴィッド・ヘネシーという《カトリック・ワーカー》紙のボランティアと恋に落ちる。デイは娘に、まだ若すぎるから結婚には早いと言った。また、今後一年間、デイヴィッドに手紙を書いてはいけないし、彼から手紙が来ても開封してはいけないと告げた。デイはデイヴィッドにも、すぐに娘と別れるよう書いた手紙を出した。だがデイヴィッドはデイからの手紙を読まずにすべて送り返した。

二人は別れず、ついには結婚することになった。デイも祝福した。一九四四年四月一九日、タマルは一八歳だった。二人はペンシルヴァニア州イーストンの農場へと移り住み、タマルはそこでデイにとっての最初の孫を産んだ。タマルはデイの孫を九人産むことになる。タマルとデイヴィッドの結婚は、一九六一年の末に二人が離婚するまで続いた。デイヴィッドは長い間、失業しており、精神疾患にもかかっていた。タマルは、スタテン島にあった《カトリック・ワーカー》紙の農場のそばへと戻って来た。彼女は優しく親切な人だったという。彼女の母親が闘っていたような強い野心を内に秘めているということもなかった。彼女は、人をありのまま受け入れ、無条件に愛することができた。二〇〇八年、八二歳の時にニューハンプシャー州で亡くなっている。タマルは、母親の始めたカトリック労働者運動には関わり続けたが、母親とともに過ごす貴重な時間はほとんど持てなかった。

ドロシー・デイの実像

大人になってからのデイは、生き残るための競争と、天職を全うすることの間で板挟みとなり、常に苦しんでいた。《カトリック・ワーカー》紙から離れることも何度か考えた。

「《カトリック・ワーカー》にいる限り、生きることは私にはあまりに苛酷すぎる。この世界は確かに苦しみと死に満ちている。しかし私は、この新聞のためだけに苦しみ、死にたくはない。そのことを文章にも書いているし、話もしている」[41]彼女はもっと目立たないように生きていこうかとも考える。病院のメイドにでもなり、どこかに小さな部屋を借りて住むのだ。できれば、教会のすぐそばに住みたい。「都会にいて、孤独で、貧しい人たちとともに働き、祈りを捧げ、苦しみの中で静かに苦しみに耐えて生きる」そんなことを考えていたのだ。

しかし結局は、新聞を離れない決意をする。そして、多数の共同体を作っていく。新聞の製作・発行に関わる人たちの共同体、貧困者向け宿泊所に集まる人、そこで働く人たちの共同体、そして地方のコミューンなどである。そうした共同体がデイにとっての家族となり、喜びをもたらしてくれた。

デイは一九五〇年のあるコラムの中で次のように書いている。「文章を書くというのは、一種の共同体活動である。どの文章も手紙のようなもので、読んだ人を慰め、元気づけ、何かの役に立つものになればと思っている。人に助言をしたいと思って書くこともあるし、こういうことを書いて欲しいと求められて書く場合もある。互いへの愛情、思いやりの表現とも言えるだろう[42]」

デイはこれと同様のことを何度も繰り返し書いている。彼女の中には互いにまったく違った自分が二人いて、常に闘っていたのだと思われる。一人は孤独な自分。こちらが生来の彼女だろう。もう一人は他人を強く求める自分だ。「私たちは皆、生きていれば孤独を感じることになる。だからこそ、共同体は重要な意味を持つだろう」デイはそう書いている。「ともに生活し、ともに働き、すべてを分かち合う。神を愛するのと同時に、隣人を兄弟のように愛する。共同体の中にいて、近くで生活している人たちには、愛情をかたちにして、直接目に見せることができる(43)」『長い孤独』の最後の部分で彼女はこんなふうに書いている。デイは何度か自分の感謝の気持ちを言葉にしているが、これはその中でも特に重要なものかもしれない。

私は単なる退屈な一人の女だ。子を持つ母親として楽しく生きてはいるが、平凡な女であることに違いはない。そして、常に楽しく生きるというのは容易なことではない。喜びをいつも心に持ち続けよう、そうしなくては、と思っても本当にそうすることは簡単ではないのだ。カトリック労働者運動にとって最も重要な意味を持つのは貧困だと言う人がいる。もう一方には、いや、最も重要なのは共同体だと言う人もいる。一つ言えるのは、私たちはもはや一人ではないということだ。最後に残る言葉は「愛」だ。『カラマーゾフの兄弟』のゾシマ長老も言うように、愛は時に厳しく恐ろしいものになり得る。愛を信じる私たちの心は、時に炎で焼かれ、強さを試されることになる。

私たちは互いを愛さない限り、神を愛することはできない。互いを愛するには、互いをよく知らねばならない。一つのパンを分かち合って食べていれば、相手のことはわかってくる。パンを分かち合えば、互いを知ることができ、私たちは一人ではなくなる。天国は祝宴だが、人生もまた祝宴である。たとえ苦しい時でも仲間がいれば、祝宴になるのだ。(44)

ドロシー・デイのしていたことは、乱暴に一言にまとめてしまえば、社会奉仕活動ということになる。現在でも多くの若者たちが同じような活動をしている。スープを配る、宿泊所を提供するなど、活動の内容は表面的にはほぼ同じだ。しかし、彼女の人生の基盤、目指した方向は、現在の慈善活動家たちとは大きく違っていた。

貧困者の苦しみを和らげることも、もちろんカトリック労働者運動の目的の一つではあった。だが、それが主たる目的というわけでも、運動の基本理念というわけでもなかった。運動の最大の目的は、生き方の範を示すことだった。「キリスト教を信じる者が、福音書の教えに従い、愛を持って生きれば、世界はこうなる」という具体的な例を人に見せるのが目的だった。貧しい人たちを救うのも大切だが、自分たち自身をより良い人間にすることも重要だった。「夜、ベッドに入ると、悪臭がする。長い間、風呂に入っていない人たちが大勢いるせいだろう。当然、ここではプライバシーなどない」デイは日記にそう書いた。「しかし、キリストは飼い葉桶の中で生まれたのだ。馬小屋は清潔ではなかっただろうし、においもすごかっただろう。聖母がそれに耐えたのなら、私に耐えられないわけがあろうか(45)」

ジャーナリストのイーシャイ・シュウォーツはデイについてこう書いている。「彼女の行動が重要性を持つのは、その行動が神に関係する時だ」デイは貧しい人に衣服を提供したけれど、それは彼女にとって祈りの一種だった。彼女は、何かものを与えるだけの慈善活動に嫌悪感を持っていた。ものを与えればいいという考えは、貧しい人を見下し、侮辱するものだ。デイは、慈善活動においては、奉仕を受ける側の人たちへの尊敬の気持ちが大事だと考えた。そして、彼女は神の方を向いて活動をしていた。彼女にとってそれは、人助けというより、自分の心の求めに応じた行動だったのだ。シュウォーツによれば、デイは「他人の貧困を自分の問題としてとらえていた」という。それが彼女の生来の美徳だった。貧困を他人事ではなく、自分の問題だと感じることができたために、貧困者と心からの交流ができ、神に近づくこともできた。社会奉仕と祈りを切り離すことはできなかった。デイにとって奉仕は、人生を大きく変える体験になったが、祈りと切り離せばそうはならなかっただろう。

ドロシー・デイの日記を読み、彼女が日々、どれほどの孤独、苦しみ、痛みに耐えていたのかを知れば、誰もが驚き、背筋の伸びるような思いをするだろう。神は彼女に、これほどの苦難に耐えるよう本当に求めたのか。生きていれば得られるはずの些細な喜び、楽しみの多くを、彼女は本当に拒否したのか。ある意味では確かにそのとおりだ。ただし、完全にそうだとは言い切れない面もある。日記など本人の書いた文章だけに頼ると、彼女に対して誤った印象を抱くことになるだろう。普段の生活はさほどでもないのに、日記に書く文章は暗くなるという人は珍しくない。デイにもそういうところはあったようだ。彼女の日常生活は本人の文章ほど辛く苦しいものではなかった。幸せだった時にはそれを文章に書かなかったということもある。彼女は自分を幸せにするような活動にも積極的に取り組んでいた。文章を書いたのは、たいていは何かについて深く考え込んでいた時だ。日記は、自分の苦痛の元になるようなことについて深く考えたい時に利用していた。

　デイの日記を読んでいると、絶えず苦悩し、沈んでいる人物という印象を受ける。しかし、彼女が口で発した言葉からは、いつも子供たちや、大事な友人たちに囲まれている人、という印象を受ける。自分の属する共同体と密な関係を築いている人という印象だ。多くの人から尊敬され、幸せな人生を送っているように思える。デイを尊敬していた人の一人、メアリー・ラスロップはこんなふうに言っている。「彼女は実に懐の深い人で、親しい友人になった人は大変な数にのぼる。その友人関係は多様で、一人ひとりと他にはない特別な関係を結んでいた。本当に大勢の友人たち。皆、彼女を愛していたし、彼女も皆を愛していた[46]」

　デイは音楽を深く愛し、またその他にも、この世界に存在する様々な美しいものたちに愛情を向けていた。それを覚えていた人も少なくなかった。たとえば、キャスリーン・ジョーダンはこんなことを言っている。「彼女は美に対する感受性がとても強かった……私は、彼女のオペラタイム（デイは、メトロポリタン歌劇場で上演されるオペラのラジオ中継をよく聴いていた）を邪魔してしまったことがある。彼女がラジオを聴いているところにうっかり私が入って行くと、恍惚とした表情のドロシーが目に入った。そんな姿を見ていると、心からの祈りが彼女にとってどれほど重要な意味を持つかもわかってきた……彼女はよくこう言っていた。『ドストエフスキーは、美は世界を救うって言ったの。よく覚えておいて』彼女の生き方から私たちはそれを感じ取った。彼女の中では、精神世界と物質世界の間に境目はない。そう感じることがよくあった[47]」

ナネット

フォースター・バターハムは、デイと別れて三〇年以上の歳月を、ずっとナネットという女性と暮らしていた。ナネットは無邪気で魅力的な女性だったが、癌《がん》にかかってしまう。バターハムはデイに連絡し、死に向かうナネットの心を救ってやって欲しいと頼む。デイは二つ返事でその頼みをきく。それから数カ月にわたり、デイはスタテン島で毎日、多くの時間をナネットとともに過ごすようになった。「ナネットは今、とても辛い時を過ごしている」デイは日記にそう書いた。「ただ具合が悪いというだけでなく身体中に強い痛みも感じている。今日は一日中、横になって泣いていた。悲しくてたまらないのだろう。こんな時には誰もほとんど何もできない。ただ黙ってそばにいるだけだ。私は少しでも慰めになればと思い、彼女にこう話した。『どんなにか辛いでしょうねえ。本当の苦しみに向き合った時には、ただ沈黙することしかできませんね』するとナネットは『そうです。死の沈黙です』と少し強い調子で答えた。私はロザリオを唱えると言った[48]」

苦しんでいる人を目の前にした時、繊細な人であれば誰もがデイのように振る舞っただろう。「今、自分の目の前で苦痛に耐えているこの人を慰めることが、自分に与えられた使命だ」と感じる瞬間は誰にでもある。そういう状況で、具体的にどうしていいかわからなくなってしまう人も多いが、中には自分のすべきことを的確に察知する人もいる。第一に、彼らは必要とされる時に確実にその場にいる。いるだけで大きな役割を果たせることを知っているのだ。次に、彼らは比較をしない。苦しみというのは、すべてその人独自のものであることを、繊細な人は理解しているからだ。その人の苦しみを他人の苦しみと比べることはできない。そして次に、彼らは必ず具体的な成果の出る行動を取る。たとえば、昼食を作る、部屋を掃除する、タオルを洗濯するなど。何より大事なのは、彼らの苦しみから目を逸《そ》らさない、逸らさせないということだ。嘘を言って、甘いことを言って無理に安心させようとはしない。根拠もないのに、すべてうまくいく、何も怖くない、などとは言わない。ありもしない希望の兆しを探すようなことはしないのだ。大きな悲しみ、苦しみに出会った時、賢い人ならばこうするだろう、ということをする。彼らの態度は「受動的行動主義」とでも呼ぶべきものだ。解決不可能なことを無理に解決しようとして無駄に動き回ることはしない。苦しんでいる人がどうすれば、その状況でも尊厳を保っていられるかを考える。今起きていることの意味を、苦しんでいる本人に考えるよう促す。そして、ただ暗闇の中で苦しみに耐えている人のそばにじっと居続ける。難しいこと、複雑なことは言わず、単に優しく役立つ存在としてそこにいる。

一方、バターハムの態度はひどいものだった。ナネットをデイなど、世話を買って出てくれた人に任せて、ずっと逃げていた。デイは日記にこう書いている。「フォースター（・バターハム）は悲しみに沈んでしまい、どうしてもナネットのもとに来ようとしない。ナネットは当然、一日中、悲しんでいる。脚も腹部も大きく腫《は》れ上がってしまっていた。夜遅くなると、正気を失って長い間、叫び声をあげ続けた」(49)

デイは、いつの間にかナネットとともに同じように苦しみ、同じようにバターハムに対する怒りと闘っている自分に気づいた。「私は、彼女から逃げ続ける彼に我慢がならなかった。何もせず、ただ自分を哀れんで泣くばかりの彼に対し、怒りを覚え、その怒りに打ち克つのに大変な苦労をした。彼は病気や死を目の前にして恐れをなしていたのだろう」

一九六〇年一月七日、ナネットは洗礼を受けたいと自ら願い出た。翌日、彼女は亡くなった。最後の時のことをデイは次のように書いている。「今朝、八時四五分、まる二日間激しく苦しんだナネットはついに亡くなった。十字架にかけられたイエスの苦しみもこれほどではなかったのではないか、と彼女は言っていた。きっと強制収容所に入れられたユダヤ人たちの苦しみに匹敵するとも言った。かなりの出血をした後、彼女は静かに息を引き取った。最後には、穏やかな笑顔も少し見せていた」

人生の頂点

一九六〇年代後半、デイはその時代に活発化した平和運動や、数多くの政治運動に積極的に参加した。とはいえ、彼女の人生に対する姿勢は以前と基本的に変わっていなかったので、運動における姿勢は、六〇年代の新しい活動家たちとは違っていた。新時代の活動家たちが訴えたのは、自由、解放、自治である。一方、デイは大義のために自己を犠牲にし、天命に忠実に従って生きることが人間にとって重要だと考えていた。性の解放、規律の緩みなどは、彼女にとっては我慢のならないことだった。若い活動家が聖体拝領のワインを紙コップに入れると言い出した時には強い嫌悪感を覚えた。カウンターカルチャー〔反体制文化〕の精神はデイには受け入れがたいもので、反抗的な若者たちについては「彼らの反抗的な態度に触れるたび、私は過去の人間の従順さを恋しく思う。従順さに対して強い渇望すら覚えるのだ」と言っている。

一九六九年の日記には、従来の教会区とは無関係に共同体を作ろうと考える人たちがいるが賛成できないと書いている。デイはカトリック教会にも欠陥があることをよくわかっていたが、それでもやはり教会のもたらす秩序は必要なものであると考えていた。新時代の急進派たちは、教会の欠陥にのみ目を向け、すべてを過去に葬り去りたいと望んでいた。デイの日記にはこう書かれている。「彼らはまるで、親が完全でないことを発見したばかりの思春期の若者のようだった。親も過ちを犯すということにあまりに大きな衝撃を受け、家庭という制度そのものをなくしてしまいたいとまで思い詰めた若者だ。古い家を壊し、過去と無縁の新しい共同体を作りたいと考えるようになった。彼らは自分たちのことを『若い大人』と呼んでいたが、その青臭さを見る限り、遅すぎる思春期を迎えた子供としか思えない」

貧困者のための宿泊所を長年にわたって実際に運営し、無数に生じる問題に対処してきた彼女は、その経験から現実主義者になっていた。「私は現実を見ない夢想家には我慢なりません」デイはあるインタビューでそう話した。「私は信心深い人間ですが、同時に現実主義者でもあります」。デイの周囲にいた活動家の大半はあまりにも取り組む姿勢が安易で、自分に甘かった。彼女は社会奉仕活動を長年続け、なおかつ信仰を貫き通したが、そのためには大きな代償も支払っているのだ。バターハムとも別れることになったし、家族とも疎遠になった。「キリストは銀貨三〇枚で売られましたが、私にとってキリストへの信仰は、どんな大金とも交換できないほど重要なもの、もはや心臓、血と同じくらいに大切なものです。どこかの店で代わりが安く買えるなどということはありません」

デイの周囲では、自然は素晴らしい、人間も自然のままが良いのだ、という意見が多く聞かれるようになった。しかしデイは、人間は自然のままの状態では堕落すると信じていた。生まれたままの人間には野生動物としての衝動がある。それを抑えない限り人間は救われないと信じたのだ。「木を育てるには、枝の剪定《せんてい》が必要だが、人間の成長にも同様のことが必要になる」デイはそう書いた。「その人のありのままの姿に手を加えなければいけない。しかし今は、生まれたままの人間は清廉潔白で、堕落するのは、生まれた後に何かが加わるからだと考える人が多い。キリスト教の信仰も、あとから加わるものである。信仰が加われば、元とは違う新しい人間になる。それを堕落というのなら、堕落は避けがたいだろう。ありのままでは無価値で、あまりにつまらない考えではないか。生きる気力が奪われる考え方だ。ありのままでは無価値で、あまり時がたつにつれ心は成長していく、と考える方がはるかに楽しいではないか」

一九六〇年代後半には、「カウンターカルチャー」という言葉が多く使われた。デイの生きる姿勢は、「真のカウンターカルチャー」だったとも言える。当時の主流だった商業主義、営利主義の文化、表面的な成功（富や名誉を得ること）を何より素晴らしいとする文化には、もちろん反抗していた。しかし、デイは、ウッドストックに代表されるカウンターカルチャーの価値観にも反抗した。「既成の道徳、規範など無視し、自分の生きたいように生きるべき」という、個人を解放する価値観は、マスメディアでも称賛されることが多かったが、デイは認めなかった。ウッドストック的なカウンターカルチャーは、表面的には、主流の価値観に反抗しているように見えた。だが、何十年という時間を経る間に、結局それも、主流の文化、アダムIを重要視する文化の裏面にすぎないのだということがわかってきた。資本主義も、ウッドストックも、個人が自由に行動すること、自分を表現することが良しとされる点は同じだ。商業社会で「自分を表現する」とは、ほぼ「物を買う」と同じ意味になることが多い。自分で選んだ物を買い、自分の「ライフスタイル」を築くこと、それが自己表現だとされるのだ。一方、ウッドストックの文化では、あらゆる制約を壊し、何にも縛られずに自分の望みのままに生きることを最良とする。商業主義のブルジョア文化と、一九六〇年代のボヘミアン文化は融合が容易だった。どちらも個人の自由を尊ぶからだ。どちらも、自己の欲求をどれだけ満たせたかで人生を評価する点は同じだった。

デイの人生はどちらとも違っていた。彼女の人生の基本は、自分を捨てることだったからだ。自分を捨て、そして自分を超越するのが彼女の究極の目標だった。晩年近くなると、デイはテレビのトーク番組に時々出演するようになった。テレビでの彼女は、飾らない人、正直な人、そして常に冷静な人という印象だった。回想録『長い孤独』などの文章を通じ、彼女の生き方、考え方は広く知られるようになり、以後、数多くの人の心をとらえた。デイは自分の私生活についてもほとんど隠すことなく語った。そこは、フランシス・パーキンズやドワイト・アイゼンハワーとは違う。デイは決して無口で控えめな人ではなく、むしろその反対だった。しかし、彼女が自分のことを語るのは、単なる自己顕示ではなかった。その背景には、長い人生を生きていれば、誰でもたいていは同じような問題に直面するものだという考えがあった。イーシャイ・シュウォーツもこんなふうに書いている。「彼女の告白の目的は、自分の人生を一つの具体的な例として提示することで、普遍的な真理を明らかにすることにあった。彼女は自分を見つめ、その罪を多くの人に告白した。広く社会に知られることで、彼女の体験は彼女一人のものではなくなり、多数の人に共有されるようになったのだ。告白はあくまで個人的な行為ではあるが、公共の道徳のために役立った。私たちは人生の中で何か決断を下す時、自分のことだけを考えがちだが、その決断が必ず社会全体と関わっていることを忘れてはならない。何十億という人がそれぞれに問題に直面し、その問題と闘っている。闘いの中で下す決断はすべて、社会全体に影響するのだ」。デイの告白は神学的なものでもあった。自分自身、そして人間を理解しようとする彼女の努力は、神を理解するための努力でもあった。

デイは生涯、完全な精神の安定を得ることはなかったし、自分に完全に満足することもなかった。亡くなった日にも、日記の最後のページに、シリアの聖エフレムの祈りの言葉を記したカードを挟み込んでいた。それはこんな悔悛の言葉だ。「おお神よ、主よ、どうか私から、怠惰の心、臆病な心、権力欲を奪い去ってください。無駄話をしてしまう心もいりません。その代わりに、あなたの下僕である私に、純粋な心、謙虚な心、そして忍耐強く、他人に愛情を与えられる心をください」

だが、長い人生を生きる間に、デイの内面が非常に安定したものになっていったのも確かである。長年、他人に奉仕する人生を送ったことで、彼女の心には若い時になかった落ち着きが生まれた。そして晩年、デイの心の中で何より大きくなっていたのは感謝の気持ちだった。彼女が自分の墓碑銘として選んだのは「デオ・グラティアス（神に感謝）」という簡単な言葉だ。晩年近くになってデイは、ハーバード大学の児童精神分析学者、ロバート・コールズと知り合い、親友になった。彼女はコールズに、自分はなぜ、自らの人生を文章にまとめておきたいと思うのかを話した。「私の人生も間もなく終わるから」彼女はコールズにそう言った。デイは長年、文章を書いてきた。だから、回想録を書くのはごく自然なことだった。実際、彼女はある時、決心をして回想録を書き始めていた。彼女はコールズに、書き始めた時のことを具体的に話している。

私は自分の人生を振り返ろうと思っていた。神に与えられたこの人生を回想してみようと考えていた。「思い出すこと」という題で書き始めてみた。私の人生を要約しよう、私の人生で何が重要だったのかを記しておこう、そう思ったのだけれど、うまくはいかなかった。仕方がないので、私はただ座って、神を思っていた。はるかな昔、神が私たち人間のもとを訪れた時のことに思いをはせた。私の心の中には長い間、ずっと神がいた。それに気づいた私は「なんと幸運だったのだろう」と一人つぶやいた。

コールズはこう書いている。「話していた彼女の声が詰まったのがわかった。目には少し涙が浮かんでいるのが見えた。でも、すぐに彼女はトルストイのことを話し始めた。いかにトルストイが好きかを話したが、ただ話題を変えたかったのだろう」(50)。何か大きな物事が動き出す前には、一度、完全な平穏、静寂が訪れる。この時もそうだったのだろう。ドロシー・デイは何もかもを犠牲にして偉大な仕事をしてきた。その人生を文章に記せば、世界は変わる。彼女は書くためにあらゆる努力をし、頭の中は様々な思考で大嵐のような状態になった。ところが、実際に書き始める前には、嵐はおさまり、静寂が訪れたのだ。アダムⅠは横たわり、アダムⅡが立っていた。孤独感は消えた。自己批判と闘いの人生が頂点を迎えた時、残っていたのは感謝の気持ちだけだった。

第五章 自制心 ジョージ・マーシャル

ジョージ・キャトレット・マーシャルは一八八〇年、ペンシルヴァニア州ユニオンタウンに生まれ、そこで育った。ユニオンタウンは小さな炭鉱の街で、人口は三五〇〇人ほどだったが、ジョージが生まれ育ったのは、ちょうど工業化によって街が大きく変わっていく時期だった。父親は実業家として成功していて、ジョージが生まれた時は三五歳で、街に一定の影響力を持つ人物となっていた。彼は、元々は南部にいた自分の一族を誇りに思っていた。第四代連邦最高裁判所長官だったジョン・マーシャルは遠い親戚にあたる。大地主でもあったジョージの父は特に家では無口で厳格な人だった。

ところがある時、ジョージの父親は石炭事業を売却し、ヴァージニア州のルーレイ洞窟周辺の不動産に投資をし、あっという間に破産してしまう。二〇年かけて蓄えた財産を瞬時にすべて失ってしまったのだ。その後は世捨て人のようになり、自分の祖先のことを調べるだけで時間を過ごす。一家の生活は貧しくなった。後年、ジョージ・マーシャルは、ホテルの厨房に家族で残飯をもらいに行った時のことを回想している。犬の餌として出されたり、貧困者への炊き出しに使われたりする残飯を頼んでもらっていたのだ。「辛く、屈辱的な体験だった。少年時代の自分の汚点と言ってもいい」マーシャルはそう言っていた(1)。

マーシャル少年は特別に聡明でも活発でもなかった。九歳になった時、父親は彼を地元の公立校に入学させた。入学時にはクラス分けのため、教育長のリー・スミス教授との面接が行なわれた。スミス教授がマーシャルにいくつか簡単な質問をして、知能や知識がどの程度かを評価するのだ。だが、マーシャルはどの質問にもうまく答えられなかった。父親の見守る前で、話そうとはするのだが、ただ身をよじるだけでうまく言葉が口から出て来ない。彼は第二次世界大戦中にはアメリカ陸軍を率い、その後には国務長官になり、ノーベル平和賞も受賞したが、この面接は決して忘れることがなかった。人前で父親の期待を裏切ってしまったのが何より辛かった。「父は本当に恥ずかしい思いをしたようだ」とマーシャルは言う(2)。

マーシャルの学業成績はまったく振るわなかった。次第に皆の前で発言や発表をすることを極端に怖がるようになる。失敗して級友に笑われるのがとても恐ろしかったのだ。失敗をして恥をかく、それが繰り返されるほど自意識過剰になり、ますます人前で何も言えなくなるという悪循環に陥った。「私は学校が好きではなかった」マーシャルは後にそう振り返っている。「正確に言えば、私は『できの悪い生徒』ではなかった。もはや生徒ですらないくらいだった。それほど私の学業成績は惨憺《さんたん》たるものになっていた(3)」。勉強のできないマーシャルはいたずらをするようになり、頻繁に問題を起こした。ある日、姉のマリーに「劣等生」と言われたマーシャルは、姉のベッドにカエルを入れた。マリーは夜寝る時、カエルに気づいて驚くことになった。気に入らない客が家に来る時には、屋根に上がり、その人の頭に水爆弾を落とした。ただ、マーシャルはいたずらばかりしていたのではなく、創意工夫の才もあった。自分でいかだを作り、女性を一度に何人も乗せて小川を渡る商売を始めたりもした。(4)

小学校卒業後は、大好きな兄、スチュアートがヴァージニア州立軍事学校（VMI）に行くというので、自分も後に続きたいと思い、その願いを口にした。だが、兄の反応は冷たいものだった。マーシャルはその時のことについて、公式伝記作家のフォレスト・ポーグに次のように話している。

私は自分もVMIに行きたいと言ったのだが、その時、スチュアートが母に話したことが聞こえてしまった。兄は、私を同じ学校に行かせないよう母を説得していた。私が行くと家族の名を汚すことになるからというのだ。この時の兄の言葉は、教師や親に言われたどの言葉よりも私に大きな影響を与えた。私は必ず兄を見返すと固く心に誓ったのだ。そして実際に兄を上回る業績をあげることができた。その出来事がなければ、不可能だったかもしれない。私に大事なことを教えてくれた出来事だったと思う。兄と母の会話を耳にしたからこそ私は成功したいと強く願うようになった。心の持ち方が大きく変わったことが職業的な成功に結びついた。(5)

子供の頃は平凡だったにもかかわらず、後に並外れた成功を収めた人の多くが、彼と似たような経験をしている。幼い頃から聡明で優秀だったという人の場合、そういうことはあまりない。親の財産を受け継いだのではなく、一代で億万長者になった人の大学時代のGPA〔成績平均値、Aが最高で、以下、B、C、D、Fがある。Fは不可〕を調べると、平均はBの下の方になる。ほとんどの人は決して将来有望には見えないのだが、どこかの時点で誰かに厳しい言葉を投げかけられ、その人を見返すために努力した、という例が多い。

家族の全員が常にマーシャルに対して冷たく、非協力的だったわけではない。父親は息子に失望するばかりだったが、母親は無条件に愛情を注いでくれ、いつも協力的だった。マーシャルを大学に行かせるために、家族に残った最後の資産を売ることまでした。その中には、自宅を建てようと考えていたユニオンタウンの土地も含まれていた[6]。マーシャルは次第に自分の地位を高めていくことになるが、学校でも家庭内でも繰り返し屈辱を味わっていたので、地位の向上が生まれつきの才能のおかげではないとよく知っていた。自分を律し、懸命に粘り強く努力を続けたことが成功の要因だとわかっていたのだ。彼は結局、VMIに入学することになるが（無試験で入学を認められたとされている）、その頃には、自分の望みどおりの人間になるにはどう生きればいいか、どのように自分を律すればいいかを知っていたのだろう。

一八九七年にVMIに入ったマーシャルは、すぐに南部の伝統文化に心惹かれた。VMI

の道徳文化には、昔ながらの南部の道徳がそのまま取り入れられていた。大事にされたのは、任務に対する騎士道的な献身、礼儀正しさ、どんな時でも冷静さを失わない自制心、ともかく名誉を重んじる心などだ。学校には、まるで昔の南部人の魂が取りついているかのようだった。それは、たとえば、かつて同校の教官で、南北戦争では南部連合で大軍を率いて活躍したストーンウォール・ジャクソン。一八六四年五月一五日、ニューマーケットの戦いで北軍を撃退した二四一人の士官候補生たち。当時、まだ一五歳の者までいた若い部隊である。南軍の英雄だったロバート・E・リーの亡霊もいるだろう。いずれも「男とはかくあるべし」という理想を具現化した最高の存在である。

VMIはマーシャルに、誰かを敬い、その生き方を模倣することを教えた。自分にとっての英雄を見つけ、その人を模範とすれば、どうすれば正しく生きられるかがわかるというわけだ。また、その人が、今の自分を評価する基準ともなる。英雄がいれば、その座から引きずり下ろすべきという考え方もある。少し前まではその考え方は普通だったし、現在でも、既存の英雄に敬意を払わない不遜な態度がかえって称賛されることもある。しかし、若い頃のマーシャルが身を置いた世界はそうではなかった。過去の英雄は尊敬すべきとされ、尊敬できる力を持っていることが良しとされた。古代ローマの著述家、プルタルコスの作品はいずれも、卓越した人物の物語を読めば人は野心を駆り立てられるという考え方に基づいて書かれている。神学者トマス・アクィナスは、良い人生を送るには手本となる人を見つけ、その人をよく観察してできる限り模倣すべきと言った。自分のことだけを見ていてはいけないというのだ。哲学者アルフレッド・ノース・ホワイトヘッドは「習慣的に偉大な人物を観察することがなければ、道徳教育など不可能である」と言った。一九四三年にリチャード・ウィン・リヴィングストンはこんなことを書いている。「道徳的な失敗があると、それは本人の人格的欠陥のせいだとみなされやすい。だが、実際には、正しい理想を抱けなかったことが原因であることも多い。誰にも欠点はある。勇気に欠ける人、勤勉でない人、忍耐力のない人。他人にも自分自身にも、探せば欠点は多く見つかるだろう。それが失敗につながっていると考えるのは間違いではない。意外に気づきにくいのは、その人の善悪の基準自体が誤っているということである。これは些細なようで重大な問題だ。手本になる人がいないか、あるいは手本の選び方が間違っているために、何が良くて何が悪いかを十分に学べなかったのだ」[7]

古《いにしえ》の英雄、年長者、身近な指導者などを敬うことは大切であるが、ただ誰でも敬えばいいのではなく、敬うべき人を正しく敬う必要がある。敬うにも、そのための能力がいるということだ。そして、正しく敬う能力を身につけるためには、過去にどのような偉大な人がいて、どういう点が偉大だったのかを教わる必要があるだろう。過去の偉大な人物の素晴らしい言動について知れば、善悪を判断する力がつくだけでなく、自分も正しいことをしたいという強い動機が生まれる。

学校教育には物語が欠かせない。物語は事実と同じではない。脚色され、美化されて、事実とは大きく異なる物語もあるだろう。ただ、多くは生徒の模範となる人物の物語だ。たとえば、ペリクレス、アウグストゥス、ユダ・マカバイ、ジョージ・ワシントン、ジャンヌ・ダルク、ドリー・マディソンなどが題材になる。ジェームズ・デヴィソン・ハンターによれば、その人が信仰に篤いかどうかは、模範となり得るかどうかにはあまり関係がないという。ハンターはまた、次のように書いている。「信仰心はさほど必要がないが、真実を強く信じる心は非常に重要となる。常に変わらぬ良心を持ち、共同体の中で制度化された道徳的習慣を順守していることが大切である。その場しのぎのご都合主義で生きている人間には人格は育たない。また、短時間で簡単に人格を身につける方法はない。セーレン・キェルケゴールが人格は『刻み込まれるもの』と言ったのは間違いなくそういう理由からだろう。深く刻み込もうとすればそれだけ時間がかかるのだ[8]」

ＶＭＩは学問的にはさほどレベルの高い学校とは言えず、マーシャル自身も在校当時は良い生徒ではなかった。しかし、生徒が模範とすべき存在が誰なのかを明確に示してくれる学校ではあったし、いかにして自制心を保ち、道徳を守るか、そのために有効な生活習慣を叩き込んでくれる場所でもあった。大人になってからのマーシャルは、すべてにおいて無欠であることを強く望んでいたように見える。現代では、小さな短所は気にせずに、長所を大きく伸ばせという指導がなされるのが普通だが、彼は小さな短所の一つ一つが許せなかった。小さな欠点であっても、そのすべてをなくすよう努めた。

ＶＭＩでは、より大きな喜びのために、目の前の小さな楽しみを捨てることの大切さも教えていた。学校では、たとえ特権階級の生まれであっても他の者とまったく同じ厳しい環境に耐え抜かねばならなかった。家にいれば享受できたはずの贅沢を捨て、これからの人生で出会う困難に耐えられるだけの強靭さを身につけることを求められる。マーシャルはその禁欲主義的な厳しい環境に順応していった。入学一年目の生徒は夜、寮の大きな窓を開け放したまま寝なくてはならない。そういう規則になっている。冬には、朝起きると自分の身体に雪が積もっていることもある。

　入学のため学校に来る一週間前にマーシャルは、腸チフスにかかってしまった。そのせいで一人だけ、他の新入生よりも一週間学校への到着が遅れることになった。それだけでもすでに新入生にとっては十分に大変なことである。しかも、病み上がりで青白い顔をし、北部のアクセントで話す彼は、望んだわけでもないのに上級生に注目されてしまった。マーシャルは、「ヤンキーネズミ〔ヤンキーは、南北戦争当時、南部の人間が北部人を呼ぶのに使った蔑称〕」あるいは「パグ」とあだ名された。鼻の少しつぶれた顔がパグ犬に似ていたためだ。マーシャルはしばらくの間、トイレ掃除など退屈な仕事ばかりで日々を送ることになった。しかし、そういう扱いに彼は反感を持つこともなかったし、反抗的な態度を取ることもなかったという。マーシャルは当時をこう回想する。「私は、そうした雑用を他の生徒たちとは違ったふうにとらえていた。どこか哲学的に考えていたとでも言おうか。いずれにしろ、どれもが自分の仕事のうちであり、受け入れて最善を尽くすしかない。他にできることはないのだ[9]」

　新入生の時には、先輩からのしごきもあった。たとえば、床の穴に銃剣を一本ねじ込んで立てた上に、裸でしゃがまされたこともある。この儀式は「シッティング・オン・インフィニティ（無限の上で座る）」と呼ばれており、新入生の一種の通過儀礼だった。しゃがんでいる腰の位置が少しでも低すぎると、銃剣の先が刺さってしまう。上級生たちが見ている中、腰を適度な高さに持ち上げた姿勢のまま持ちこたえなくてはならないのだ。もちろん、いつまでも耐えられるわけではないのだが、腰を落としてしまうわけにはいかないので、穴の外にうまく倒れなくてはならない。マーシャルもそうしたのだが、倒れる時に尻の右側をかなり深く切ってしまった。幸い、大事にはいたらなかった。そんなしごきは、当時としてもひどいもので、校則にも違反していた。そのため上級生たちは慌ててマーシャルを医務室へ連れて行った。しごきがばれると自分たちは窮地に追い込まれる。自分が何をされたのか、マーシャルが話せばおしまいだ。彼らはとても怯えていた。ところが、マーシャルは誰にも何も話さなかった。その完全な沈黙によって、彼は一気に皆の尊敬を勝ち得た。かつてのクラスメートの一人はこう話す。「その時から、誰も彼の北部のアクセントなど気にしなくなった。きっと誰にもわからない言葉を話しても、受け入れられたに違いない[10]」

ＶＭＩでもマーシャルは学業の面では優秀とは言えなかった。しかし、訓練での彼は優秀だった。取り組み方が真面目で、協調性もあり、すべきことを常にきちんとこなしていた。自制心があり、統率力にも優れていた。マーシャルはまず外見から整えていた。背筋を伸ばした良い姿勢をいつも保っていたし、あいさつは明るくさわやか、人の目を真っ直ぐに見て話す、アイロンのかかった清潔な服。彼の内面がそのまま表に出ていたということだろう。

入学一年目か二年目の時、フットボールの試合で右腕の靭帯《じんたい》を断裂するという大けがを負ったが、医者に見せることはせず、自然に治るのに任せた（二年ほどを要している）[11]。ＶＭＩの士官候補生は、毎日必ず、目上の人間に対して立て続けに敬礼をしなくてはならない時がある。つまり、右腕を何度も上げなくてはならないということだ。二年間は右腕を肘より高い位置に上げると強い痛みが走ったので、その間はきっと非常に辛かっただろう。

彼の態度はこのように言ってみれば総じて堅苦しい。今の時代にはまったく流行らない。今の時代は、多の人が自然でリラックスした態度を好む。無理をしているように見られることをとても恐れる。だが、マーシャルが当時住んでいた軍の世界は違った。その世界では、偉大な人間とは生まれるのではなく、作られるものだと信じられていた。偉大な人間を作るにはそのための鍛錬、訓練が必要になる。最終的に変えなくてはならないのは人間の内面だが、そのためにはまず、目に見えるところを変化させる必要があるとも考えられていた。自分を律することができる人間になるには、日頃からそのための訓練をしなくてはならない。真に礼儀正しい人間になるには、まず表面的にでも礼儀正しい態度を取る訓練が必要だ。真の勇気を身につけるには、まず自分の恐怖心に逆らって動く訓練をする。真に沈着冷静な人間になるには、まず顔の表情だけでも常に変わらないよう訓練する。最初に具体的な行動があって、はじめて内面が変わるのだ。

ここで重要なのは、とっさに生まれる感情と行動とを切り離すということだ。感情が行動に直結するようではいけない。そして、一時的な感情の力をできる限り弱めることも大切だ。

人間だから、誰しもとっさに恐怖を感じることはあるだろう。だが、行動がその恐怖に影響されてはいけないのだ。甘いものを食べたいという感情が起こっても、ただそれに従って食べてしまうのではなく、感情を抑えて食べないということもできるはずだ。一時の感情は多くの場合、信用のできるものではないというのが、考え方の基本になる。感情は、人間を支配し、主体性を奪ってしまう。だから信用してはいけない。とっさの怒り、一時の悲しみなどを信用せず、支配されないよう注意する。一時の強い感情は火と同じようなものだ。厳重に管理すれば役立つが、野放しにすると破壊的な力を持ってしまう。

表面的にでも常に礼儀正しく落ち着いた行動を取るよう日頃から訓練をしていると、一時の感情が大きく膨れ上がりそうな時に、それを抑える効果がある。礼儀正しい行動を取ることで、感情がすぐに行動に結びつかない。我に返って冷静になりやすい。非常に厳格で、一見、無意味にも思えるマナーにはそういう効果がある。マナーを守ることが完全に習慣になっていれば、感情を即、表に出すことを防げる。感情に負けて問題行動を起こす恐れは少なくなる。目の前の相手に怒りを感じていたとしても、礼儀正しく応対をしていれば、その間にかなり冷静になる。ただ、マーシャルもその一人だが、礼儀正しい行動が完全に身についた人は、本人が意図してそうしているのだが、他人から見てどうしても重苦しい印象になってしまう。また感情に乏しくつまらない人間にも見えやすい。マーシャルは、ナポレオンやヒトラーのような芝居がかった行動を取る人間を軽蔑していた。ダグラス・マッカーサーやジョージ・S・パットンのように自軍で共に働いた二人の将軍でさえ、マーシャルの目には感情を表に出しすぎると感じられた。

マーシャルの伝記作家の一人は次のように書いている。「いつも鋭い切れ味を感じさせる人というわけではなかった。彼は元来、自分の感情を抑えることが不得手ではなかったのだろう。そういう人が長年、自ら意識して自分の感情を抑え続けてきたことで、ついにはむしろ積極的に感情を抑えたいという願望さえ生まれたようだ。そのおかげで、若い時であればとても抑え切れなかった強い感情も抑えられた[12]」

マーシャルは決して楽しい人ではなかったし、当然のことながら、生き生きとした感情表現などはまず見られなかった。また内省的な人かと言えば、そうでもなかった。たとえば、彼は日記を決してつけようとしなかった。日記をつけると自分自身に意識が集中しすぎるので、それは良いことではないと考えたのだ。自分が他人からどう見えるかを気にするような人間にはなりたくなかった。それに、もしあとになって日記を他人に読まれることになれば何と思われるかわからない、という気持ちもあった。日記についてマーシャルは、一九四二年、ロバート・E・リーの伝記を書いたダグラス・サウソール・フリーマンにこんなことを言っている。「日記をつけると、無意識のうちに自己欺瞞に陥るし、決断を下す必要のある時にそれが遅くなりやすい」特に戦争中は、客観的な物の見方を保ち、「勝利という仕事」に集中しなくてはならない。日記はその妨げになるという[13]。マーシャルは自伝を書いていないし、そのために少しでも時間を使おうとはしなかった。《サタデー・イブニング・ポスト》誌が一〇〇万ドルを超える報酬を提示して、自分の人生について語って欲しいという依頼をしたことがあるが、マーシャルはそれを断っている。自分の話をするのは恥ずかしいことだし、自分が話すことで他の将軍たちを困惑させることがあってもいけないと彼は考えたのだ。[14]

VMIでの訓練は何より、マーシャルに権力の制御の仕方を教えるという意味で重要だった。人間は権力を持つと、元々持っていた性質が強調される。元々下品な人間はより下品になるし、支配欲の強い人間はさらに支配欲が強くなる。地位が上がれば、たとえ悪いところがあっても、それを正直に言ってくれる人、抑えてくれる人は少なくなっていく。だからまだ若いうちに自制心を強くする訓練を受け、自分で自分を抑制できるようになっておくのが一番である。「VMIで私が学んだのは、自分を抑えること、律することだ。それが私の土台となった」マーシャルも後にそう話している。

マーシャルはVMIでの最終学年時に「ファースト・キャプテン」に指名された。ファースト・キャプテンは校内最高の地位である。在学中の四年間、罰点は一つもなかった。この四年間で彼は重々しく威厳ある態度を身につけ、生涯それが彼の人間性の特徴となった。軍事に関することでは、彼は何においても抜きん出ており、当然のようにクラスのリーダーとなった。

VMIの校長だったジョン・ワイズがマーシャルの推薦状を書いている。ワイズは推薦状の中で、いかにもVMIらしい褒め方をしている。「この学校では長年、火薬の原材料とも言うべき人材を育て、送り出しているが、マーシャルはその中でも最良のものだろう[15]」

驚くほど若い時に、マーシャルはすでに軍人ならば誰もが称賛する「秩序ある心」を持っていた。キケロは著書『トゥスクルム荘対談集』の中でこんなことを書いている。「人は、それがどのような人であれ、心を一貫して静かに保つことができ、自分を律することができるのであれば、自分の中に満足を見つけられる。逆境でもくじけず、恐怖にもおじけづくことがない。自分の渇望に負けてしまうこともなく、羽目を外し、無益な興奮に身を委ねてしまうようなこともない。そういう人こそ我々が目指すべき賢い人だし、そういう人こそ幸せな人だ」

軍での仕事

大きな成功を収めた人には、必ず重要な転換点というものがある。それはいわば、何か「コツ」のようなものをつかんだ時だ。マーシャルにその時が訪れたのは、VMI在校中だ。アメリカ陸軍での職位を得るため、マーシャルは政治家の助力を必要としていた。そこで彼は、事前の約束もなしにホワイトハウスまで行った。建物の中に入り、何とか二階まで上がると、そこに警備員がいて「いきなりやって来て、大統領に会わせろと言ってもそれは無理だ」と彼に告げた。だがマーシャルはあきらめず、集団に紛れてまんまと大統領執務室に入ってしまう。一緒に入った人たちがいなくなると、マーシャルはマッキンリー大統領に自分の言いたかったことを言った。マッキンリー大統領の関与がどこまであったのかは定かでないが、一九〇一年、マーシャルは陸軍への入隊試験の受験を許可される。そして翌一九〇二年、無事入隊を果たす。

アイゼンハワーと同じく、マーシャルも大器晩成型の人だった。常にすべき仕事を見事にこなしてはいたが、他人のために働くことが多く、自身はなかなか出世をしなかった。下に置いておくと非常に役立つことから、上官がなかなか手放さず、そのために人を率いる立場になるのが難しかったということもある。「マーシャル中佐は、組織の一員として働くことに強い適性がある。教えること、訓練の指揮をすることで彼に勝る人間は今の陸軍にはいないだろう」という見解を示した将軍もいた(16)。マーシャルは、陸軍の中でも退屈な、裏方の仕事、特に兵站に関わる仕事をさせると天才的な能力を発揮した。だからこそ、余計に最前線に出られないということになってしまった。三九歳の時、第一次世界大戦での任務も終わろうかという頃、マーシャルの階級はまだ中佐にとどまっていた。前線での戦闘を指揮した年少の者たちが何人も彼を追い越した。一人に追い越されるごとに彼は自分に失望し、辛い思いをすることになった。

しかし、マーシャルはそのままでは終わらなかった。どうすれば上に行けるのかを少しずつ理解していったのである。フォート・レヴンワースでのVMI卒業後の訓練を受けた頃から、マーシャルは独学を始めた。在校中の学業成績は惨憺たるものだったが、それを埋め合わせるべく、自ら勉学に励むようになったのだ。マーシャルはフィリピンへと送られた後、アメリカ南部、次に中西部へと任地を変え、工学将校、兵器科将校、後方補給係将校、兵站将校など、様々な仕事を経験した。いずれも裏方の目立たない仕事ばかりである。毎日がほぼ同じような雑用の繰り返しで単調に過ぎていき、いくら努力をしても目覚ましい成果が得られることはない。だが、細部まで気を配れるマーシャルの注意力、そして彼の並外れた忍耐力が、あとになってマーシャルを大いに助けることになる。自身はこのように回想している。「真に偉大なリーダーとは、あらゆる苦境、困難を乗り越える人間のことだ。軍事行動や戦闘も、突き詰めれば、苦境や困難の長い連続にすぎない。そのすべてを乗り越えなくてはならないのだ(17)」

彼にも自我はあったが、それをうまく昇華させてエネルギーに変えていた。実際、マーシャルはこんなふうに言っている。「上官の考え方に賛同できず、不満がたまることも多かったが、不満がたまるほど、それが自分に与えられた任務を果たすためのエネルギーとなった」伝記作家たちは、対象となる人物のことを事細かに調べあげる。マーシャルの伝記作家も同じだった。しかし、マーシャルの場合に特徴的なのは、どれほど探しても、道徳的に問題のある行動というのがまったく見つからないことだ。何か判断を誤って失敗したことは何度もある。だが、不倫をした、友人を裏切った、悪質な嘘をついた、といった話は一切ない。自分を含め、誰かの名誉を傷つけるようなことは一切していない。

昇進は遅かったが、目立たない雑事であっても見事にこなしてみせるマーシャルは次第に評価を高めていく。その評判は徐々に広まっていった。軍の花形と言える場所にはいなかったが、それでも着実に実績はあげていた。一九一二年には、アメリカ国内で行なわれ、将兵合わせて一万七〇〇〇人が参加した大規模演習の管理業務を担当している。一九一四年には、フィリピンで行なわれた実戦演習で、マーシャルは四八〇〇人の兵士から成る侵略軍を事実上、率いることになった。そして、相手の裏をかく戦術で、防衛軍に勝利した。

第一次世界大戦では、アメリカ外征軍（AEF）参謀総長の補佐官として、フランス第一師団で働くことになった。それはアメリカ陸軍としては、ヨーロッパで最初に展開した師団だった。一般にはあまり知られていないことだが、マーシャルはこの戦争で多くの戦闘を目の当たりにしている。危ういところで弾丸をよけたこともあるし、爆弾がすぐそばに落ちたことも、毒ガス攻撃を受けたこともあった。当時のアメリカ人の中に、第一次世界大戦をこれほどじかに体験した人は多くなかったはずである。マーシャルに課せられた仕事は、AEFの本部に情報を伝達することだった。前線の補給状況、あるいは前線の位置、兵士の士気といった情報を的確に伝える。つまり、ほとんどの時間をフランスの前線かそのそばで過ごすことになる。塹壕《ざんごう》を出入りしながら、兵士の様子を間近で見て、彼らが今、何を最も切実に必要としているかを知る。

前線から本部に無事に戻って来ると、マーシャルは上官に自分の見てきたことを報告する。そして、本部から前線への、あるいは前線から本部への、次の大規模行動のための兵站の計画を立て始める。一度の作戦行動でマーシャルが管理しなくてはならない人員は六〇万人にものぼり、物資や弾薬およそ九〇万トンも彼の管理下にあった。それだけの人員と物資を前線のある区域から別の区域へと滞りなく移動させなくてはならない。戦争中に発生する兵站業務の中でも、おそらく最も複雑なものだろう。この時のマーシャルの仕事ぶりは後に伝説になったほどで、一時は「ウィザード〔魔法使い〕」というニックネームでも呼ばれていた。

一九一七年一〇月、マーシャルのいた部隊がジョン・〝ブラック・ジャック〟・パーシング将軍の訪問を受けたことがあった。パーシングは当時、AEFの総司令官だった。パーシングは、部隊の訓練が十分でなく、戦果もあがっていないことを見咎《みとが》めた。そして、マーシャルの直接の上官で部隊長だったウィリアム・シバート将軍や、彼の二日前に来たばかりの補佐官を叱責したのだ。当時、大佐だったマーシャルは、今こそ自分が犠牲となって事態を収拾すべきだと考えた。彼は自ら歩み出て、将軍に現状を詳しく説明しようとした。しかし、すでに怒り狂っていたパーシングはマーシャルを黙らせた。一切、話を聞かず、その場を立ち去りかけたのだ。この時、マーシャルはもしかするとその後、軍にいられなくなったかもしれないほどの行動に出る。立ち去ろうとするパーシングの腕に手をかけて、歩みを止めたのである。その上で、彼の叱責に強い口調で反論した。パーシング自身が責任者となっている本部にいかに多くの問題があるかを大変な勢いでまくしたて、相手を圧倒した。補給物資も十分でないし、部隊の配置にも誤りがあり、輸送のための車両も不足している。さらにその他にも看過できない問題点が多数あると訴えた。

マーシャルが話し終えると、その後、長い沈黙があった。マーシャルの大胆さに、その場にいた全員が驚いて立ち尽くしてしまった。パーシングは疑わしげな目でマーシャルを見ていた。思いがけない攻撃に身構えているようでもあった。パーシングはマーシャルに対してこう言った。「確かに君の立場なら、我々の抱える問題はよく見えるだろうな」

マーシャルはこう答えた。「おっしゃるとおりです、将軍。しかし、問題は毎日発生します。それも多数発生するんです。しかも、どれも夜までに解決しなくてはなりません」

パーシングはそれには答えず、大股歩きで憤然と立ち去って行った。同僚たちはマーシャルに感謝したものの、同時に「君の軍でのキャリアはおしまいだな」とも言った。ところが実際にはそうならなかった。パーシングは若いマーシャルに目を留め、自分の副官とした。そしてマーシャルにとって最も重要なメンターとなったのである。

ショーモンの本部で一般幕僚となるよう指示する手紙を受け取ったマーシャルは大きなショックを受けた。前線で兵士を指揮する地位に昇進することを切望していたのに、指示されたのがまったくそういう地位ではなかったからだ。だが、彼は即座に荷物をまとめ、一年以上、ともに働いた仲間たちに別れを告げた。この頃には、公式の報告書以外に、慣れ親しんだ場所を離れることについて彼にしては珍しく感傷的な文章も書き残している。


フランスで一年以上にわたり親しくしていた人たちの前で平静を保つことは難しい。私たちはいわば皆、囚人のようなもので、同じ場所に閉じ込められ、同じ試練、苦難を経験してきた。それが私たちを強く結びつけていたのだ。彼らが城の広い戸口に集まっていた様子が今も目に浮かぶ。私を親しげにからかう声、愛情のこもった別れの言葉は今も聞こえる。キャデラックに乗り込んだ時のことは強く心に残っている。走り去る時

には、次に会えるのはいつ、どこでだろう、などとはあえて考えないようにしていた。(18)

六日後、第一師団は大規模な攻撃作戦に参加することになる。結果的にドイツ陸軍を大幅に退却させることになる反撃作戦だ。七二時間という短い間に、戸口でマーシャルを見送ってくれた者たちの大半、佐官、大隊長は全員、そして中尉は四人が死亡、あるいは負傷した。一九一八年、フランスでマーシャルは間もなく准将に昇進というところまで行ったが、そこで戦争は終わる。結局、准将に昇進するまでには、それから一八年という時間を要することになった。帰国したマーシャルは、その後五年間、パーシングの下で書類仕事に明け暮れる。上官に仕えてよく働いたが、それは自身の昇進にはほとんど結びつかない。それでもマーシャルは勤勉に働き続け、自分の属する組織であるアメリカ陸軍のために力を尽くした。

組織

個人が自分の価値観を所属する組織に合わせて変えるなどということは、現在では稀なことだろう。私たちは今、組織というものに対し、漠然とした不安を抱いている。そういう時代なのだ。特に大きな組織に対して不信感を抱く人は多い。もちろん、それは私たちがそうした大組織の失敗を何度も目にしてきたからでもある。だが、現代が「大きい私」の時代であるということも大きな要因だろう。何よりも個人を優先する時代なので、必然的に組織は後回しになるということだ。私たちは、自分の思いどおりに行動できる自由、自分の生き方を自分で選べる自由を非常に大事にする。一定の組織や制度に合わせるために自分らしさを犠牲にすることは決してない。私たちは、人生の目的は個人として能力を最大限発揮し、個人としてできる限り豊かに生きることだと思い、それを当然のことだと考えがちだ。所属する組織も、少しでも自分に合わないと思えば簡単に別のところに変える。人生の意味は、自分という人間を自分の力で作っていくことにあると考える。あらゆる努力はその目的のためにするし、あらゆる選択もそのためにする。

現代では、組織人間になりたい人などまずいない。既成の大企業よりも、小規模の新興企業の方に好感を持つ人が多いし、既存のシステムに与《くみ》するよりも、それに逆らう人、システムを攪乱《かくらん》させる人の方に人気が集まる。大きな組織の中にも絶え間なく改善・改革をしていこうとする人たちはいるのだが、彼らの評価は個人で何かをする人に比べると低くなりがちだ。特に若い人たちは、大きな問題であっても、小規模なNGOや個人の起業家たちが大勢で連携すれば解決できると信じている。そういう教育を受けて育ってきているからだ。階層的な大規模組織などは、もはや彼らにとって恐竜のような過去の遺物だ。

このような価値観は、当然、大規模な組織の衰退へとつながっている。編集者のティナ・ブラウンも言っているとおり、今は「既存の枠にとらわれない考え方をしよう」と言われても、既存の枠そのものが衰え、弱くなってきている。

マーシャルは現代の私たちとは大きく違う、組織優先の考え方を持つ人だった。これは、歴史というものを強く意識する考え方である。この考え方では、何より重要で優先されるのは社会だとされる。社会とは、組織の集合体である。長年にわたり、世代を超えて存続してきた組織が集まってできているのが社会ということになる。人間は、何もない野原に生まれて来るわけではない。長い歴史を持つ社会の中に生まれてくる。歴史を持つだけに、社会は白紙の状態ではなく、その人が生まれる前からできあがっているものがたくさんある。人間は、永続的な組織の集合の中に生まれてくる。永続的な組織の中には、たとえば軍隊があり、教会や各種学術団体などもそうだ。それから職業を同じくする人たちの集団も永続的な組織と言えるだろう。農業従事者、建設業者、警察官、教師などの集団がそうだ。

人生は誰もいない、何もない野原を歩いて行くのとは違う。私たちは必ずいずれかの組織に属することになり、その組織に自分の身をある程度、預けることになる。属する組織のほとんどは、私たちが生まれる前から大地に根を下ろすように存在しており、私たちが死んだあともおそらく長く変わらずに存在し続ける。どの組織も、すでに亡くなった人たちから贈り物を受け取っている。そして、組織に属した人たちは、それを存続させ、改善していく責任を負う。より良い状態にして次の世代へと渡す責任があるのだ。

組織には必ず、昔から決まっている規則があり、属する人たちが果たすべき義務がある。また、何を良しとして、何を良しとしないかという基準もある。たとえば、ジャーナリストの集団の中では、自分たちが取材の対象とする人やものからは距離を取るということが良しとされる。科学者の集団にも、研究をどう進めるべきか、自身の立てた仮説をどう検証し、自説をどのようにして実証すべきか、という規則が存在する。教師であれば、たとえば「生徒はすべて平等に扱わねばならない」、「生徒の成長に役立つならば、時間外に働くこともいとわない」という暗黙の規則があるだろう。まず組織があり、そこに順応し、従属することではじめて、私たちは人間になれる。さほど深く考えなくても、組織の習慣、規則に従って生きていれば、私たちは比較的容易に「良い人間」になれるとも言える。どの習慣も規則も時の試練を経たものなので、それに従ってさえいれば、そう大きく間違えることはないだろう。そして、組織に順応して生きている限り、私たちは孤独ではない。時を超越する共同体の中にいることを許されれば、一人で生きる必要はない。

組織人間が先人を敬うのは、組織というもののあり方からして当然だろう。組織もその規則も自分よりも前からあり、自分の後にも存在し続けるのだから、一時的にそこに身を置くだけの自分は謙虚にならざるを得ない。その時々だけを取ってみると、組織の規則を守ることが、必ずしも最良の結果につながらないこともある。だが、規則はそれを守る人たちのアイデンティティの一部となっている。教師にも、スポーツ選手にも、医師にも、その職業ならではの規則がある。それを守るかどうかは個人が勝手に選択すべきではない。たとえ「今はこの規則は守らない方がいい」と直感したとしても、古くからの規則は簡単には否定できないのだ。忠実に規則を守ることが、組織、職業への献身であり、それが人生を形作り、人生を決定づけていく。天職を見つけることと同様、組織、職業への献身は、個人の人生を超越している。

その人が何者かを決めるのは、社会における役割である。個人と組織の間の関係は、神と人間の関係に似ている。両者の間には暗黙のうちに契約が交わされている。この契約は世代から世代へと受け継がれるものだ。あるいは、個人は生まれながらに組織に負債があり、それを返済しなくてはならない、という言い方もできる。

たとえば、あなたが大工だとしたら、もちろん技術は重要だが、ただ目の前の作業をうまくこなすだけでは十分ではない。個々の作業を超えた奥深い意味をよく理解していなくてはならない。深い意味を理解し、その職業を全うしようとすれば、人生の大半の時間を取られることになるが、それと引き換えに使命を果たしたという充足感が得られ、この世界での自分の居場所も確保できる。自分の職業の持つ意味を理解し、仕事に没頭すれば、自我は姿を隠す。自我の生み出す不安や無慈悲な欲求なども抑え込むことができる。

マーシャルは、自分の属する組織の求めるように生きた。二〇世紀に生きた人の中でも、マーシャルほど尊敬された人物は多くないだろう。彼はすでに存命中から多くの人に尊敬されていた。近くで見ていて本人をよく知っている人たちからも深く尊敬されていた。ただ、それだけに、マーシャルのそばにいて、心からくつろげた人は少なかった。アイゼンハワーですら、マーシャルと打ち解けることはできなかった。完璧な克己心、自制心を身につけた彼は、そのために他人に対する態度がよそよそしくなっていた。特に制服を着ている時は、誰にもくつろいだ態度を取ることがなく、誰とも心から打ち解けることはなかった。いついかなる時も、誰がそばにいても、彼は常に冷静さを保ち、態度を変えることがなかったのである。

愛と死

そんなマーシャルにも私生活はあった。だが、私生活は、公人としての彼とはまったく切り離されていた。今の時代には、仕事を家に持ち帰る人は珍しくない。家にいて、スマートフォンで仕事のメールに返事を書くこともよくある。しかし、マーシャルにはそんなことはあり得ない。仕事と私生活はまったく別のものだからだ。仕事と私生活では、感情も行動パターンもまるで違ってくる。家庭は彼にとって、この苛酷な世界の中で唯一の安息の場だった。そこで中心になっていたのは、妻のリリーだった。

ジョージ・マーシャルが、友人たちにはリリーと呼ばれていたエリザベス・カーター・コールズに求婚したのは、VMIの最上級生だった頃だ。彼女に会うために、移動中だった車から夜中にこっそり抜け出したこともある。下手をすれば学校から除籍になりかねない危険を冒したのだ。リリーは六歳年上で、マーシャルの上級生や卒業生、そして彼の兄のスチュアートなど何人かが彼女を狙っており、皆、何とか気を引こうと努力をしていた。彼女は人目を引く、どこか神秘的な印象のある美人で、レキシントンで最高の美人という評判もあった。「私は真剣に恋をしていた」マーシャルはそう回想する。その言葉どおり、彼は本気だった。(19)

VMI卒業後すぐの一九〇二年、マーシャルはリリーと結婚する。彼はリリーと結婚できたことをとてつもない幸運だと感じており、感謝の気持ちは最後までなくなることはなかった。彼のリリーに対する態度は、常に変わることない思いやりにあふれていた。結婚後間もなく、リリーは甲状腺疾患で、そのせいで心臓がとても弱くなっていることがわかった。つまり、生涯、彼女は半分病人のように扱わねばならないということだ。子供を産むことは危険すぎてできない。無理をすれば、出産で彼女が死んでしまう可能性がある。それでもマーシャルのリリーに対する献身的な愛情、感謝の気持ちは弱まるどころかますます深まった。

マーシャルは喜んでリリーに尽くした。心臓に良くないので、なるべく驚かせないようにし、いつも安心していられるよう細心の注意を払った。良いところに気づけばすぐに彼女を褒めた。細かいことにも絶えず最大限気を配っていた。たとえば、リリーがバスケットを二階に置き忘れて、取りに行こうとしたとしても、マーシャルは彼女が立ち上がることすら許さず、即座に自分で取りに行った。マーシャルは貴婦人に尽くす騎士の役を務めた。リリーはそんな彼を時々からかって面白がった。彼女はマーシャルが思うよりは丈夫で、能力もある人だったのだが、マーシャルにとっては彼女の世話をすることが喜びだったのだ。

一九二七年、リリーが五三歳の時、彼女の心臓の病気は悪化した。ウォルター・リード陸軍病院へと運ばれ、八月二二日に手術が行なわれた。その後の回復はゆっくりだったが着実なものだった。そうなるとマーシャルはいよいよ熱心に彼女の世話をするようになり、彼女が望むことは何でもした。そのかいあって、リリーは順調に回復しているように見えた。そしてついに九月一五日、「明日帰宅してもよろしい」という許可が出た。彼女は座って母親に手紙を書いていた。ところが「ジョージ」という名前を書くと、そのまま崩れ落ち、亡くなってしまった。医者の話では、家に帰れるという喜びで興奮したために、心臓の鼓動が乱れたのではないかということだった。

その時、マーシャルはワシントンの国防大学で授業をしているところだった。守衛が教室に行き、マーシャルに電話がかかってきたと伝えた。守衛は、彼を小さな事務室まで連れて行った。電話に出たマーシャルはしばらく話を聞いた後、机に突っ伏した。守衛は「私でよろしければ何かお役に立てることはありませんか」と尋ねたが、マーシャルは静かにそして淡々とこう答えた。「いいえ、スロックモートンさん。私の妻が、今日うちに帰って来るはずだったのですが、たった今、息を引き取ったそうです」

その言葉遣いや、少し時間がかかっても守衛の名前を思い出して（マーシャルは人の名前を覚えるのが得意ではなかった）呼びかけたところから、どのような時でも自制心を失わなかった彼の人となりがよくわかる。

マーシャルは妻の死に打ちのめされた。彼は家の中を彼女の写真で埋め尽くした。どの部屋のほぼどこにいる時でも妻が自分の方を見ているようにしたのだ。リリーは彼にとって単なる愛する妻ではなく、誰よりも信頼のできる友人でもあった。彼にとってそんな友人は彼女一人しかいなかった。マーシャルがどれほどの重荷を背負っているのか、それを目の当たりにできる特権を持っているのはリリーだけだった。また、重荷に耐えられるよう助けるのも彼女の仕事だった。なのに、残酷にも突然、彼は一人取り残されてしまったのである。

自身も妻を亡くし、三人の娘も亡くしていたパーシング将軍からはお悔やみの言葉が届いた。マーシャルはそれに応え、妻を失って今、自分がどれほど辛い気持ちでいるかを伝えた。

「この二六年間、誰よりも親密だった人です。そんな人は、子供の頃から今まで、彼女の他にはいません。一人残された今、私はこの先待ち受ける人生に順応するようできるだけの努力をするしかありません。何かの親睦クラブにでも入って仲間を見つけるか、気晴らしに運動でもして、そこで同好の士と交流するか。もちろん、作戦計画の立案など責任ある仕事を任されれば、それに全力を注ぎ込めばいいのでしょう。私はそちらの方がうまくやれる気がします。どちらにしても、何とか生きていくほかはありません(20)」

リリーの死はマーシャルを変えた。寡黙で堅苦しかったのが、少し温和になり、話もするようになった。訪問者を楽しませて引き止めようとしているようだった。そうして孤独を紛らわそうとしていたのかもしれない。手紙の文面も次第に変化していく。時がたつにつれ思慮深くなり、相手に対する思いやりの気持ちもはっきりと言葉にするようになっていく。マーシャルは軍の仕事に身を捧げており、仕事で消耗する時期もあったが、いわゆる「ワーカホリック」では決してなかったのである。健康を損なうことのないよう注意もしていた。夜中まで仕事をするようなことはあまりなく、夕方頃には切り上げ、外に出て乗馬に出かけたり、散歩をしたりしていた。可能な限り、部下にも自分と同じようにせよと促したし、時には命令することさえあった。

プライバシー

マーシャルはとてもプライバシーを大切にした人だった。今の多くの人たちとは違い、私人としての顔と、公人としての顔を明確に分けていたということだ。彼が親しいと思っている人たちと、それ以外の人たちをとても明確に区別していたということでもある。彼が信頼を寄せ、愛情も感じている人たちと接している時には、軽妙にユーモアを交えた会話を楽しむこともあった。しかし、それ以外の人たちに対しては、極めて礼儀正しく、控えめな態度で接していた。誰かをファーストネームで呼ぶなどということはまずなかった。

こうした彼の生き方は、フェイスブックやインスタグラムが普及した現代の生き方とは明らかに違っている。先述のフランシス・パーキンズにも言えることだが、マーシャルのような人にとって、「本当に親しい」とみなせる人はごくわずかしかいないのだろう。親しい人とそうでない人の間の境界が明確にあって、その境界線を超えるまでには、長い間の関わりが必要になる。短期間で親しくなることはなく、長い間互いに関わり合う中で徐々に信頼を築くしかない。親しくなるのは容易ではないが、親しくなった時に得られる満足感は素晴らしい。ツイッターなどのソーシャル・メディアにしろ、直接会うにしろ、何度か軽く会話を交わしただけでは決して得られるものではないだろう。

人と接する時のマーシャルの礼儀正しい態度は、彼の内面の反映でもあった。決して無理をしているわけではなく、元来が上品な人だったからこその態度だった。フランスの哲学者、アンドレ・コント＝スポンヴィルは、表面的な態度が丁寧であることは、大きな美徳を持つための必須条件であると言っている。「人が道徳的であるとは、心が礼儀正しいということ、内面の礼儀作法を守ること、心に課せられた規則・義務を守ることである」というのだ。(21) まずは表面的にでも礼儀正しく振る舞っていると、時間がたつにつれ次第に心から他人を思いやれるようになっていくという。

マーシャルが思いやりのある人であることは間違いなかったが、どうしても相手に堅苦しい印象を与えるために、友人はなかなかできなかった。彼は噂話というのが大嫌いだった。特にいかがわしい話にはあからさまに不快感を示した。また、アイゼンハワーが得意としたような、男性どうしのばか話も好きではなかった。

早い時期にマーシャルの伝記を書いたウィリアム・フライはこんなふうに記している。

マーシャルは控えめで自制心の強い人であり、情熱はあっても、それを心の深いところにしまい込んでいる。そして心の奥で満足が感じられれば、それ以上のものはあまり求めない。多くの人から目に見えるかたちで称賛される必要はないし、称賛を欲しがるようなそぶりも見せない。ただ、そういう人間はとても孤独である。感情を表に出すことが少ないので、他人からは心の内がわかりにくく、共感することが難しいのだ。人間は自分だけで完結することはなく、他人と何かを分かち合うことではじめて本当の満足感を得る。幸運であれば、誰か一人、二人と分かち合えるものが見つかり、満足できる。相手が二人を超えることは少ない。愛する人と、そして親友、その二人にさえ心を開ければ十分だ。[22]

改革者

マーシャルが深い悲しみを少しでも忘れるには、結局、仕事に打ち込んでそこでエネルギーを消耗するしかなかった。一九二七年の終わり、マーシャルは、フォートベニングの陸軍歩兵学校に赴任するよう指示される。彼は礼儀作法の面では保守的だったが、作戦行動という面では過去の伝統にとらわれる人ではなかった。軍のやり方が、伝統や習慣にとらわれて硬直化していると感じた時には、遠慮なく異議を唱えた。歩兵学校にいた四年間で彼は同校の訓練に革命的な変化をもたらした。第二次世界大戦で重要な役割を果たした将校の多くが当時の同校に在籍していたことを考えると、マーシャルはアメリカ陸軍そのものを改革したとも言える。

彼が赴任した頃、陸軍歩兵学校の授業計画は、現実にはとてもあり得ないような前提に基づいて作られていた。自軍、敵軍の全部隊の配置を全将校が完全に把握しているという前提だったのだ。そこでマーシャルは、演習の際、皆に一切地図を渡さないか、あるいは古くて実状と合っていない地図を渡すことにした。その上で、実際の戦争では地図などないか、あっても役に立たないどころか害になることすらあると伝える。また、マーシャルはとても重要なことを教えた。それは、何をどう決断するかも大事だが、いつ決断するかも同じくらい大事だということだ。遅れたタイミングで完璧な策を講じるよりも、策そのものは稚拙でも早いタイミングで講じる方がずっといい。マーシャルが赴任するまで、歩兵学校では教官があらかじめ原稿を用意し、それを読むだけの講義がずっと行なわれていた。マーシャルはまずそれをやめさせた。その他、補給体系について記した一二〇ページに及ぶマニュアルがあったが、彼はそれを一二ページにまで縮めさせた。経験の浅い兵士にも簡単に訓練ができるようにするためと、命令系統の下の方にいる人間にもある程度、自由裁量の余地を残すためだ。

歩兵学校で大きな業績をあげたマーシャルだったが、それでも昇進が速まることはなかった。陸軍では、業績よりも年功で昇進が決まることが多かったせいもある。しかし、一九三〇年代になり、ファシストの脅威が迫ってくると、その人の業績を重視する傾向が強まる。おかげで、ついにマーシャルが大幅に昇進するようになった。年功が低くても一気に昇進して、ワシントンに行き、権力の中枢に入り込んだのだ。

参謀総長に

一九三八年、フランクリン・ルーズベルト大統領は、軍備増強の計画を立てるための閣議を開いた。大統領は、次の戦争は陸軍ではなく、空軍、海軍の力でほぼ勝敗が決まるだろうと言った。彼は部屋を見回し、皆が賛同しているかを確かめようとした。思ったとおりおおむね賛成のようだ。最後にルーズベルトは、新たに参謀副長になったばかりのマーシャルに向かってこう尋ねた。「そう思わないか。ジョージ」

「恐れながら、大統領閣下、私はまったくそうは思いません」マーシャルはルーズベルトの意見に反論し、地上部隊がいかに重要かを説いた。大統領は思いがけない反論に仰天し、すぐに閣議を終了させた。大統領がマーシャルをファーストネームで呼んだのはこれが最後だった。

一九三九年、ルーズベルトは、退役する陸軍参謀総長の後任を選ばねばならなかった。参謀総長は陸軍では最高の地位である。当時、マーシャルは年功の順位で言えば三四位だったが、次期参謀総長の座は、マーシャルとヒュー・ドラムとの争いになった。ドラムは有能な将軍だったが、態度は尊大だった。参謀総長になるべく多額の費用をかけ、あからさまな運動をしていた。多数の人々に推薦状を書いてもらい、マスコミにも好意的な記事をいくつも書かせた。対照的に、マーシャルはそうした運動を一切、拒否した。自分の代わりに誰かが運動しようとしても止めた。ただ、マーシャルにはホワイトハウスに鍵になる友人が何人かいた。中でも重要だったのはハリー・ホプキンズである。ホプキンズはルーズベルトの側近で、ニューディール政策においても大きな役割を果たしていた。ルーズベルトは結局、個人的にはほとんど親しみを感じていなかったマーシャルを次期参謀総長に選んだ。

戦争とは、失敗の連続であり、ストレスのたまる出来事の連続である。第二次世界大戦が始まった当初から、マーシャルは能力のない者は容赦なく要職から外していかざるを得ないと覚悟していた。同じ頃、マーシャルは二人目の妻、キャサリン・タッパー・ブラウンと結婚した。彼女は元女優で、強烈な個性を持つ美しい女性だったが、立ち居振る舞いは非常に上品で、マーシャルにとっては妻であると同時に、最高の友人ともなった。マーシャルは彼女にこう話した。「私は感情表現が豊かな方ではない。理詰めで考える人間だ。感情表現は他の人に任せたい。また私は立場上、怒りに身を任せるようなことはできない。それは命取りになる。しかも怒りはそれだけで消耗につながる。私は頭脳を常に明晰に保たねばならない。疲れた顔をすることとすら私には許されないのだ(23)」

マーシャルは、能力がないとみなした者は実際に情け容赦なく排除していった。その中には、共に戦ってきた仲間と言える人たちが何百人も含まれていた。「あの人は良い友人でした。でも、私の夫を破滅させてしまいました」マーシャルによって要職から外された高官の妻はそう話していた(24)。マーシャルはある夜、キャサリンに「もう『ノー』ということに疲れたよ。ノーというたびに力を吸い取られる気がする」と漏らしたことがある。アメリカの参戦が間近に迫る中、マーシャルは早急に軍の体制を整えなくてはならなかった。その時、彼は妻にこんなふうに話していた。「誰かを外す時に、その人のどこがいけないかを言うのは簡単なことではない……この頃、私は毎日のようにその難しいことをしなくてはならない。ずっと困難に立ち向かっている(25)」

そうした困難を経験した後のマーシャルの成熟した人間性は、一九四四年にロンドンで開かれた記者会見での彼の態度からもうかがえた。マーシャルは会見の会場にメモも書類も一切持たずに入って来て、すぐに記者たちに一人ずつ質問をするよう促した。三〇数個の質問に答えた後、マーシャルはまず戦争の現状について詳しく説明し、今後の展望、戦略目標、さらにそれを達成するための戦術の詳細などについても話した。その間、一方向だけを見るのではなく、少し話すごとに意識して違う記者に顔を向けるようにしていた。四〇分に及ぶ会見が終了すると、マーシャルは記者たちが時間を割いてくれたことへの感謝を述べた。

第二次世界大戦で活躍した将軍たちの中には、マッカーサーやパットンのように映画に出てくるような華のある人物も何人かいたが、一方でマーシャルやアイゼンハワーのように地味でなかなか映画にはしづらい人物もいたし、その方が多かった。ほとんどの将軍たちは生真面目なまとめ役であり、エンターテイナーのように自分が前に出るようなタイプではなかった。マーシャルは、大声をあげたり、テーブルを叩いたりする将軍を嫌悪していた。彼は、胸に勲章やリボンがたくさんついた制服よりも、何もついていない予備の制服の方を好んだ。着ているだけで自分の功績を誇示するような制服は嫌だったのだ。

だが、この頃、マーシャルの評価は驚くほどの勢いで高まっていく。一般の人々のマーシャルに対する見方を、CBSの従軍記者だったエリック・セヴァライドは次のようにまとめている。「身体は大きいが、見栄えは決して良くない。しかし素晴らしい知性と、天才的といえるほどの異常な記憶力を持っている。そして、キリスト教の聖人のような品位も兼ね備えている。持てる力を巧みに制御しているため、見ている者にその強さを感じさせない。自分を完全に消して与えられた仕事にすべてを捧げる姿勢。周囲からの圧力に決して屈することはなく、個人的な情に流されることもない[26]」下院議長だったサム・レイバーンは、マーシャルほど連邦議会に強い影響力を持っていたアメリカ人は他にいなかったという。またマーシャルについてこんなふうに言っていた。「ともかく見たままの真実だけを語る人がそこにいる、私たちはそういう気持ちでいた」トルーマン大統領の下で国務次官を務めたディーン・アチソンはこう言う。「ジョージ・マーシャルのことで皆の記憶に何より鮮明に残っているのは、彼のどこまでも真摯《しんし》な人柄だろう」

ただし、彼の「真摯さ」は皆を即座に魅了する類のものではなかった。それどころか、軋轢の元になることも多かった。軍人には珍しいことではないが、マーシャルにもやはり政治家に対する軽蔑心はあった。彼が特によく覚えていたのは、ルーズベルト大統領に会って「北アフリカ侵攻の計画が整った」と報告した時のことだ。この時、マーシャルは大統領に対し強い嫌悪感を抱くことになる。報告を聞いた大統領は音を立てて両手を合わせ、祈るような仕草をし「なんとか選挙の投票日の前に頼むよ」と言ったのだ[27]。マーシャルの下で参謀副長を務めていたトム・ハンディは後にあるインタビューでこう話している。

ジョージ・マーシャルは寛大な人だ、と言えればいいのだが、まったくそうではないのだから言えない。実際、マーシャルは極端と言えるほどに厳格な人である。ただ、彼には非常に強い影響力、権力がある。特にイギリス人と連邦議会に対しては。ルーズベルト大統領はそれを羨《うらや》んでいたのだろうと私は思う。ただ重要なことは、マーシャルの持つ力が公明正大なものであるということだ。彼には、その力を利己的な目的に使おうという意思がまったくない。イギリス人は、マーシャルがアメリカ側にもイギリス側にも不当に肩入れをすることはないとよく知っている。彼の考えていることは、この戦争にいかに良いかたちで勝つかということだけだ。連邦議会も、彼が自分の考えを率直に話しているだけだとよく理解している。そこに何の政治的意図も隠されてはいないとわかっているのだ。(28)

第二次世界大戦中、マーシャルの人間性が最も良く表れたのは、いわゆる「ノルマンディー上陸作戦（オーバーロード作戦）」の時だ。ドイツに占領されていたフランスへの侵攻作戦である。この作戦が実施されることになっても、総指揮を誰が執るのかはすぐには決まらなかった。マーシャルは密かに自分が指揮を執りたいと望んでおり、またそれにふさわしい人物であると認める人も多くいた。これが歴史上でもほとんど例のない大胆な作戦になることは確実だった。誰が指揮することになっても、大義のために大きなはたらきをすることができ、その後の歴史に残る大きな功績を残すことができるのだ。他の連合国の指導者たち、チャーチルやスターリンは、マーシャルに作戦を指揮して欲しいと伝えていた。アイゼンハワーもやはり、指揮をするのはマーシャルだろうと考えていた。ルーズベルト大統領も、本人がそうしたいと言ってくれれば、当然、彼に指揮をさせなくてはいけないと思っていた。状況から見て、マーシャルが総指揮を執る可能性は極めて高いと思われた。

しかし、ルーズベルトはマーシャルを頼りにしていて、できればワシントンに、自分のそばに留まって欲しいと思っていた。ノルマンディー上陸作戦の総司令官ということになれば、ロンドンに行かねばならない。また、大統領は、マーシャルの生真面目で堅苦しい性格に不安を抱いていた。ノルマンディー上陸作戦を指揮するというのは、連合軍全体をまとめあげなくてはならないということだ。そこにはどうしても政治的な要素が関わってくる。リーダーの人柄の温かさが軍の結束に大きく影響する可能性が高い。大統領の考えもあり、誰にするかの議論は白熱した。マーシャルはワシントンに必要なので、指揮官になるべきではないと主張する上院議員も何人かいた。かと思えば、パーシング将軍が入院中の病院のベッドから、マーシャルを指揮官にしてやってくれと大統領に懇願するということもあった。

だがそれでも、結局はマーシャルが指揮を執るのだろうというのが大方の見方ではあった。一九四三年一一月、ルーズベルトは北アフリカにいたアイゼンハワーを尋ねた。その時、大統領の口からはこういう言葉が出かかった。「南北戦争末期の陸軍参謀総長が誰だったのか、君や私ならそれをよく知っている。だが、一般の国民はほとんど誰も知らないだろう……考えたくもないことだが、このままでは今から五〇年もたてば、ジョージ・マーシャルがいったい何者だったのか知る人は誰もいなくなってしまう。ジョージに大きな任務を担わせたいと思うのにはそういう理由もある。彼には偉大な将軍として歴史に名を残すだけの資格があると思う」

ルーズベルトにはまだ迷いがあった。「大勢に逆らう決断を下すこともできるが、それは危険だとも思った」とも言っている。(29) 大統領は本人の真意を探るため、ハリー・ホプキンズをマーシャルのもとに行かせている。しかし、マーシャルは本心を明かそうとはしない。ホプキンズには、私はこれまでの仕事を名誉に感じていると言うだけだった。自分から何かを求めることは一切しない。「大統領がどのような決断をされても私は喜んでそれに従います」と言う。(30) 何十年か後、フォレスト・ポーグのインタビューに応え、マーシャルはこの時の自分の言動についてこう説明している。「どのようなかたちにしろ、大統領が困るようなことは絶対にしないと私は決めていた。大統領が完全に自由に物事を決められる状況にしなくてはと思っていた。大統領自身が国にとって一番良いと思う決定をして欲しかった……私は、他の戦争ではよく起きること——誰かが国の利益よりも個人の感情を優先してしまうことを絶対に避けたいと心から思っていた」(31)

一九四三年一二月六日、ルーズベルト大統領はマーシャルを自分の執務室に呼んだ。ルーズベルトはすぐには本題に入らず、とりとめもない話をしばらく続けた。気まずい時間が流れる。しかし、ついに大統領はマーシャルに尋ねた。「ノルマンディー上陸作戦の指揮を執りたいのか」と。ここでマーシャルが口に出してはっきり「はい」と答えていれば、おそらく指揮官は彼に決まっただろう。だが、マーシャルはこの時も自分の考えを明確にはしなかった。ただ「閣下の良いと思われるようにしてください」と言っただけだ。マーシャルは、自分の個人的な感情が少しでも決定に影響してはならないとも言った。何度問い詰めても、決して彼は自分から「やりたい」とは言わなかったのである。

ルーズベルトはマーシャルの顔を見てこう言った。「君がワシントンからいなくなると、私は夜、安心して眠れなくなるような気がするんだよ」。そして長い沈黙のあと、こう続けた。「だから、ここはアイゼンハワーに行ってもらおうと思う」[32]

マーシャルは内心では失意に打ちのめされていたはずである。だが、残酷にも大統領は、この決定の連合国への伝達をマーシャル自身にさせた。参謀総長として、マーシャルは自分自身で次の指令文を書かねばならなかった。「アイゼンハワー将軍に、『オーバーロード』作戦指揮官としての任務に即刻就くよう指令する」マーシャルは人のいいことに、アイゼンハワーにメッセージを書いた紙まで送っている。「アイゼンハワー氏へ。これが君にとって私の形見にでもなればと思っています。昨日、大統領との打ち合わせが終わってすぐに急いで書きました。大統領には打ち合わせのあと、即、サインをいただきました。ジョージ・キャトレット・マーシャル」[33]

これはマーシャルの人生の中でも、特に仕事面では最も大きな失望だった。こうなったのは彼が自分の望みをはっきりと口にしなかったからである。だが、もちろん、それがジョージ・マーシャルという人の生き方だったのだ。

ヨーロッパでの戦争が終わった時、勝利の英雄としてワシントンに凱旋したのは、マーシャルでなくアイゼンハワーだった。だが、マーシャルはその状況にも誇りを忘れることなく正面から向き合った。ジョン・アイゼンハワーは、父ドワイト・アイゼンハワーがワシントンに戻って来た時のことをこう回想する。「ジョージ・マーシャルは少しもうつむくことなく、真っ直ぐ前を向いて父の後ろに立っていた。まぶしいカメラのフラッシュを避けるようなそぶりは時折見せていたが、父と母には優しくほほ笑みかけていた。父親が子供たちを見る時のような表情だった。普段の超然としたジョージ・マーシャルとはまるで違った振る舞いだ。ただし、その後はすぐに後ろに下がり、注目が父だけに集まるようにしていた。ワシントンの街を車でパレードする時も、国防総省を訪問する時も、最初から最後まで自分が目立つようなことはしなかった(34)」

チャーチルがマーシャルに宛てた私信にはこう書かれていた。「運命があなたに与えた仕事は、偉大なる陸軍を指揮することではなかったようです。あなたの仕事は、偉大なる陸軍を作り、整えること、そして軍を鼓舞することだったのでしょう(35)」マーシャルは自分が出世させた男に主役の座を奪われた。彼は単に「勝利のオーガナイザー」として知られるにとどまった。

最後の仕事

第二次世界大戦終結後、マーシャルはそのまま引退するつもりでいた。一九四五年一一月二六日、国防総省で簡単な式典が開かれ、マーシャルは参謀総長としての職を解かれた。式典後、マーシャルは車で「ドドナ・マナー」へと向かった。ドドナ・マナーは、マーシャルとキャサリンがヴァージニア州リーズバーグに購入した家だ。二人はその家で、明るい日の光が降り注ぐ庭を歩きながら、引退後の気ままでのんびりとした日々に思いをはせていた。キャサリンは夕食前に少し休もうと二階へ行こうとしたが、階段を上がっている時に電話の音が聞こえた。一時間ほどして彼女が下へ降りると、青い顔をしたマーシャルが、ソファに脚を伸ばして座り、ラジオを聴いていた。ラジオのニュースが在中国アメリカ大使の辞任を知らせている。そして、後任の要請をジョージ・マーシャルが受諾したことも伝えていた。電話はトルーマン大統領からだったのだ。すぐに中国に行って欲しいと言われていた。キャサリンは思わず言った。「ああ、ジョージ、まったくあなたって人は[36]」

報われない仕事だった。しかし、マーシャルはキャサリンとともに一四カ月中国に留まり、もはや避けられない状況となっていた国民党と共産党との戦争を何とか交渉によって回避しようと努力した。マーシャルにとって、はじめて大失敗に終わった任務だった。中国から帰国する頃、彼はすでに六七歳になっていたが、トルーマン大統領は高齢の彼にまた新たな仕事を頼んだ。次はなんと国務長官という重責である。再び電話での要請だったが、マーシャルは即座に受け入れて電話を切った[37]。国務長官となった彼は、かの有名な「マーシャル・プラン」を推進していくことになる。彼自身はこの名を一度も使ったことはなく、必ず「欧州復興計画」という正式名称で呼んでいたが、「マーシャル」の名が歴史に残って欲しいというルーズベルト大統領の願いはこれでかなった。

国務長官を退いた後も、マーシャルは米赤十字社総裁、国防長官などを務め、エリザベス二世の戴冠式には、アメリカ代表団の団長として出席した。一九五三年にノーベル平和賞を受賞するなど良いこともあったが、ジョゼフ・マッカーシーらの反共運動の標的になるなど、良くないこともあった。ただ、ともかくマーシャルはどの職にあっても自らの責任を重く受け止め、立派に使命を果たした。イスラエル建国に反対するなど、賛否両論の分かれる言動もあったが、彼自身としては常に献身的に職務を全うしていた。たとえ自らが望んだ仕事でなくても、頼まれれば躊躇なく引き受けた。

生まれてきて、今、生きていられる、そのことを素晴らしい幸運ととらえ、それだけで世界に借りがあると感じる人がいる。彼らは世代から世代への伝達ということを意識する。前の世代が自分たちに残してくれたものを次の世代にも渡さなくてはいけないと思う。誰かに強制されるわけではないが、自ら進んで先祖に負債があると考え、それを返すことを自分の義務とするのだ。

たとえば、南北戦争初期の「第一次ブルランの戦い」で従軍した兵士、サリヴァン・バルーが戦いの前日に妻に送った手紙を読むと、彼らの生き方がどういうものかよくわかる。バルーは自身が孤児だったため、父親のいない家庭で育つ子供の辛さはよくわかっていた。しかし、それでも先祖に負債を返すため、喜んで命を捨てる覚悟だと手紙に書いている。

祖国のため、戦場で倒れなくてはならないのなら、僕にはその覚悟がある……アメリカ文明の存亡は、今や我々の勝利にかかっているのだとわかっている。今、我々がこうしていられるのは、独立戦争で血を流し、苦難を味わった先祖のおかげだ。それだけ先祖には大きな借りがある。僕は自分の人生の喜びを全部捨ててでも、我々の政府を維持するために戦い、借りを返そうと思う。是非そうしたい。

だが、僕が捨てようとしている喜びは、ほとんどそのまま最愛の妻である君の喜びでもあるだろう。なのに僕はそれを、君の悲しみや苦しみに変えてしまおうとしている。それもよくわかっている。僕自身が孤児院で長く暮らし、辛い思いをしたから余計にそれがわかる。僕には、愛するかわいい子供たちを養育する義務がある。それができないのはあまりに情けなく、恥ずべきことではないのか。確かに僕が大義に身を捧げることは誇らしいし、その決意は何があっても揺らぐことはないのだけれど。大切な妻と子供たちが頼る者をなくし、苦しまなくてはならないのは辛い。だが、それを僕の国を思う心と比べるわけにはいかないだろう……

サラ、僕の君への愛が死ぬことはない。僕と君はとても強い絆で結ばれている。それを切れるとしたら全能の神だけだ。だが、愛国心は強い風のように僕を戦場へと導いていく。抗《あらが》うことはできない……神の摂理の前には僕もほとんどなす術がないよ。でも、何者かが僕にささやくのも聞こえる。それは風に乗って運ばれてきた僕の小さなエドガーの祈りの声かもしれない。僕はきっと愛する人のもとへ無傷で帰れるだろう、とささやく声だ。たとえもしそうならなかったとしても、愛するサラ、決して忘れないで欲しい。僕がどれほど君を愛しているか。戦場で最後の息を漏らす時には、僕は必ず君の名を口にするだろう。

そしてバルーは翌日、第一次ブルランの戦いで命を落としてしまう。彼もまたマーシャルと同様、共同体や国家に対する義務を果たさない限り、本当の充足は得られないと考える種類の人間だった。

私たちは今、何よりも個人の幸福に重きを置く社会に生きている。個人が幸福になるとは、現在では個人が何にも妨げられることなく自分の望みをかなえるというのとほぼ同じ意味である。しかし、一方で伝統的な価値観も決して完全に消えたわけではない。何百年、何千年と受け継がれたものは簡単にはなくならない。社会、文化が変わっても、以前とはまたかたちを変えて人間の言動に影響を与えている。マーシャルは、航空機や原子爆弾が存在する世界に生きた。だが、彼の道徳観は、おおむね古代ギリシャ、古代ローマの時代に形作られたものである。つまり、たとえばホメロスなどの作品に見られる、勇気、名誉を重んじる道徳観、あるいは自制心、忍耐力を重視したストア学派の道徳観に近いということだ。またマーシャルの後半生を見ると、古代アテナイの政治家、ペリクレスに似たところがあるようにも思える。ペリクレスは、寛大な、度量の大きい指導者だった。

古代ギリシャ黄金時代の偉大な指導者たちは、自身の言動を道徳に照らして厳しく評価する目を持っていた。彼らは自分を周囲の普通の人間とは別の種類の存在だとみなしていた。

普通とは違い、特別の幸運に恵まれた人間だと思っていたのだ。だからこそ、周囲の人たちとの関係には常に細心の注意を払っていた。ごくわずかな数の親しい友人がいるほかは孤立し、超然として見えた。いつも控えめだが、威厳のある態度を保っていた。決して人に冷たいわけではない。むしろその逆で、優しく愛想は良いのだが、自分の内側にある感情や思考、恐怖などを表に出すことは絶対にない(38)。もちろん人間なので弱さも抱えているが、それは人に見せないよう隠す。そして、他人に依存して生きることを強く嫌悪する。ロバート・フォークナーが自著『偉大さの実相(*The Case for Greatness*)』で書いているとおり、彼らは集団の中に溶け込む人たちではなかった。周囲の人たちと力を合わせて何かをする「チームプレーヤー」ではなかったということだ。「彼は集団の歯車として力を発揮する種類の人間ではない。特に集団の中での役割が小さい時には。また、彼は他人との相互依存関係を望んでいるわけではない(39)」自分が他人に好意で何かをするのはいいが、他人に何かをしてもらうことは恥と思う。アリストテレスは「自分を他の誰かに合わせる能力は持ち合わせていない人」と表現した(40)。

偉大な指導者となる人間の社交は普通の人とは違っている。そこにはどうしても悲しみが伴うことになるだろう。崇高な目的のために人生を捧げる覚悟をした人は、その過程で人間関係を犠牲にしなくてはならないことが多いからだ。愚かで無軌道な振る舞いをしてまで個人の幸せや自由を求めることは彼らにはできない。そんな自分を自分で許せないのだ。見方によっては石のように固く冷たい人間ということになる。

彼らは生まれながらに、自分は多くの人々の利益のために行動しなくてはならないという意識を持っている。低い水準で妥協することはなく、自分を高める努力を怠ることはない。自分は単なる個人ではなく、一種の公共財だという意識を持っている。こうした特性を最大限に活かすには、政治など、公共の仕事をするしかないだろう。政治や戦争などが最もふさわしい舞台ということになる。他のどのような舞台も小さすぎる。高い能力が求められ、社会に強い影響を与えることからも、彼らにはふさわしいと言える。個人の幸福を犠牲にしてでも持てる力を存分に発揮するだけの価値がある舞台だ。企業を経営するなど、「私」の世界に身を置いていれば安全だろうが、それでは影響力も弱くなるし、特性を活かし切れない。

ペリクレスの時代には、偉大な指導者は常に冷静沈着なものという考えが一般的になっていた。ホメロス風の短気で癇癪《かんしゃく》持ちな英雄とは違った指導者像が生まれていた。何よりも大切なのは、偉大な指導者とは、スケールの大きな仕事をし、多くの人に同時に利益をもたらすものと考えられたということだ。人々を危機から救い、新しい時代に対応できるような変革を社会にもたらす人物だ。

偉大な人物は善人とは限らない。優しく親切で思いやりのある人、接していて良い気分になる人とは言えないが、偉大な人だということはある。確かに名誉を勝ち得ているが、それは善人だからではなく、名誉にふさわしい価値があるからだ。彼らは普通の人間とは違った種類の幸せを得ているのだ。古代ギリシャ思想を広めたエディス・ハミルトンは、その幸せを次のように表現している。「自分の人生の中で可能な範囲でその優れた能力を最大限に発揮すること」

死

一九五八年、マーシャルは顔にできた嚢胞《のうほう》の除去のため、ウォルターリード陸軍病院に入院した。見舞いに来た名づけ娘のローズ・ウィルソンは、彼が急に老け込んで見えたので驚いた。

「時間がたっぷりあるので、色々と思い出してね」とマーシャルは彼女に言った。父親の破産により貧しい暮らしを強いられるようになった、ユニオンタウンでの少年時代のことを思い出していたのだ。「マーシャル大佐」ローズは言った。「息子がどれほど偉大な人物かを知ることなく、お父様が亡くなられたのが残念です。お父様はきっと誇りに思われたでしょうに」

「そう思うかね」マーシャルは答えた。「私も父が生きていたら自分を認めてくれたと信じたいね」

マーシャルは弱っていく一方だった。その病状を気遣う声は、世界中から聞こえてきた。ウィンストン・チャーチル、シャルル・ド・ゴール将軍、毛沢東、蔣介石、ヨシフ・スターリン、ドワイト・アイゼンハワー大統領、チトー元帥、バーナード・モントゴメリー陸軍元帥などの要人からもメッセージが寄せられた(41)。一般の人たちからも無数の手紙が届いた。アイゼンハワー大統領も見舞いに三度訪れたし、トルーマンも、八四歳になっていたウィンストン・チャーチルもやって来た。チャーチルが来る頃には昏睡状態だったので、訪れた彼はただ戸口に立っていることしかできなかった。よく知っていた男のすっかり小さくなった身体を見て、チャーチルは涙を流した。

マーシャルは一九五九年一〇月一六日に亡くなった。あと少しで八〇歳を迎えるはずだった。かつてマーシャルの下で参謀副長を務めたトム・ハンディ将軍は、マーシャルに葬式をどのようにすればいいか尋ねたことがあったが、話を遮られ、こう言われてしまった。「君がそんなことを心配する必要はない。必要な指示はすべて書き残しておくから」[42]その指示の内容は、マーシャルの死後に明らかになったが、驚くべきものだった。「祖国のために尽くした他のアメリカ陸軍将校たちと同じように埋葬して欲しい。何も手をかけて特別なことはしなくていい。式典などは絶対に開かないように。葬儀は短く、参列者は家族だけにとどめる。そして何よりも大事なのは、静かに済ませること」[43]

本人の明確な指示に従い、国葬などは行なわれなかった。連邦議会議事堂の円形広間に棺が安置されるようなこともなかった。マーシャルの遺体は、友人たちが弔問できるよう、ワシントン大聖堂のベツレヘム・チャペルに二四時間、安置された。葬儀の参列者は家族と、数人の同僚、そして、カイロ、テヘラン、ポツダム、後には国防総省でもマーシャル将軍の髪を切った従軍理髪師、ニコラス・J・タタロくらいだった。[44]ヴァージニア州アーリントンのフォートマイヤーで行なわれた葬儀は短く簡素なものだ。聖公会祈禱書に記されたとおりのごく普通の埋葬式が行なわれ、特別な追悼文が読まれるようなこともなかった。

(下巻につづく)

原　注

第一章　大きな時代の変化

1. Wilfred M. McClay, *The Masterless: Self and Society in Modern America* (University of North Carolina Press, 1993), 226.
2. Alonzo L. Hamby, "A Wartime Consigliere," review of David L. Roll, *The Hopkins Touch: Harry Hopkins and the Forging of the Alliance to Defeat Hitler* (Oxford University Press, 2012), *Wall Street Journal*, December 29, 2012.
3. David Frum, *How We Got Here: The 70's, the Decade That Brought You Modern Life (for Better or Worse)* (Basic Books, 2000), 103.
4. Jean M. Twenge and W. Keith Campbell, *The Narcissism Epidemic: Living in the Age of Entitlement* (Simon & Schuster, 2009), 13.（『自己愛過剰社会』桃井緑美子訳、河出書房新社（2011））
5. "How Young People View Their Lives, Futures and Politics: A Portrait of 'Generation Next.'" The Pew Research Center For The People & The Press (January 9, 2007).
6. Elizabeth Gilbert, *Eat, Pray, Love: One Woman's Search for Everything* (Penguin, 2006), 64.（『食べて、祈って、恋をして――女が直面するあらゆること探究の書』那波かおり訳、武田ランダムハウスジャパン（2010））
7. James Davison Hunter, *The Death of Character: Moral Education in an Age Without Good or Evil* (Basic Books, 2000), 103.
8. Twenge and Campbell, *Narcissism*, 248.（『自己愛過剰社会』前掲書）
9. C. J. Mahaney, *Humility: True Greatness* (Multnomah, 2005), 70.
10. Daniel Kahneman, *Thinking, Fast and Slow* (Farrar, Straus and Giroux, 2011), 201.（『ファスト＆スロー――あなたの意思はどのように決まるか？』村井章子訳、早川書房（2014））
11. Harry Emerson Fosdick, *On Being a Real Person* (Harper and Brothers, 1943), 25.
12. Thomas Merton, *The Seven Storey Mountain* (Harcourt, 1998), 92.（『七重の山』工藤貞訳、中央出版社（1966））
13. Henry Fairlie, *The Seven Deadly Sins Today* (New Republic Books, 1978), 30.

第二章　天　職――フランシス・パーキンズ

1. David Von Drehle, *Triangle: The Fire That Changed America* (Atlantic Monthly Press, 2003), 195.

2. Frances Perkins, "The Triangle Factory Fire," lecture, Cornell University online archives. http://trianglefire.ilr.cornell.edu/primary/lectures/francesperkinslecture.html.
3. Von Drehle, *Triangle*, 158.
4. George Martin, *Madam Secretary: Frances Perkins; A Biography of America's First Woman Cabinet Member* (Houghton Mifflin, 1976), 85.
5. Von Drehle, *Triangle*, 138.
6. Von Drehle, *Triangle*, 130.
7. Von Drehle, *Triangle*, 152.
8. Von Drehle, *Triangle*, 146.
9. Perkins, "Triangle Fire" lecture.
10. Naomi Pasachoff, *Frances Perkins: Champion of the New Deal* (Oxford University Press, 1999), 30.
11. Viktor Frankl, *Man's Search for Meaning* (Beacon, 1992), 85.（『夜と霧［新版］』池田香代子訳、みすず書房（2002））
12. Frankl, *Man's Search for Meaning*, 99.（『夜と霧』前掲書）
13. Frankl, *Man's Search for Meaning*, 104.（『夜と霧』前掲書）
14. Frankl, *Man's Search for Meaning*, 98.（『夜と霧』前掲書）
15. Mark R. Schwehn and Dorothy C. Bass, eds., *Leading Lives That Matter: What We Should Do and Who We Should Be* (Eerdmans, 2006), 35.
16. Kirstin Downey, *The Woman Behind the New Deal: The Life of Frances Perkins, FDR's Secretary of Labor and His Moral Conscience* (Nan Talese, 2008), 8.
17. Downey, *Woman Behind the New Deal*, 5.
18. Martin, *Madam Secretary*, 50.
19. David Hackett Fischer, *Albion's Seed: Four British Folkways in America* (Oxford, 1989), 895.
20. Lillian G. Paschal, "Hazing in Girls' Colleges," *Household Ledger*, 1905.
21. Martin, *Madam Secretary*, 46.
22. Russell Lord, "Madam Secretary," *New Yorker*, September 2, 1933.
23. Mary E. Woolley, "Values of College Training for Women," *Harper's Bazaar*, September 1904.
24. Martin, *Madam Secretary*, 51.
25. Jane Addams, *Twenty Years at Hull House: With Autobiographical Notes* (University of Illinois, 1990), 71.（『ハル・ハウスの 20 年』財団法人市川房枝記念会・縫田ゼミナール訳、市川房枝記念会出版部（1996）他）
26. Addams, *Twenty Years at Hull House*, 94.（『ハル・ハウスの 20 年』前掲書）
27. Frances Perkins, "My Recollections of Florence Kelley," *Social Service Review*, vol. 28, no. 1 (March 1954), 12.
28. Martin, *Madam Secretary*, 146.
29. Downey, *Woman Behind the New Deal*, 42.
30. Downey, *Woman Behind the New Deal*, 42.
31. Martin, *Madam Secretary*, 98.
32. Downey, *Woman Behind the New Deal*, 56.
33. Martin, *Madam Secretary*, 125.

34. Downey, *Woman Behind the New Deal*, 66.
35. Martin, *Madam Secretary*, 232.
36. Martin, *Madam Secretary*, 136.
37. Downey, *Woman Behind the New Deal*, 317.
38. Frances Perkins, *The Roosevelt I Knew* (Penguin, 2011), 29.
39. Perkins, *"Roosevelt I Knew,"* 45.
40. Martin, *Madam Secretary*, 206.
41. Martin, *Madam Secretary*, 206.
42. Martin, *Madam Secretary*, 236.
43. Martin, *Madam Secretary*, 237.
44. Perkins, *"Roosevelt I Knew,"* 156.
45. Downey, *Woman Behind the New Deal*, 284.
46. Downey, *Woman Behind the New Deal*, 279.
47. Martin, *Madam Secretary*, 281.
48. Downey, *Woman Behind the New Deal*, 384.
49. Christopher Breiseth, "The Frances Perkins I Knew," essay, Franklin D. Roosevelt American Heritage Center Museum (Worcester, MA).
50. Martin, *Madam Secretary*, 485.
51. Reinhold Niebuhr, *The Irony of American History* (University of Chicago Press, 2008), 63.（『アメリカ史のアイロニー』大木英夫・深井智朗訳、聖学院大学出版会（2002））

第三章　克 己――ドワイト・アイゼンハワー

1. *The Eisenhower Legacy: Discussions of Presidential Leadership* (Bartleby Press, 1992), 21.
2. Jean Edward Smith, *Eisenhower in War and Peace* (New York: Random House, 2012), 7.
3. Smith, *Eisenhower in War and Peace*, 8.
4. Mark Perry, *Partners in Command: George Marshall and Dwight Eisenhower in War and Peace* (Penguin, 2007), 68.
5. Dwight D. Eisenhower, *At Ease: Stories I Tell to Friends* (Doubleday, 1967), 76.
6. Eisenhower, *At Ease*, 31.
7. Smith, *Eisenhower in War and Peace*, 59.
8. Eisenhower, *At Ease*, 52.
9. Anthony T. Kronman, *The Lost Lawyer: Failing Ideals of the Legal Profession* (Harvard University Press, 1995), 16.
10. Smith, *Eisenhower in War and Peace*, 59.
11. Evan Thomas, *Ike's Bluff: President Eisenhower's Secret Battle to Save the World* (Little, Brown, 2012), 27.
12. Thomas, *Ike's Bluff*, 27.
13. Paul F. Boller, Jr., *Presidential Anecdotes* (Oxford University Press, 1996), 292（『ホワイトハウスストーリーズ――アメリカ全大統領の逸話』吉野寿子訳、三省堂（1999））; Robert J. Donovan, *Eisenhower: The Inside Story* (New York: Harper and Brothers, 1956), 7.
14. Thomas, *Ike's Bluff*, 33.
15. State of the Union message,

Washington, D.C., January 10, 1957.
16. Thomas, *Ike's Bluff*, 30.
17. Fred Greenstein, *The Presidential Difference: Leadership Style from Roosevelt to Clinton* (Free Press, 2000), 49.
18. Stephen E. Ambrose, *Eisenhower: Soldier and President* (Simon and Schuster, 1990), 65.
19. Smith, *Eisenhower in War and Peace*, 19.
20. Smith, *Eisenhower in War and Peace*, 48.
21. Eisenhower, *At Ease*, 155.
22. Eisenhower, *At Ease*, 135.
23. William Lee Miller, *Two Americans: Truman, Eisenhower, and a Dangerous World* (Vintage, 2012), 78.
24. Thomas, *Ike's Bluff*, 26; John S. D. Eisenhower, *Strictly Personal* (Doubleday, 1974), 292.
25. Smith, *Eisenhower in War and Peace*, 61.
26. Smith, *Eisenhower in War and Peace*, 65.
27. Dwight D. Eisenhower, *Ike's Letters to a Friend, 1941–1958* (University Press of Kansas, 1984), 4.
28. Eisenhower, *At Ease*, 193.
29. Boller, *Presidential Anecdotes*, 290.（『ホワイトハウスストーリーズ』前掲書）
30. Eisenhower, *At Ease*, 213.
31. Eisenhower, *At Ease*, 214.
32. Eisenhower, *At Ease*, 228.
33. Smith, *Eisenhower in War and Peace*, 147.
34. Smith, *Eisenhower in War and Peace*, 443.
35. Ambrose, *Soldier and President*, 440.
36. Thomas, *Ike's Bluff*, 153.
37. Thomas, *Ike's Bluff*, 29.
38. Quoted in Steven J. Rubenzer and Thomas R. Faschingbauer, *Personality, Character, and Leadership in the White House: Psychologists Assess the Presidents* (Potomac Books, 2004), 147.
39. Thomas, *Ike's Bluff*, introduction, 17.
40. Thomas, *Ike's Bluff*, 161.
41. Thomas, *Ike's Bluff*, 161.
42. Smith, *Eisenhower in War and Peace*, 766.
43. Eisenhower, *Ike's Letters to a Friend*, 189, July 22, 1957.

第四章　闘いの人生——ドロシー・デイ

1. Dorothy Day, *The Long Loneliness: The Autobiography of the Legendary Catholic Social Activist* (Harper, 1952), 20.
2. Day, *Long Loneliness*, 21.
3. Paul Elie, *The Life You Save May Be Your Own: An American Pilgrimage* (Farrar, Straus and Giroux, 2003), 4.
4. Elie, *Life You Save*, 4.
5. Day, *Long Loneliness*, 24.
6. Day, *Long Loneliness*, 35.
7. Elie, *Life You Save*, 16.
8. Day, *Long Loneliness*, 87.
9. Jim Forest, *All Is Grace: A Biography of Dorothy Day* (Orbis Books, 2011), 47.
10. Elie, *Life You Save*, 31.

11. Forest, *All Is Grace*, 48.
12. Forest, *All Is Grace*, 50.
13. Deborah Kent, *Dorothy Day: Friend to the Forgotten* (Eerdmans Books, 2004), 35.
14. Day, *Long Loneliness*, 79.
15. Day, *Long Loneliness*, 79.
16. Elie, *Life You Save*, 38.
17. Day, *Long Loneliness*, 60.
18. Robert Coles, *Dorothy Day: A Radical Devotion* (Da Capo Press, 1989), 6.
19. Elie, *Life You Save*, 45.
20. Nancy Roberts, *Dorothy Day and the Catholic Worker* (State University of New York Press, 1985), 26.
21. Forest, *All Is Grace*, 62.
22. Day, *Long Loneliness*, 141.
23. Coles, *Radical Devotion*, 52.
24. Coles, *Radical Devotion*, 53.
25. Robert Elsberg, ed., *All the Way to Heaven: The Selected Letters of Dorothy Day* (Marquette University Press, 2010), 23.
26. Roberts, *Dorothy Day*, 26.
27. Day, *Long Loneliness*, 133.
28. William Miller, *Dorothy Day: A Biography* (Harper & Row, 1982), 196.
29. Day, *Long Loneliness*, 165.
30. Forest, *All Is Grace*, 61.
31. Dorothy Day, *The Duty of Delight: The Diaries of Dorothy Day* (Marquette University, 2011), 519.
32. Day, *Long Loneliness*, 182.
33. Day, *Long Loneliness*, 214.
34. Day, *Duty of Delight*, 68.
35. Schwehn and Bass, eds., *Leading Lives That Matter*, 34.
36. Day, *Duty of Delight*, 42.
37. Coles, *Radical Devotion*, 115.
38. Coles, *Radical Devotion*, 120.
39. Day, *Long Loneliness*, 236.
40. Forest, *All Is Grace*, 168.
41. Forest, *All Is Grace*, 178.
42. Forest, *All Is Grace*, 118.
43. Day, *Long Loneliness*, 243.
44. Day, *Long Loneliness*, 285.
45. Day, *Duty of Delight*, 9.
46. Rosalie Riegle Troester, *Voices from the Catholic Worker* (Temple University Press, 1993), 69.
47. Troester, *Voices*, 93.
48. Day, *Duty of Delight*, 287.
49. Day, *Duty of Delight*, 295.
50. Coles, *Radical Devotion*, 16.

第五章　自制心——ジョージ・マーシャル

1. Forrest C. Pogue, *George C. Marshall*, 4 vols. (Viking Press, 1964), vol. 1, *Education of a General*, 1880–1939, 35.
2. Ed Cray, *General of the Army: George C. Marshall, Soldier and Statesman* (W. W. Norton, 1990), 20.
3. Cray, *General of the Army*, 25.
4. William Frye, *Marshall: Citizen Soldier* (Bobbs-Merrill, 1947), 32–65.
5. Pogue, *Marshall*, 63.
6. Pogue, *Marshall*, 63.
7. Richard Livingstone, *On Education: The Future in Education and Education for a World Adrift* (Cambridge, 1954), 153.

8. James Davison Hunter, *The Death of Character: Moral Education in an Age Without Good or Evil* (Basic Books, 2000), 19.
9. Leonard Mosley, *Marshall: Hero for Our Times* (Hearst Books, 1982), 13.
10. Mosley, *Hero for Our Times*, 14.
11. Mosley, *Hero for Our Times*, 15.
12. Frye, *Citizen Soldier*, 49.
13. David Hein, "In War for Peace: General George C. Marshall's Core Convictions & Ethical Leadership," *Touchstone*, March, 2013.
14. Mosley, *Hero for Our Times*, Introduction, xiv.
15. Mosley, *Hero for Our Times*, 19.
16. Cray, *General of the Army*, 64.
17. Quoted in Major James R. Hill, "A Comparative Analysis of the Military Leadership Styles of Ernest J. King and Chester W. Nimitz," published master's thesis, General Staff College, Fort Leavenworth, KS, 2008.
18. Mosley, *Hero for Our Times*, 64.
19. Pogue, *Marshall*, 79.
20. Pogue, *Marshall*, 246; Mosley, *Hero for Our Times*, 93.
21. André Comte-Sponville, *A Small Treatise on the Great Virtues: The Uses of Philosophy in Everyday Life* (Macmillan, 2002), 10.
22. Frye, *Citizen Soldier*, 85.
23. Cray, *General of the Army*, 276.
24. Mark Perry, *Partners in Command: George Marshall and Dwight Eisenhower in War and Peace* (Penguin, 2007), 15.
25. Cray, *General of the Army*, 278.
26. Cray, *General of the Army*, 297.
27. Mosley, *Hero for Our Times*, 211.
28. Mosley, *Hero for Our Times*, 292.
29. Dwight D. Eisenhower, *Crusade in Europe* (Doubleday, 1948), 197.（『ヨーロッパ十字軍——最高司令官の大戦手記』朝日新聞社訳、朝日新聞社（1949））
30. Perry, *Partners in Command*, 238.
31. Pogue, *George C. Marshall* (Viking, 1973), vol. 3, *Organizer of Victory*, 1943–1945, 321.
32. Perry, *Partners in Command*, 240.
33. John S. D. Eisenhower, *General Ike: A Personal Reminiscence* (Simon and Schuster, 2003), 99, reproduced in Dwight D. Eisenhower, *Crusade in Europe*, 208.（『ヨーロッパ十字軍』前掲書）
34. John Eisenhower, *General Ike*, 103.
35. Mosley, *Hero for Our Times*, 341.
36. Mosley, *Hero for Our Times*, prologue, xxi.
37. Frye, *Citizen Soldier*, 372.
38. Robert Faulkner, *The Case for Greatness: Honorable Ambition and Its Critics* (Yale University Press, 2007), 39.
39. Faulkner, *Case for Greatness*, 40.
40. Aristotle, *Nichomachean Ethics* (Focus Publishing, 2002), 70（『ニコマコス倫理学』渡辺邦夫・立花幸司訳、光文社（2015）他）; Faulkner, *Case for Greatness*, 43.
41. Mosley, *Hero for Our Times*, 434.
42. Mosley, *Hero for Our Times*, 522.

43. Mosley, *Hero for Our Times*, 523.

44. Mosley, *Hero for Our Times*, 523.

引用クレジット

以下の文献の引用許可をいただいたことに対し、ここで感謝の意を表しておきたい。

CITY LIGHTS BOOKS: Excerpts from *I Must Resist: Bayard Rustin's Life in Letters*, edited by Michael G. Long, copyright © 2012 by Michael G. Long. Reprinted by permission of City Lights Books.

HARPERCOLLINS PUBLISHERS: Excerpts from *The Long Loneliness* by Dorothy Day, copyright © 1952 by Harper & Row Publishers, Inc., and copyright renewed 1980 by Tamar Teresa Hennessy. Reprinted by permission of HarperCollins Publishers.

HOUGHTON MIFFLIN HARCOURT PUBLISHING COMPANY: Excerpts from *A. Philip Randolph: A Biographical Portrait* by Jervis B. Anderson, copyright © 1972 and copyright renewed 2000 by Jervis B. Anderson; excerpts from *Madam Secretary, Frances Perkins* by George Martin, copyright © 1976 by George Martin. Reprinted by permission of Houghton Mifflin Harcourt Publishing Company. All rights reverved.

DAVE JOLLY: Email from Dave Jolly to David Brooks. Reprinted by permission of Dave Jolly.

NAN A. TALESE, AN IMPRINT OF THE KNOPF DOUBLEDAY PUBLISHING GROUP, A DIVISION OF PENGUIN RANDOM HOUSE LLC: Excerpts from *The Woman Behind the New Deal: The Life of Frances Perkins, FDR's Secretary of Labor and His Moral Conscience* by Kirstin Downey, copyright © 2009 by Kirstin Downey. Reprinted by permission of Nan A. Talese, an imprint of the Knopf Doubleday Publishing Group, a division of Penguin Random House LLC. All rights reserved.

RANDOM HOUSE CHILDREN'S BOOKS, A DIVISION OF PENGUIN RANDOM HOUSE LLC: Excerpt from *Oh, the Places You'll Go!* by Dr. Seuss, TM and copyright © by Dr. Seuss Enterprises L.P., 1990. Reprinted by permission of Random House Children's Books, a division of Penguin Random House LLC. All rights reserved.

RANDOM HOUSE, AN IMPRINT AND DIVISION OF PENGUIN RANDOM HOUSE LLC AND CURTIS BROWN LTD.: "Leap Before You Look" from *W. H. Auden: Collected Poems*, copyright © 1945 and copyright renewed 1973 by W. H. Auden. Print

本書は二〇一七年一月に単行本『あなたの人生の意味――先人に学ぶ「惜しまれる生き方」』として早川書房より刊行された作品を改題、文庫化したものです。

日本‐喪失と再起の物語（上・下）

——黒船、敗戦、そして3・11

Bending Adversity

デイヴィッド・ピリング

仲　達志訳

ハヤカワ文庫ＮＦ

相次ぐ「災いを転じて」、この国は常に力強い回復力を発揮してきた――。《フィナンシャル・タイムズ》の元東京支局長が、東北の被災地住民から村上春樹、安倍晋三まで、膨大な生の声と詳細な数値を基に描く多面的な日本の実像。激動の国際情勢を踏まえた「文庫版あとがき」収録。

ムハマド・ユヌス自伝（上・下）

Vers un monde sans pauvreté

ムハマド・ユヌス&アラン・ジョリ

猪熊弘子訳

ハヤカワ文庫ＮＦ

二〇〇六年度ノーベル平和賞受賞

わずかな無担保融資により、貧しい人々の経済的自立を助けるマイクロクレジット。グラミン銀行を創設してこの手法を全国に広め、バングラデシュの貧困を劇的に軽減している著者が、自らの半生と信念を語った初の自伝。

解説／税所篤快

哲学のきほん
――七日間の特別講義

Denken Wie Ein Philosoph

ゲルハルト・エルンスト
岡本朋子訳

ハヤカワ文庫ＮＦ

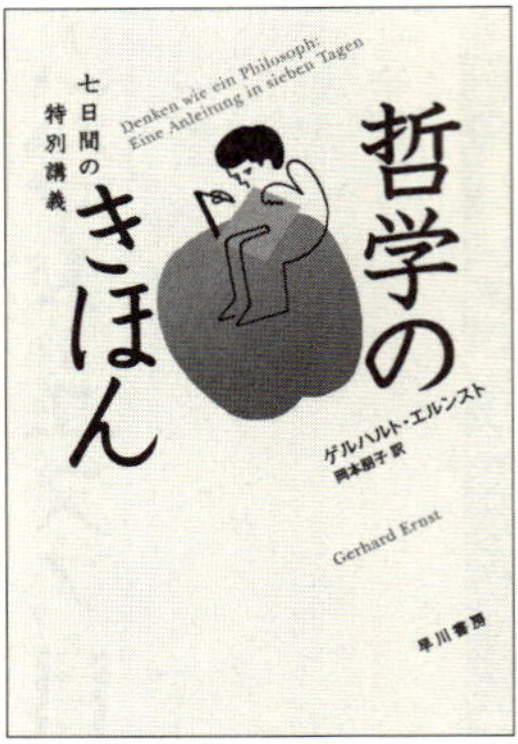

哲学者との七日間の対話を通して、ソクラテスからヴィトゲンシュタインまで古代より育まれてきた叡智に触れつつ、哲学者のように考える方法を伝授する。道徳と正義、人生の意味など、究極の問いについて自分の頭で考えたい人に、気鋭のドイツ人哲学者が贈る画期的入門書。解説／岡本裕一朗

ヨーロッパ炎上　新・１００年予測

——動乱の地政学

Flashpoints

ジョージ・フリードマン
夏目　大訳

ハヤカワ文庫ＮＦ

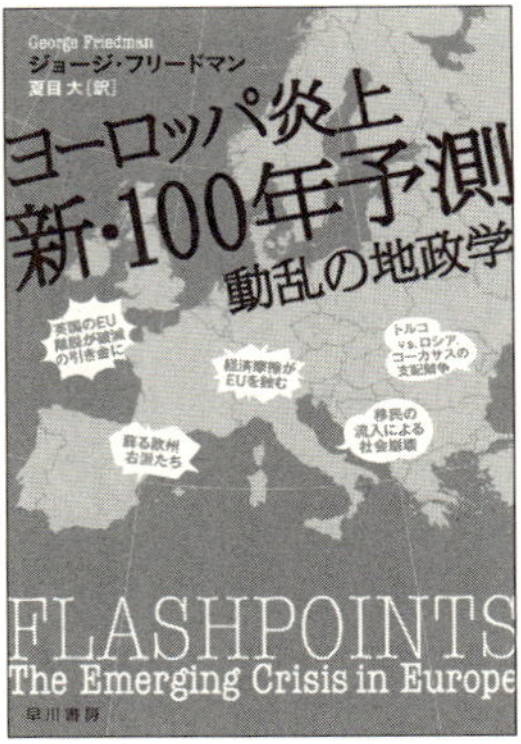

イギリスのＥＵ離脱決定、ＩＳによるテロの激化、右派の台頭……『１００年予測』の著者が次に注目するのはヨーロッパだ。大陸の各地にくすぶる数々の火種を理解すれば世界の未来が見通せる。クリミア危機を見事に予言した著者による、大胆予測。『新・１００年予測』改題文庫化。解説／佐藤優

あなたの人生の科学

（上）誕生・成長・出会い
（下）結婚・仕事・旅立ち

The Social Animal
デイヴィッド・ブルックス
夏目 大訳
ハヤカワ文庫NF

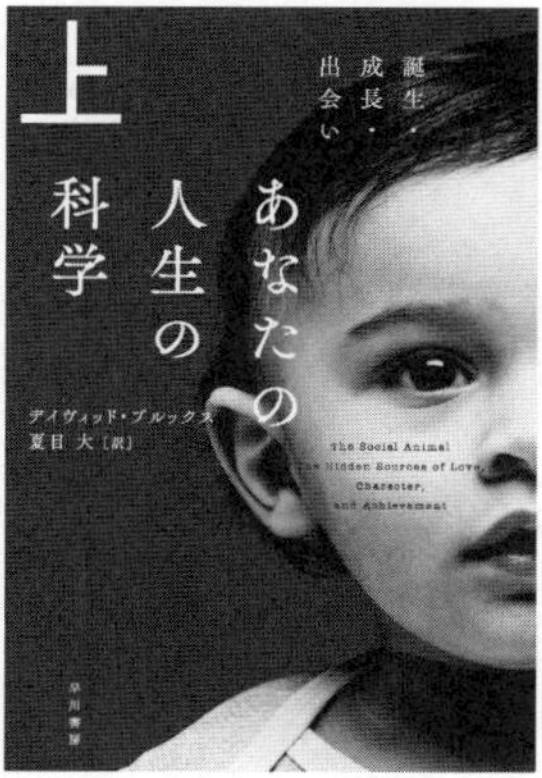

全米No.1ベストセラー

男女は異性のどこに惹かれる？　IQが高いと年収も高い？　遺伝子と環境、性格を決めるのは？　ある架空の男女の一生をたどり、意思決定のしくみを先端科学の成果を使い物語風に解明。あなたの人間観を覆す傑作ノンフィクション。（『人生の科学』改題）解説／松原隆一郎

訳者略歴　翻訳家　翻訳学校フェロー・アカデミー講師　訳書にブルックス『あなたの人生の科学』，フリードマン『ヨーロッパ炎上　新・100年予測』，ストーン&カズニック『〔ダイジェスト版〕オリバー・ストーンの「アメリカ史」講義』，ライアン『破壊する創造者』（以上早川書房刊）他多数

HM=Hayakawa Mystery
SF=Science Fiction
JA=Japanese Author
NV=Novel
NF=Nonfiction
FT=Fantasy

あなたの人生《じんせい》の意味《いみ》
〔上〕

〈NF526〉

二〇一八年七月　十　日　印刷
二〇一八年七月十五日　発行
（定価はカバーに表示してあります）

著　者　デイヴィッド・ブルックス
訳　者　夏《なつ》目《め》　大《だい》
発行者　早　川　　浩
発行所　株式会社　早川書房
郵便番号　一〇一 - 〇〇四六
東京都千代田区神田多町二ノ二
電話　〇三 - 三二五二 - 三一一一（大代表）
振替　〇〇一六〇 - 三 - 四七七九九
http://www.hayakawa-online.co.jp

乱丁・落丁本は小社制作部宛お送り下さい。
送料小社負担にてお取りかえいたします。

印刷・株式会社精興社　製本・株式会社明光社
Printed and bound in Japan
ISBN978-4-15-050526-4 C0198

本書は活字が大きく読みやすい〈トールサイズ〉です。